SES YEUX

BOZORG ALAVI

TRADUIT PAR HODA VAKILI

Numéro de série : P2533440264
Titre : SES YEUX
Auteur : Bozorg Alavi
Traductrice : Hoda Vakili
Mise en page : Merry Oskooei
Conception de la couverture : Hoda Vakili & Mahboobeh Laalpour
ISBN : 978-1-77892-256-5
Sujet : Renaissance & Fiction
Format / Taille du livre : Broché, A5
Nombre de pages : 302
Date de publication : Septembre 2025
Éditeur : Kidsocado Publishing House

Kidsocado Publishing House
Vancouver, Canada

Phone: +1 (236) 333-7248
WhatsApp: +1 (236) 333-7248
Email: info@kidsocado.com
Website: https://kidsocado.com
Address: 2100-1055 West Georgia St,
Vancouver, BC V6E 3P3, Canada

À mon père
Un cèdre
Victime de la hache

À ma mère
Arbre de vie
Derssé dans mon cœur

Contents

Bozorg Alavi
un pionnier de la littérature engagée iranienne

Bozorg Alavi (1904- 1997) fut l'un des écrivains et intellectuels les plus influents de la littérature moderne iranienne. Né à Téhéran dans une famille cultivée et politiquement active, il a joué un rôle majeur dans l'évolution de la prose persane au XXe siècle, en mêlant engagement politique, modernisme littéraire et introspection psychologique.

Issu d'un milieu aisé, Alavi fut exposé dès son jeune âge aux idées progressistes. Son père, Ebrahim Alavi, était un journaliste et un militant nationaliste qui l'a fortement influencé. Après ses études secondaires en Iran, Bozorg Alavi partit pour l'Allemagne où il suivit des cours de littérature, de psychologie et de philosophie à l'université de Berlin. C'est dans ce contexte intellectuel européen qu'il découvrit les œuvres de Freud, Marx, Kafka ou encore Thomas Mann, qui marqueront profondément son écriture.

Les œuvres narratives de Bozorg Alavi peuvent être classées en trois périodes distinctes:

Première période (jusqu'en 1941): Cette phase révèle l'intérêt d'Alavi pour les problématiques psychologiques profondes, influencé par des auteurs tels qu'Arthur Schnitzler et Stefan Zweig. Son recueil de nouvelles La Valise (Tchamadân, 1934) illustre cette orientation, mettant en avant des personnages tourmentés et des analyses introspectives.

Deuxième période (1941- 1953): Durant cette période, Alavi adopte une posture d'écrivain engagé. Il atteint une indépendance artistique notable, créant des récits novateurs tant sur le fond que sur la forme. Les protagonistes ne sont plus des individus mélancoliques, mais des figures courageuses et résolues, luttant contre les injustices sociales. La nouvelle L'homme de Gilan (Gileh Mard) en est un exemple marquant.

Troisième période (après 1953): Exilé en Allemagne de l'Est après le coup d'État de 1953, Alavi décrit la vie des réfugiés politiques. Ses personnages, autrefois combatifs, deviennent des êtres fatigués, désabusés et silencieux face aux événements, reflétant une perte d'espoir et une introspection profonde.[1]

Après la Révolution constitutionnelle, le roman persan s'est distingué de la prose classique, introduisant des structures narratives modernes, des personnages individualisés et une attention aux réalités quotidiennes. Bozorg Alavi est l'un des pionniers de cette littérature moderne en Iran. Son écriture, influencée par les événements contemporains, se caractérise par une description précise des traits physiques, psychologiques et

---

1. Rahnama, Touradj, La place de la nouvelle dans la littérature contemporaine d'Iran, Éditions Akhtaran, 2009, p. 48

des comportements des personnages. Toutefois, cette focalisation intense sur certains personnages peut parfois reléguer les autres au second plan.

Les personnages d'Alavi sont souvent situés dans un contexte de classe, reflétant sa vision réaliste. Bien que fortement influencé par la Révolution d'Octobre, ses héros appartiennent majoritairement à l'intelligentsia, établissant une distinction entre son œuvre et celle d'autres auteurs du réalisme social. Chez lui, politique et littérature convergent harmonieusement.[1]

Le style d'Alavi est simple, clair et sans ornement. Il excelle à intégrer des éléments qui confèrent à ses récits une atmosphère proche du roman policier.[2] Dans des nouvelles comme L'homme de Gilan et Danse macabre, écrites durant sa jeunesse, il démontre une maîtrise linguistique et narrative remarquable. L'homme de Gilan se distingue par son ton contestataire, une construction narrative originale et une concision éloignée des longueurs habituelles, ce qui en fait une œuvre incontournable de la littérature contemporaine.[3]

Les personnages féminins occupent une place centrale dans l'œuvre d'Alavi. Il dépeint avec sensibilité le dévouement, la pureté et l'affection des femmes iraniennes. Cependant, certains critiques reprochent à Alavi une tendance à imposer ses convictions de manière externe au récit, influençant ainsi le développement des événements, ce qui reflète l'empreinte de ses idéaux politiques sur ses œuvres.

Son roman Ses Yeux (Tcheshmhayash), publié dans les années

---

1. Sarfaraz, Jalâl, L'écrivain résident à Berlin- Est, revue mensuelle Mehrnâmeh, no 34, numéro spécial de Norouz 2014, p. 389

2. Rahnama, Touradj, La place de la nouvelle dans la littérature contemporaine d'Iran, Éditions Akhtaran, 2009, p. 50

3. Sarfaraz, Jalâl, L'écrivain résident à Berlin- Est, revue mensuelle Mehrnâmeh, no 34, numéro spécial de Norouz 2014, p. 389

1950, a suscité de nombreuses critiques. Certains lui reprochent un ton uniforme et une narration émotionnelle, sans événements particulièrement surprenants. D'autres estiment qu'Alavi, au- delà de ses engagements politiques, explore des thèmes artistiques et sentimentaux, créant une atmosphère mystérieuse et offrant une perspective renouvelée.

L'amour occupe une place prépondérante dans les œuvres d'Alavi, souvent au cœur de l'intrigue. Il traite ce thème avec profondeur, le liant étroitement aux réalités sociales et politiques de son époque.

À son retour en Iran dans les années 1930, il rejoignit un cercle d'intellectuels progressistes, parmi lesquels Sadegh Hedayat, avec qui il forma un groupe littéraire connu sous le nom de «groupe de Sadegh». Ensemble, ils cherchèrent à renouveler la littérature iranienne en s'inspirant des techniques narratives modernes et des préoccupations sociales.

Politiquement, Bozorg Alavi fut également un acteur majeur. Membre du parti communiste iranien (Tudeh), il fut arrêté en 1937 avec d'autres intellectuels dans le cadre des purges de Reza Shah et passa plusieurs années en prison. Son expérience carcérale nourrira ses écrits, notamment dans son livre «Panj sāl dar zendan» (Cinq ans en prison), un témoignage poignant sur la répression politique sous le régime du roi.

Après le coup d'État de 1953 qui renversa Mossadegh, Alavi s'exila de nouveau en Allemagne de l'Est, où il enseigna la littérature persane à l'université de Leipzig. Durant cet exil de plus de trois décennies, il continua d'écrire et de publier, tout en restant en lien avec les mouvements intellectuels et politiques iraniens.

Ce n'est qu'après la révolution de 1979 qu'il retourna brièvement en Iran, mais il choisit finalement de s'installer définitivement en Allemagne, En raison des conditions défavorables après la révolution, où il mourut en 1997.

L'œuvre de Bozorg Alavi se distingue par son engagement humaniste, sa profondeur psychologique et sa volonté de donner une voix aux opprimés. Il reste une figure centrale de la littérature iranienne moderne, tant pour la qualité de ses écrits que pour son engagement intellectuel et politique.

Préface du traducteur

Le roman « Ses yeux », chef- d'œuvre de Bozorg Alavi, figure parmi les œuvres majeures de la littérature contemporaine iranienne. Ce n'est pas seulement un tableau minutieux, psychologique de l'amour, du sacrifice et de la lutte, mais aussi un miroir poli, fidèle reflet de l'atmosphère oppressante de l'Iran à l'époque de la dictature précédant la chute de Reza Shah. Écrit dans une langue concise mais lyrique, le roman dévoile peu à peu une relation secrète entre une femme aristocrate et un peintre engagé, dans laquelle l'on perçoit, en filigrane, les traces d'un idéalisme douloureux, de silences pesants, et d'un désir contenu.

En tant que traducteur ayant eu l'honneur de porter ce texte en langue française, je puis témoigner que traduire « Ses yeux » dépasse le simple acte de transposition linguistique. C'est une immersion dans les fibres les plus profondes de l'histoire et des émotions d'un peuple. Plus que de m'inquiéter des équivalents lexicaux, je me suis efforcé de préserver la musique secrète du texte et le ton énigmatique du narrateur, car ce roman, plus qu'une simple histoire d'amour ou de politique, est une œuvre qui, dans le murmure de ses mots, chuchote une vérité poétique.

Les premières éditions de « Ses yeux » ont connu des obstacles considérables. Publié pour la première fois dans les années 1950, après la sortie de prison de son auteur, le roman souffrit du climat de censure qui régna sur l'Iran de l'époque. Malgré l'intérêt manifesté par les cercles intellectuels, les restrictions politiques freinèrent sa diffusion. Parfois censuré, parfois interdit de réimpression, le texte dut attendre la Révolution et les décennies suivantes pour s'imposer durablement dans les bibliothèques iraniennes.

Quant à ses traductions étrangères, elles apparurent tardivement, souvent incomplètes ou éditées de façon fragmentaire. La présente traduction française a été une tentative de recréer pour un lecteur non familier avec l'histoire iranienne l'atmosphère singulière du roman. Rédiger une préface détaillée, ajouter des notes explicatives pour les références historiques et culturelles, restituer fidèlement le rythme des phrases- telles furent les difficultés mais aussi les joies de ce travail.

Dans Ses yeux, que certains considèrent comme la meilleure œuvre d'Alavi, il est beaucoup question de « la ville étouffée de Téhéran » et de l'épouvantable despotisme de la période de vingt ans. En même temps, une atmosphère amoureuse et profondément romantique enveloppe tout le roman, lui donnant ainsi une double dimension: d'une part, l'histoire d'amour entre le maître Makan et Faranguis se déploie ; d'autre part, on y suit la lutte des intellectuels contre la tyrannie et le réactionnarisme. Contrairement à ce que prétendent certains critiques, c'est bien la trame amoureuse qui prend le pas sur celle de la lutte politique.

Ce roman, aujourd'hui, n'est plus seulement un roman: c'est un document littéraire portant la mémoire d'une génération égarée entre idéaux et réalités, entre cris étouffés et silences éloquents, entre captivité et liberté. Et ces yeux, oui, ces yeux nous regardent encore.

Rien ne m'avait peut- être autant bouleversé que ma première rencontre avec ce roman. Le volume que je découvris il y a des années dans une vieille bibliothèque était une impression lithographique, annotée au crayon, comme si une main tremblante et inquiète avait soupiré au bord de chaque page. Dès les premières lignes, j'eus la sensation que les mots exhalaient une odeur d'huile de lin et de pigments francs, comme les toiles évoquées dans le livre, qui nous entraînent dans l'univers intérieur d'un exilé.

Je ne lus pas « Ses yeux » comme un roman politique, mais comme une œuvre silencieuse et douloureuse sur le prix de la beauté et de la vérité. Chaque mot, chaque phrase, me semblait être un miroir du temps- discret, sans emphase.

Et c'est là que résidait toute la difficulté de la traduction: comment faire en sorte que la langue française reflète les murmures nobles de Faranguis sans en trahir la tonalité orientale ni l'ardeur enfouie dans la narration?

Les diverses éditions du roman- parfois mutilées par des coupures arbitraires, parfois surchargées de commentaires politiques ou de révisions maladroites- avaient altéré le visage authentique de l'œuvre. La traduction nécessitait alors une opération de précision: il fallait choisir une version fiable. Je passai des années à comparer les éditions de 1952, 1966 et celles d'après la Révolution, mot à mot, ligne à ligne, pour transmettre en français ce que Bozorg Alavi avait réellement écrit, non ce que la censure ou les éditions ultérieures avaient imposé.

Traduire ce roman en français, ce n'était pas seulement transposer des mots, mais recréer une atmosphère- saturée de mélancolie sourde, d'amours inabouties, et d'une lucidité douloureuse face au destin. Face aux yeux de Faranguis, suspendus comme une toile inachevée dans un musée, il fallait inventer une langue où le silence puisse retrouver sa voix. Chaque phrase traduite oscillait entre la fidélité à la subtilité orientale du style d'Alavi et l'accessibilité pour un lecteur aux repères culturels occidentaux.

À mesure que je transformais les mots d'Alavi dans la langue de Voltaire, une question me hantait: « Ces yeux, des décennies plus tard, sauront- ils encore captiver un lecteur français? » La réponse était dans la fixité silencieuse de ce regard. Traduire « Ses yeux » n'était pas une simple mission littéraire, mais une traversée intérieure- dans le texte et en moi- même. À chaque mot transposé, c'est une part de mon identité linguistique et nationale qui passait le seuil d'une autre culture, comme si, pont après pont, un passage secret s'établissait entre deux mondes. Et j'espérais que la sensibilité fine du lecteur français, nourrie par des siècles de chef- d'œuvres, saurait accueillir cette voix venue d'ailleurs.

Je me demande encore: les lecteurs français seront- ils fascinés par la relation énigmatique entre le narrateur et Faranguis? Touchés par ces silences lourds de sens? Émus par la souffrance d'un artiste solitaire, pris au piège d'une histoire impitoyable? Se demanderont- ils un jour si le maître Makan a réellement existé? Je n'ai pas de réponse. Car ce roman n'est pas une réponse historique, mais l'écho artistique d'une vérité perdue.

J'espère que la version française, sous le titre « Ses yeux », trouvera sa place dans les cercles universitaires, les études sur le Moyen-

Orient, et parmi les amateurs d'art moderne iranien. Mais ce qui m'importe avant tout, c'est que la voix de Bozorg Alavi, dans toute sa noblesse et sa simplicité, ait franchi les frontières ; que les yeux de Faranguis soient désormais accrochés à d'autres murs ; et que le narrateur, en une autre langue, en un autre temps, ait pu à nouveau prendre la parole.

Aujourd'hui, chaque fois que je pense à ces yeux, je sens que leur regard ne se limite plus à une toile oubliée dans une galerie déserte ; à travers la traduction, ils se sont ouverts à un autre monde. Et c'est peut- être là le secret intime de la traduction: ériger non seulement un pont entre les langues, mais entre les âmes.

Hoda Vakili

Ses yeux

Partie 1

Téhéran fut plongée dans l'agitation. Nul n'osa reprendre son souffle, et une terreur omniprésente imprégna tous les esprits: les familles redoutèrent leurs proches, les élèves craignirent leurs enseignants, ces derniers appréhendèrent leurs domestiques, tandis que ceux-ci tremblèrent à la fois devant le barbier et le delak[1]. Même envers soi- même, la suspicion s'instilla ; chaque individu fut tourmenté par sa propre ombre.

À chaque coin de rue, dans les foyers comme dans les bureaux, à la mosquée, derrière les comptoirs, dans les enceintes éducatives des écoles et des universités, jusque dans l'intimité des baignoires, tous vécurent dans l'angoisse d'un regard scrutateur venu de la police. Au cinéma, lorsque retentissait l'hymne royal, chacun se tournait vers son voisin, redoutant qu'une âme troublée ou désespérée ne se manifestât, semant ainsi l'inquiétude et le trouble dans l'assistance.

Un silence funeste enveloppa l'ensemble du territoire. Tous proclamèrent leur satisfaction, et les journaux, privés de matière, ne firent que chanter les louanges du dictateur. La soif d'informations du peuple s'exprima par la propagation clandestine de mensonges éhontés. Quel esprit téméraire osa encore affirmer hautement

1. Personne qui lave et masse les clients dans un bain public (hammam), dans les bains traditionnels iraniens et turcs.

qu'une chose fût blâmable? Était- il concevable qu'un pays soumis au règne d'un souverain pût être entaché de quelque maléfice?

La mélancolie, la torpeur, le scepticisme et le désespoir régnèrent sur le marché et dans les artères de la cité. Les passants hésitaient à contempler leur environnement, de crainte d'être jugés défavorablement.

Sous l'éclat torride du soleil, les rues de la cité de Téhéran devinrent insupportablement brûlantes. Il demeurait incertain qui avait conduit les autorités municipales à croire que les artères étrangères étaient dépourvues d'arbres, incitant ainsi certains à brandir haches et scies pour abattre les arbres séculaires. Les ruelles étroites furent endommagées, les fondations des quartiers démolies, privant les habitants de leurs foyers. Des années s'écoulèrent avant qu'une modeste demeure ne pût émerger au milieu de cette détresse, mais ce qui fut érigé, en fin de compte, se révéla bancal et difforme. À travers la contrée, des prisons furent érigées, toutefois insuffisantes pour contenir la marée croissante de détenus. De l'orient à l'occident, du septentrion au midi, jeunes et vieux, mollahs[1] et paysans, épiciers et delaks, jusqu'au humble porteur d'eau, furent précipités derrière les barreaux, accusés d'être des rêveurs qui, dans leur sommeil, auraient souhaité l'effondrement du régime autoritaire. Les arrestations s'étendirent à des écoliers tout comme à des ministres et avocats. On emprisonna quelqu'un pour avoir discuté d'une caricature parue dans un journal français concernant le roi, dans un salon de barbier ; une autre personne fut accusée d'avoir eu des contacts avec des représentants d'une puissance étrangère lors d'un voyage en France, et une troisième, sous l'accusation d'avoir secrètement cédé des actions pétrolières du Sud à des investisseurs

---

1. Ils sont des prédicateurs ou des orateurs religieux de la foi islamique.

anglais, contournant ainsi les autorités.

En de telles conjonctures, en l'an 1317[1], s'éteignit le Maître Makan, qui fut le plus éminent peintre d'Iran au cours des cent dernières années. Après plusieurs siècles, les œuvres d'un artiste iranien trouvèrent acquéreurs en Europe, et les publications artistiques d'Europe et d'Amérique consacrèrent ses toiles. Bien que plusieurs l'accueillissent chaleureusement à l'école et lors de réunions, seuls quelques- uns osèrent lui témoigner ouvertement leur affection. Dans l'ombre, quelques initiés surent que le Maître Makan avait été l'un des rares à avoir le courage de critiquer ouvertement le régime dictatorial.

Des récits enflèrent à son propos. On raconta: « Aucune privation ne l'intimida. Son unique allégeance résida dans l'art de la peinture. Les pressions de la police du régime autoritaire ne plièrent point son échine. Les menaces, vaines, glissèrent sur lui ; on coupa ses subsides, mais il demeura indifférent. Exilé de Téhéran, il tint ferme à sa parole, et dans le déracinement, s'éteignit loin des siens et de ses intimes. »

On raconta que son amour pour une femme le fit mordre la poussière. Les érudits estimèrent que son amour de la vie le guida jusqu'à son terme.

Lorsque la nouvelle de son trépas résonna à Téhéran, ses amis et proches échangèrent des chuchotements discrets, murmurant: « Encore un emporté par une crise cardiaque. » Les journaux, en général, réservèrent cette qualification aux victimes du gouvernement qui trouvèrent leur fin en prison ou en exil. Peut- être à l'instigation d'un de ses amis influents au sein du gouvernement, ou peut- être

---

1. L'année 1317 du calendrier solaire iranien correspond environ à l'année 1938 du calendrier grégorien.

que le gouvernement lui- même, conscient de l'influence morale du Maître parmi les intellectuels, tenta de dissimuler le crime en le glorifiant. On affirma qu'à présent qu'un farouche opposant au despotisme avait été anéanti, il était opportun de tirer le plus grand bénéfice de sa disparition.

Des inquiétudes surgirent quant à ce que le monde, suite à l'immense tumulte provoqué par la fuite d'un chef de police, pût conclure que le Maître avait été assassiné en Iran. Quoi qu'il en fût, une solennelle cérémonie commémorative se tint à la mosquée Sepahsalar. Son corps fut rapatrié à Téhéran avec tous les égards nécessaires et inhumé à proximité du mausolée d'Abdolazim.

À l'école secondaire Amir Kabir, une allocution solennelle fut prononcée en son honneur, et dans l'enceinte de l'académie primaire, ses œuvres furent exposées, prétendument pour témoigner du soutien gouvernemental à l'éminence artistique. Cependant, le peuple ne se laissa point abuser. Il considéra le majestueux édifice universitaire, érigé sur ordre du roi dictatorial, comme un sacrifice de l'indépendance nationale au profit des Anglais. Comment pouvait- on banaliser la mort du Maître peintre, même en exil, alors qu'une pompeuse cérémonie funéraire s'organisa avec des cortèges fastueux et des expositions ostentatoires?

Les détenteurs du pouvoir à Téhéran, agités par l'événement du jour- dirigeants et élite compris, parmi lesquels avocats, ministres, généraux, hauts gradés et démagogues- se présentèrent lors de l'inauguration de l'exposition. Ils observèrent, firent des commentaires et s'en allèrent. L'exposition, initialement prévue pour un mois, n'attira, au cours des premiers jours, que des étudiants, des amis et des admirateurs de l'artiste. Ceux- ci s'attardèrent un moment devant ses toiles, en particulier devant la dernière qu'il avait ramenée de Kalât[1] à Téhéran, saluaient la grandeur artistique, la puissance de la représentation et l'expression émotionnelle humaine par la couleur et la ligne.

Les après- midis, le ministère de la Culture dépêchait les élèves d'écoles en groupes à l'exposition, dans le dessein de préserver l'honneur et la dignité des autorités. Néanmoins, dès la deuxième semaine, la contemplation des œuvres du Maître peintre prit une dimension publique et nationale. Des foules se rassemblèrent pour voir par elles- mêmes et admirer les créations. Au sein de ses toiles colorées et sereines, les individus découvrirent leurs propres reflets, particulièrement face à celle où l'artiste avait inscrit de sa main: «*Ses yeux*». Ils s'immobilisèrent, scrutant avec attention et fascination, engagés dans des discussions cherchant à dévoiler le mystère de ces yeux qui, tout en regardant sereinement chacun, semblaient exprimer tout.

Les spectateurs se demandèrent ce que ces yeux dissimulaient, ce qu'ils révélaient, chacun apportant sa propre interprétation. Néanmoins, des divergences d'opinions surgirent, alimentant des débats animés. Vers la clôture de la deuxième semaine, l'affluence atteignit une telle effervescence que le gouvernement et les autorités locales interprétèrent la contemplation des tableaux du peintre comme une « manifestation collective de mécontentement populaire » et décidèrent de fermer l'exposition au début de la troisième semaine.

La toile intitulée « *Ses Yeux* » dévoilait le visage d'une femme

---

1. «Kalât» est un terme persan désignant une forteresse naturelle ou militaire, souvent située dans des zones montagneuses, difficilement accessibles et utilisée à des fins défensives. C'est aussi le nom d'une ville historique en Iran, célèbre sous le nom de Kalât- e Naderi, liée au roi Nader Chah Afchar.

ordinaire. C'était le portrait d'une femme au visage ciselé, ses cheveux ruisselant sur ses épaules comme de la poix fondue. Tout semblait s'estomper dans ce visage. Son nez, sa bouche, ses joues et son front étaient reproduits avec des teintes sombres. On eût dit que le peintre voulut signifier que la propriétaire de ce visage avait disparu du monde, ne laissant que ses yeux imprimer une empreinte mémorable dans son esprit. Les yeux fixaient d'une manière singulièrement envoûtante. Aucune impétuosité ne transparaissait en eux, mais ils déchiraient les voiles qui séparaient leur propriétaire du spectateur et, tels des projectiles, effleuraient le cœur de l'observateur.

Devait- on anticiper des larmes perlant de ces yeux dans les instants à venir, ou bien une amertume ricanante? Cependant, nulle trace de rire ne se dessina aux coins des lèvres. Ces yeux, étroits et tendus, invitaient- ils à la joie et incitaient- ils l'observateur à la vie, ou cherchaient- ils à blesser un être souffrant? Appartenaient- ils à une femme ascétique, ayant renoncé au monde, ou à une femme indulgente et comblée, en quête d'une proie? Ou bien tout cela était- il enfoui en eux? Étaient- ils tendus comme des pièges pour une proie, ou bien recherchaient- ils l'excitation et l'aventure? Étaient- ils sincères et francs, ou fourbes et impudents? Chastes ou dépravés? Leur apparente indifférence était- elle simulée, ou étaient- ils en quête de supplication et de refuge? Et s'ils cherchaient refuge, quel était leur dessein?

Ce regard, ces yeux à demi enivrés et à demi empreints d'une étrange fascination, narrèrent une multitude d'histoires! Sur ce visage ordinaire, tout semblait normal: un front haut, un nez droit et aigu, un menton délicat, des joues osseuses, des cheveux soyeux, des lèvres fines. Dans son ensemble, rien de particulièrement marquant pour l'observateur. La beauté de ce visage de femme était indéniable, mais ce qui captivait véritablement était le mystère et le secret que détenaient ses yeux.

Ces yeux, minces et en amande, eurent le pouvoir, par moments, de faire couler des larmes des yeux du spectateur. Parfois, à l'inverse, l'imagination de celui- ci leur prêtait l'apparence d'une femme qui, par ce regard, tourmentait le peintre. À cet instant, le dégoût s'emparait du spectateur, bien que les amis et les proches du peintre affirmassent que, tout au long de sa vie, les femmes n'avaient jamais joué un rôle significatif. Il sembla qu'une femme unique eût éphémèrement servi de modèle, bien que son visage et sa ressemblance ne transparaissent point dans les œuvres du peintre.

Au moment de son exil de Téhéran, il demeura célibataire. Nul ne put affirmer si une femme avait laissé une empreinte dans son existence. Il séjourna environ trois années et demie à Kalât, où il rendit son dernier souffle. Au commencement, les journaux ne donnèrent guère d'importance à cet événement. Seul le périodique officiel du gouvernement évoqua succinctement la disparition du professeur en deux lignes. Puis, des larmes de crocodile furent subitement versées, évoquant la perte d'une étoile éclatante à l'horizon de l'art iranien.

Ceux qui connaissaient le Maître affirmèrent: « Bien qu'un tournant majeur eût marqué sa vie, le conduisant à l'exil et à sa fin à Kalât, le Maître- cet homme taciturne, dont les phrases se limitaient à deux ou trois mots, et qui ne répondait qu'avec des "oui" ou des "non"- n'était point enclin à dévoiler ses secrets les plus profonds, surtout pas à une jeune femme dotée de tels yeux. »

C'était un fait indubitable. Le Maître demeurait un individu secret, gardant jalousement ses mystères intérieurs. Il ne manifestait guère d'affection envers le régime autoritaire. À une époque où les poètes tressaient quotidiennement des éloges au roi et se consacraient à la flagornerie, nul ne soupçonnait qu'il avait tracé le portrait du souverain. Les disciples du Maître s'interrogeaient: « Pourquoi a- t- il baptisé cette œuvre 'Ses Yeux'? » Il aurait pu l'intituler sobrement « Les Yeux ». Mais « Ses Yeux » dénotait les yeux d'une femme qui captivait le Maître. Ainsi, le centre d'intérêt résidait dans la propriétaire des yeux, non pas dans les yeux en eux- mêmes. Sous le tableau, gravé sur le cadre de l'œuvre, le Maître inscrivit de sa propre main: « Ses yeux », signifiant les yeux de la femme qui l'avaient empli de bonheur ou de tourments. Ces yeux féminins eurent une incidence profonde sur la vie du Maître, le poussant à la pensée obsessionnelle pendant son exil, où il endura les affres des tyrans efféminés, et à créer ainsi une représentation, même imaginaire, de celle qui l'habitait. Il est incontestable que cette représentation relève de la sphère imaginative, car nul ne détient la connaissance quant à une éventuelle relation ou affinité entre le Maître et une personne arborant un tel visage dans le cadre de sa vie quotidienne. On pourrait envisager que, même en l'absence d'une ingérence directe de cette femme dans la vie personnelle du Maître, elle aurait néanmoins pu exercer une influence sur son existence sociale, conduisant à son exil à Kalât et à son décès. Les curieux manifestaient un vif intérêt pour la recherche de l'identité de la personne représentée dans cette œuvre. Ils scrutèrent attentivement l'entourage du Maître, ne trouvant aucune similitude avec les épouses de ses amis ou connaissances.

Il s'agissait de jeunes filles issues de familles aisées de Téhéran qui étudiaient la peinture auprès de Makan. Le Maître les visita chez elles, mais ces filles étaient très jeunes et ne ressemblaient pas à cette représentation. De plus, aucune d'entre elles ne semblait en mesure de dévier un homme aussi déterminé que le Maître de sa trajectoire de vie ordinaire, au point qu'à Kalât, sous la surveillance des agents de police et malgré les restrictions qu'il avait pour équiper ses outils de peinture, il entreprit une nouvelle fois de recréer son visage.

Cependant, la femme qui avait servi de modèle demeura totalement anonyme, une énigme pour tous. Aucun regard public ne se posa sur elle, l'artiste n'ayant jamais affiché sa compagnie en public. Le seul confident de l'existence de cette femme mystérieuse était Agha[1] Rajab, l'assistant du peintre. Pourtant, il semble que ses souvenirs à son sujet soient évanescents, ou s'il en garde trace, il demeure muet, peut- être par choix. De surcroît, Agha Rajab affirma ne discerner aucune ressemblance entre les yeux immortalisés dans le tableau et le visage de cette femme inconnue.

Quelle motivation sous- tendait la création de ce visage? L'artiste l'aurait- il façonné dans le dessein d'offrir un présent à sa bien- aimée depuis l'exil, en signe de loyauté et d'affection post- mortem? Ou cherchait- il simplement à faire comprendre à une femme dont le regard l'avait ensorcelé qu'il la percevait d'une manière qu'elle- même ignorait? Qu'elle était la source de ses tourments? Peut- être cherchait- il aussi à exprimer: « Ô yeux, si votre propriétaire était à mes côtés, je naissais et je prospérais.

---

1. Agha est un titre honorifique persan utilisé pour s'adresser respectueusement à un homme, équivalent de « monsieur » en français.

Mais quelle compréhension le Maître a- t- il acquise? Comment a- t- il fait la connaissance de cette femme? À travers ce regard, ce visage impassible, quelles conclusions pouvaient être tirées? Ce ne sont que des conjectures. Tant que l'on n'appréhende pas la signification de ce regard et de cette expression oculaire, comment pourrait- on répondre à ces interrogations?

Plus de dix années ont transpiré depuis le décès du Maître. Le régime dictatorial a été renversé, les manifestations de résistance contre la tyrannie sont actuellement célébrées et respectées par la population. La légende des yeux immortalisés dans cette toile demeure vive. Aujourd'hui, aucune femme de l'aristocratie, particulièrement parmi celles ayant des liens mineurs avec l'un des amis ou élèves de l'artiste, ne manque de prétendre être la détentrice de ces yeux. Toutes se revendiquent amoureuses de l'artiste, et chacune, suivant ses propres qualités morales et sociales, affirme avoir partagé une relation spéciale avec lui.

Madame Shokuh- al- Saltaneh, actuellement l'épouse d'un général de la gendarmerie, ayant récemment rompu son mariage avec cinq enfants à son actif, était alors une jeune femme de dix- sept ou dix-huit ans avant l'exil du Maître. Sur l'une des toiles, apparaît le visage d'une femme évoquant de manière lointaine celui de Madame Shokuh- al- Saltaneh à cet âge.

Le Maître y a représenté ce quatrain de Khayyam[1]:

« La roue du destin œuvre à la destruction de toi et moi,

Elle conspire contre nos âmes pures, toi et moi.

Assieds- toi dans l'herbe, prends une coupe, le temps presse,

---

1. Omar Khayyam était un célèbre poète, mathématicien et astronome persan du XIe siècle, reconnu surtout pour ses quatrains philosophiques appelés «Rubaiyat».

Avant que l'herbe ne jaillisse de nouveau de notre poussière, toi et moi. »

Le Maître insufflait une humanité aux herbes, aux branches, aux pierres et à la terre à travers ses créations artistiques. Parmi ces visages façonnés par son art, une représentation évoquait l'image de Madame Shokuh- al- Saltaneh à l'époque de ses dix- sept ou dix- huit ans. Cela a conduit Madame Shokuh- al- Saltaneh à prétendre que le Maître éprouvait des sentiments pour elle, alléguant qu'il serra sa bague de fiançailles à son doigt si fort par colère que cela lui fit mal.

La vie de Madame Shokuh- al- Saltaneh fut tumultueuse, et les journaux, qui étaient autrefois partisans puis parfois critiques envers son mari, ont présenté cette histoire de manière sensationnelle. En effet, les interactions du Maître avec des individus de diverses classes sociales étaient si complexes que même Madame Shokuh- al- Saltaneh ne peut fournir d'informations approfondies à son sujet.

Au cours des années qui ont suivi le mois de Shahrivar[1] 1320 (septembre 1941), des récits romantiques sur la vie du Maître ont été abondamment diffusés dans les journaux. Les journalistes des faits divers ont élaboré des récits étranges et trompeurs. Particulièrement, ils ont tissé des fables fictives, mélangeant les événements liés à la fuite du général Aram, chef de la police, avec des récits macabres et effrayants sur la vie, l'exil et la mort du professeur.

Heureusement, ces récits sont désormais relégués à l'oubli. Cet oubli offre ainsi l'opportunité d'explorer plus en profondeur la vie

---

1. Le sixième mois du calendrier solaire

du Maître pendant la période dictatoriale et de révéler les mystères qui l'entourent.

J'ai échangé des paroles avec de nombreuses femmes qui avaient eu l'occasion de rencontrer le Maître à plusieurs reprises. Si l'on fait abstraction de l'égoïsme perceptible dans les discours de chacune, il ne reste que peu de substance. Chacune de celles que j'ai interrogées à propos du Maître a davantage parlé d'elle- même. Même la femme inconnue a révélé plus d'éléments sur sa propre vie que sur celle du Maître.

Ce qui subsiste, c'est que les relations du Maître avec tous ces individus- qu'ils aient été parmi ses élèves ou qu'ils l'aient côtoyé lors de réunions privées et de soirées- étaient empreintes de cordialité et de sincérité. La seule exception est cette femme inconnue. Si quelqu'un détient des informations, c'est elle. Cependant, le Maître était un homme taciturne et réservé, se livrant rarement. Il se peut que la femme inconnue relate également ses propres fantasmes à son sujet.

Dans l'ensemble, ce que j'ai pu tirer de ces témoignages, c'est que le professeur Makan était un homme secret, souvent arborant une apparence sévère, peu porté sur la plaisanterie. Il s'exprimait de manière directe avec ses connaissances, en particulier avec les femmes et les étudiants, sans se soucier de savoir si les autres appréciaient ou non ses paroles. Jamais il ne rapportait les paroles d'autrui, qu'elles soient élogieuses ou critiques. Il n'acceptait pas que d'autres parlent de quelqu'un en son absence. Il s'exprimait sobrement. S'il s'engageait dans une conversation de plus de quelques phrases, il préférait discuter de son travail plutôt que de la vie quotidienne.

Personne ne prétendait avoir été un ami intime du Maître. Ses interactions avec les autres étaient rares, il était peu ou pas invité, mais toujours accueillant chez lui. Il n'organisait jamais de repas formels, mais il accueillait toujours ses invités de la manière la plus chaleureuse possible à son domicile.

C'est prodigieux. Ce remarquable peintre iranien, qui a marqué les cent dernières années, s'est éteint à l'âge de 44 ans, et toutes les personnalités de cette époque le connaissaient et lui témoignaient respect. À cette époque, de nombreux hommes éminents et notables de Téhéran se targuaient de posséder l'une de ses œuvres, voire une reproduction exécutée par ses élèves, dans leur demeure. Malgré cela, personne n'avait une réelle connaissance de lui. Nul n'avait pénétré dans l'intimité de l'artiste. C'était un homme silencieux, ne permettant à personne d'ouvrir la boîte à secrets de son cœur. Les recoins de son âme étaient des réservoirs de douleur et de souffrance, mais l'artiste n'avait jamais souhaité que les gens connaissent la peine qu'il endurait.

Il semblait toujours joyeux et insouciant, et personne ne pouvait concevoir que sous cette façade, en cet homme bien habillé et peu prétentieux, grondait une telle tourmente intérieure.

Un jour, il confia à l'un de ses élèves qui avait nettoyé sa palette depuis un certain temps:

- Malheur au pays dont je suis le maître. Au royaume des aveugles, les borgnes sont rois.

Malgré cela, ceux qui comptaient cherchaient à s'attirer ses faveurs, tentant de se rapprocher de lui pour assouvir leur égoïsme personnel.

Même le précédent monarque n'a pu l'ignorer. Aux débuts de son règne, lorsque gagner le cœur du peuple n'était pas encore une entreprise superflue pour lui, il entreprit une visite à l'école récemment établie par le peintre. Lorsqu'il montait dans sa voiture, il frappa sa botte droite à plusieurs reprises avec le fouet qu'il tenait, marmonnant :

- D'où a- t- il appris cela ?

- « Votre Majesté, il a séjourné en France et a passé un certain temps en Italie, répondit Son Excellence.

Sa Majesté retourna brièvement pour échanger quelques mots avec le Maître, mais remarqua que le peintre se tenait dans le pavillon, prêt à allumer une cigarette. Ils se tournèrent vers Shokuh- ol- Saltaneh en disant :

- Il est évident qu'il a été en France, sinon il n'aurait pas pu être aussi impoli.

Les dignitaires critiquèrent le Maître, et les dévots l'incitèrent à courir vers la voiture, à se repentir en se jetant aux pieds de Sa Majesté Homaïouni[1]. Initialement, le Maître fut grandement consterné. Il jeta sa cigarette, descendit quelques marches, mais sans se hâter. Leurs Altesses s'embarquèrent et partirent. Cet incident provoqua l'indifférence du ministère de la Culture, de l'Industrie, du Commerce et de l'Artisanat, de l'Économie nationale et du département des Beaux- Arts envers ce centre artistique, conduisant finalement la vie du Maître à Kalât, où il s'éteignit.

Tous les hommes convoitaient que le Maître les immortalise sur toile. Ils se présentaient à sa porte, imploraient, formulaient des

---

1. royal

requêtes. Cependant, même dans des périodes financièrement difficiles, le Maître restait inflexible.

Bien qu'il esquisse à plusieurs reprises le portrait de Agha Rajab, son dévoué serviteur, les toiles dépeignant ce compagnon simple et loyal, sûrement l'un de ses proches, semblent révéler à quel point il avait sondé l'âme de cet homme ordinaire. Elles attestent de la précision avec laquelle il capturait les diverses humeurs de son sujet.

La principale raison de l'affection du Maître envers ce natif du village de Hamadan, nommé Rajab, résidait peut- être dans la reconnaissance de certaines de ses propres qualités dans ce fidèle serviteur. De plus, Rajab était à la fois discret et résistant à révéler ce qu'il ne souhaitait pas partager.

Le Maître avait découvert Agha Rajab dans un village aux abords de Hamadan, appelé Varzak. Après avoir passé la nuit sous la lueur de la lune sur le toit, perturbé par les cris d'un enfant voisin, il s'était précipité vers l'enfant au petit matin. Il découvrit que le bambin de deux ans était gravement malade, victime de diarrhée et de vomissements, au bord de la mort. Le Maître prodigua des soins, le baigna dans de l'eau chaude, l'enveloppa dans l'une de ses chemises, lui administra quelques comprimés, et, dès le lendemain, lorsque l'enfant se rétablissait, le Maître exécuta son portrait à l'aquarelle, qu'il remit à son père.

Deux ans plus tard, Agha Rajab, accompagné de son deuxième enfant, souffrant de la même maladie, ainsi que de sa femme et de leur enfant de quatre ans, s'installa chez le Maître. L'adresse de la demeure du Maître avait été fournie par Karbalayi Hossein, le serviteur de la maison du khaan[1], et ils vinrent en quête d'aide pour guérir leur enfant. Dans les villages de Hamadan, nul ne possédait le savoir nécessaire pour réaliser de tels prodiges.

Depuis cet épisode, Agha Rajab, sa femme et leurs enfants résident dans la demeure du Maître Makan. Selon mes connaissances, le Maître a légué au moins vingt dessins représentant ce serviteur loyal, illustrant toute une gamme d'émotions, de la colère à l'anxiété, de la peur à la confusion, et de l'abattement. Dans l'une de ces œuvres, Agha Rajab est étendu, ses membres et son torse dessinés avec parcimonie, son visage arborant une expression sereine et impénétrable. Le Maître a tenté de révéler son intériorité, mais quelque chose échappe au spectateur. Ce qui transparaît clairement, ce sont les séquelles d'un passé douloureux et difficile.

Deux ou trois toiles à l'aquarelle ou à l'huile de Agha Rajab demeurent dans les galeries du musée de l'école de peinture, arborant le renom du Maître. Agha Rajab continue à œuvrer au sein de cette école, dont le nom a connu plusieurs métamorphoses, agissant à première vue en tant que gardien rémunéré symboliquement. Toutefois, en réalité, il assume une fonction prépondérante et polyvalente, à tel point que je n'oserais déplacer les tableaux sans son consentement.

Agha Rajab est muet. Il n'a aucun souvenir du passé du Maître, et même des événements notables que tout un chacun connaît, il doit les réveiller de force. Agha Rajab énonce: « Le Maître a concédé une seule fois à dessiner le portrait d'un personnage influent, Kheyltach, revenu d'un séjour en France sous les feux de la puissance. À cette époque, beaucoup le jugeaient plus crucial que

---

1. Seigneur rural

le roi, le considérant véritablement comme le dictateur de l'Iran. Un jour, alors que Kheyltach se trouvait à Paris, une photographie le dépeignant descendant les escaliers du Palais de l'Élysée fut publiée dans une illustration. On raconte que lorsque le Maître a aperçu cette photo, il l'a admirée et a déclaré: "Il est le summum de son maître. J'espère qu'il saura préserver l'honneur de l'Iran." »

J'ai observé cette photo dans l'illustration. Kheyltach, la poitrine large et fière, sans artifice dans ses mouvements, descendait avec dignité et grandeur, comme s'il avait remporté un immense succès, les escaliers.

Quand Kheyltach revint en Iran, le Maître exprima le désir de peindre le visage du ministre en présence de ses amis. Quelques jours plus tard, Son Excellence se présenta chez le Maître sans préavis, consacra une demi- heure à contempler les œuvres du Maître, puis déclara:

- On m'a rapporté que vous avez été l'élève de Stefano, l'Italien. J'ai eu l'occasion de voir ses œuvres lors de mon récent voyage à Paris. J'ai même eu une rencontre avec lui. Il prétendait que vous étiez son élève, mais je ne discerne aucune similitude ou influence de son école dans votre travail.

- Comment pouvez- vous comparer mes modestes œuvres avec celles de Stefano? J'ai été l'un de ses disciples. Il est naturel que les effets de ses enseignements ne se manifestent pas clairement dans mon travail. Cependant, malgré cela, j'aspire à rester fidèle à son école, répliqua le Maître :

- N'ayez pas trop de fausse modestie non plus, sourit Kheyltach.

À partir de quelques jours plus tard, Kheyltach faisait son apparition pendant quelques heures chaque semaine, particulièrement à midi quand il avait quelque temps libre. S'adonnant à la lecture d'un livre, il s'installait confortablement, tandis que le Maître esquissait son visage.

Après deux ou trois semaines, peut- être au cinquième ou sixième jour, alors que Kheyltach était plongé dans la lecture d'un ouvrage, et que le Maître maniait l'aquarelle, il détourna son attention du livre et exprima:

- Sa Seigneurie Homaïouni montre un vif intérêt pour votre œuvre.

Le Maître releva les yeux du tableau de pouce qu'il tenait à la main, répondant d'un simple:

- Merci.

Kheyltash observa le Maître pendant un moment, peut- être une minute complète. Bien sûr, il était conscient de l'impact positif de son énoncé sur le peintre. Cependant, face à l'absence de toute réaction manifeste sur le visage du Maître, et peut- être que ce dernier n'avait même pas envisagé de dire « merci », son visage rougit, et une lueur de contrariété se manifesta dans son regard. Il était évident que ce dernier n'anticipait ni louanges exagérées ni faux- semblants de la part du Maître, mais il n'espérait pas non plus être accueilli par l'indifférence.

Kheyltash attendit que le peintre croise son regard, et au moment précis où le Maître plongea sa plume dans l'encre, prêt à peindre sur la toile, ses yeux se fixèrent sur le visage du ministre, décelant une lueur de colère et d'irritation. C'est alors que Kheyltash interrogea:

- N'auriez- vous pas l'envie de peindre le portrait de Son Excellence Homayouni?

Le Maître perdit la face. Ses lèvres se pâlirent comme de la craie, il afficha un sourire forcé, déposa son pinceau sur la table et retira la palette de peinture de son pouce. Se reculant légèrement du chevalet, il répondit:

- Non, sacré! Je peins les visages de ceux que j'aime. Contemplez ces visages autour de vous. Voilà ce que j'aime...

Le seigneur imposant sentit le tumulte du sang dans ses veines. Il jeta un rapide regard aux tableaux environnants. Une représentation d'un charmeur de serpent, la bouche entrouverte et prête à saisir la tête du serpent, éveilla en lui un dégoût. Alors que le Maître commençait à perdre son sang- froid, Kheyltash, empreint d'une autorité plus marquée, se leva de son siège, plaça une main sur son épaule et déclara:

- J'ai du respect pour vous. Je comprends votre situation.

- Quel respect...

- Ne soyez pas trop dur! Que Dieu vous bénisse.

Laissé seul dans la pièce pendant un certain temps, le Maître fut découvert par son serviteur une demi- heure plus tard, assis près de la fenêtre sur un tabouret, soutenant sa tête dans ses mains, les coudes appuyés sur le rebord de la fenêtre, fixant intensément le ciel. Lorsque Agha Rajab fit son entrée, le Maître revint à lui, se leva du tabouret, déchira la toile de Kheyltash avec le couteau qui lui servait à préparer les couleurs à l'huile, retira le cadre, enfila son manteau et quitta la maison.

Agha Rajab se souvient qu'un jour, le Maître lui confia une lettre à remettre au ministère, lettre qui fut remise à l'assistant de la chambre de Sa Grande Majesté. Par la suite, Kheyltash ne fréquenta plus la demeure du Maître. Quelques jours plus tard, le même serviteur particulier de la chambre de Sa Majesté apporta une lettre que Agha Rajab avait remise à son maître.

Au sein des documents du Maître, j'ai déniché cette missive de Kheyltash, qui se lisait comme suit:

« Cher professeur,

Je regrette que vous n'ayez pas achevé mon portrait.

J'espère que, dès que l'opportunité se présentera, vous le compléterez.

Respectueusement,

Kheyltash. »

Néanmoins, en public, Kheyltash continuait de témoigner du respect au Maître. À cette époque, un savant hindou fit visite à l'Iran, donnant lieu à une cérémonie en son honneur dans la salle du ministère de la Culture, pouvant accueillir deux cents à deux cent cinquante personnes. Les dignitaires étaient installés dans les deux premières rangées, comprenant tous les ministres, quelques avocats et quelques opportunistes. Au cinquième rang, le Maître était discernable.

Trois minutes avant l'arrivée du savant hindou, Kheyltash fit son entrée dans la salle. Instantanément, ceux qui se trouvaient dans les deux ou trois premières rangées se levèrent. Ignorant tous, Kheyltash rejoignit son siège et s'y installa. Les personnes présentes reprirent place. Plus tard, lorsqu'il constata que le Premier ministre était assis à une certaine distance, il se leva pour le saluer, jeta un coup d'œil au Maître et articula:

- Salutations, Monsieur le Professeur.

Le peintre demeura perplexe. Deux ou trois individus déclarèrent à voix haute:

- Monsieur le Professeur, Sa Grande Majesté a témoigné de sa bienveillance.

Le Maître se leva à moitié, esquissa un signe de tête, sans laisser transparaître de joie ou de colère sur son visage.

Kheyltash ajouta:

- Je vous en prie! Je vous en prie!

Lorsque l'on démêle les fils des événements dans la vie du Maître, une énigme se dévoile. Ces événements ne s'alignent pas de manière cohérente et uniforme. Une trame mystérieuse semble traverser tous ces éléments, et tant que nous ne découvrons pas ce fil conducteur, les anneaux restent déconnectés.

Un homme qui ne craignait pas le roi précédent, qui restait indifférent même face à Kheyltash, et qui n'était pas intimidé, au point de perdre finalement la vie en exil- peut- être même assassiné- comment un tel homme pourrait- il être captivé par le regard d'une femme?

Dès le début de ma réflexion pour écrire l'histoire du grand peintre iranien, j'ai compris que tant que l'identité de cette femme inconnue, propriétaire des yeux immortalisés sur la toile, ne serait pas révélée, mes écrits seraient limités à ce qui avait été divulgué dans les journaux.

J'ai scruté les archives de la gendarmerie ; aucune trace n'y subsiste. On prétend même que son exil aurait été orchestré sur l'ordre verbal du général Aram, et que lui, désormais hors d'Iran, aurait reconstruit une vie paisible en Amérique du Sud, selon certaines sources.

J'ai minutieusement exploré la relation entre le Maître et Kheyltash. Mon intention était de démontrer que Kheyltash, le personnage le plus puissant en Iran à l'époque- ou du moins après le roi Reza- devait tout de même montrer du respect envers le Maître.

Il ne faut pas concevoir que les hommes de l'ère dictatoriale étaient des mécènes des arts, et Kheyltash cherchait à exprimer sa reconnaissance envers les figures éminentes. Mon objectif était d'illustrer l'influence et le respect que le peintre avait acquis auprès du public. Kheyltash gagnait en respect en saluant le Maître lors d'événements officiels pour renforcer sa propre position.

À cette époque, les fondations de la dictature n›étaient pas encore solidement établies. Dans le pouvoir monarchique en Iran, subsistaient des éléments tels que Kheyltash, qui ne toléraient aucune oppression. Des éléments rebelles et insoumis parsemaient encore le pays, porteurs d'espoirs. Des individus isolés ou de petits groupes refusaient toujours de se soumettre. Des personnes comme le Maître demeuraient, prêtes à se sacrifier contre l'oppression et les atteintes aux droits du peuple. Kheyltash cherchait ainsi à se disculper.

De surcroît, la présence du Maître servait de levier pour la promotion des parvenus de son époque. Tout étranger arrivant en Iran était invariablement conduit à rencontrer le Maître. Un antiquaire américain se faisant passer pour expert en art et professeur de beaux- arts s'enrichissait en acquérant des œuvres que le Maître avait créées pour une collection de quatrains de Khayyam. En parallèle, il colportait des récits sur la promotion de l'art par le régime iranien en Europe et aux États- Unis.

Une photographie du Maître, assis dans un fauteuil, plaisantant avec les enfants de Agha Rajab, était publiée dans des magazines américains.

Outre son art de la peinture, le Maître tirait sa force majeure de son indifférence envers les contraintes et les conventions sociales ordinaires. Il avait complètement abandonné sa famille originaire de Mazandaran. Sa demeure, nichée derrière la mosquée Sepahsalar, présentait un aspect florissant. Les majestueux platanes, grenadiers et buis projetaient une ombre rafraîchissante autour de l'étang en été, et au début du printemps, le parfum des roses rouges, disposées en grands pots par le Maître, capturait la fraîcheur et la vivacité de l'air, même dans son atelier terne et sombre.

Bien que le Maître prospérât en vendant ses toiles aux nantis, tout ce qu'il possédait, et même au- delà, était consacré par Agha Rajab. Bien qu'il ne fût point avide de luxes, il s'efforçait d'embellir la vie de Agha Rajab et de ses enfants, les considérant comme les siens. Il dédiait tout l'amour de son cœur à leur bien- être, n'hésitant pas à se sacrifier pour eux.

Les jouets de Firouz, le fils de Agha Rajab, n'étaient pas modestes. Ils étaient comparables à ceux d'un enfant de classe moyenne. Firouz fréquentait le lycée, et son comportement différait grandement de celui du fils de Agha Rajab.

La vie du professeur se déployait dans trois pièces. Son atelier, abritant divers tableaux, livres en français et italien, cadres, couleurs, toiles, chevalets et autres fournitures artistiques, servait également de salle à manger et parfois même de chambre à coucher, où il reposait sur un lit en bois. Une autre pièce accueillait ses amis, tandis que la troisième, appelée chambre à coucher, renfermait livres et tableaux, constituant souvent le refuge des œuvres qu'il souhaitait garder secrètes.

Agha Rajab relate qu'occasionnellement, les nuits d'été étoilées, il s'élevait sur le toit. Bien après que le sommeil eut enveloppé Agha Rajab et son épouse dans une profonde quiétude, il descendait avec lenteur, emportant un lit pliant de l'atelier de peinture pour s'étendre sous la voûte céleste.

Durant de tels moments, il demeurait éveillé jusqu'à l'aube, quand le soleil amorçait sa montée. Puis, il redescendait le lit pour s'endormir dans l'atelier, saturé de chaleur étouffante en été. Ces fragments mémoriels de Agha Rajab, dépositaire des souvenirs d'un homme mystérieux, forment la seule chronique à partir de laquelle la vie de cet être singulier pourrait être reconstituée. Malheureusement, Agha Rajab, homme ordinaire et illettré, ignore les dates de création des divers tableaux du Maître, laissant inefficace la clé pour percer le mystère de sa vie. Ses souvenirs, s'ils sont connus, restent disjoints et sans retenues. Par exemple, il mentionne:

« Il me semble que la même année où ce grand monsieur (référence à Kheyltash) a visité le Maître, il a peint le tableau 'des bohémiens', ou durant la période où l'antiquaire américain a acquis une toile du Maître, non, un an après, la femme inconnue a servi de modèle pour lui. Ou quand son deuxième fils a commencé l'école, une esquisse de lui endormi sous un arbre a été réalisée. »

Peut- être que Agha Rajab est plus perspicace qu'il ne le laisse paraître. Il est inconcevable que le Maître ait pu cohabiter dix ans, voire plus, avec un homme aussi simple d'esprit. Ainsi, si le Maître détient des secrets, ce résident de Hamadan[1] en est probablement au fait. Toutefois, la question persiste: « Pourquoi ne les révèle- t- il pas?

J'ai tenté d'extraire même de brèves informations auprès de ce Agha Rajab concernant la femme inconnue, que je présume être la détentrice des yeux énigmatiques dans le tableau. Il ne sait pas, a oublié, si le Maître a complété le tableau ou non. L'âge de la femme lui échappe, de même que sa beauté ou son absence de beauté. Les détails sur la fréquence de ses visites et de ses départs se sont effacés de sa mémoire. Tout ce dont il se souvient, c'est que lorsque l'œuvre du Maître était achevée, il la reconduisait chez elle.

Auriez- vous jamais visité le domicile de cette femme?

- Non, je n'en ai pas le souvenir.

Méditez, peut- être que la maison te reviendra en mémoire.

- Je n'en ai pas de souvenirs.

Te rappelles- tu du tableau que le Maître a réalisé de cette femme?

- Non, monsieur.

Était- elle dépeinte nue?

- Non, monseigneur, le Maître était fervent dans sa foi et ses rituels.

- Je le sais. Cependant, à la fin, le Maître a également créé des tableaux de femmes nues.

---

1. Hamedan est l'une des plus anciennes villes d'Iran, riche en histoire et en patrimoine, située dans l'ouest du pays.

- Oui, il les a conçus en France. Ici, nous n'avons pas de tels tableaux. Je n'en ai jamais vu.

- Qu'en dis- tu, Monsieur Rajab? Certaines de ces femmes nues ont le visage de jeunes Iraniennes.

Comment convaincre Agha Rajab? Il n'y croyait pas. Il percevait son maître comme une figure d'abstinence et de pureté, considérant que commettre quelque chose en apparence contraire à sa foi et à la droiture était au- delà des capacités de son maître. Agha Rajab avait façonné une image de son maître, et obtenir la réalité de la vie de l'artiste était insaisissable à travers cet homme.

À maintes reprises, j›ai cherché à mettre en lumière la toile de « ses yeux » et à expliquer à Agha Rajab l'importance cruciale que ce tableau pourrait revêtir pour lui. J'ai tenté de lui exposer le secret potentiel dissimulé dans cette œuvre. Ce n'était pas simplement une question de la virtuosité artistique du Maître dans la création de ces yeux mystérieux, aux expressions et significations variées. Mon objectif était de lui faire saisir que dévoiler ce que « ses yeux » expriment pourrait conduire à une révélation fondamentale dissimulée dans la vie du Maître, une connaissance essentielle pour ses contemporains.

Finalement, le mystère persiste quant à la raison de l'exil du Maître de Téhéran. Pourquoi l'ont- ils relégué à Kalat? Quels étaient les motifs derrière cette décision? Le chef de la police en fuite a confessé qu'on lui avait ordonné de tuer le peintre.

Pour quel motif? Je souhaitais faire comprendre à Agha Rajab que si nous parvenions à percer le mystère de cette femme inconnue qui accompagnait le Maître les derniers jours de son séjour à

Téhéran, et qui avait servi de modèle pendant un temps, peut- être pourrions- nous élucider pourquoi le Maître a été exilé. Peut- être découvririons- nous s'il a été assassiné à Kalat. En somme, toutes ces informations sont cruciales pour les gens; connaître ces détails s'avère précieux pour la génération actuelle en quête de vérité.

Agha Rajab est d'une obstination remarquable. Il est difficile de concevoir qu'un homme ayant peut- être vécu dans la demeure du Maître pendant douze ans, voire davantage, et ayant été impliqué dans toutes ses affaires, ignore pourquoi le Maître a été expulsé. Lors d'interminables heures passées dans l'atelier de l'école de peinture, aujourd'hui baptisé du nom du Maître, j'ai entretenu des conversations avec ce Agha Rajab. Il a pleinement saisi l'étendue de mon intérêt pour dévoiler les mystères de cette femme inconnue.

Agha Rajab écoute attentivement avec un calme apparent. Il ne cligne pas des yeux. Son calme extérieur ne laissant transparaître ni surprise, ni joie, ni tristesse, ni ignorance. On se demande parfois s'il est placide et serein, ou plutôt insensible et ignorant. Sa mémoire semble être une misère, peut- être voilée par le sceau du silence sur ses lèvres. Chaque interrogation reçoit des réponses mesurées, un simple « oui » ou « non ». Cependant, ses yeux, par moments, étincellent comme s'il retenait son souffle et considérait le questionneur comme un intrus. La découverte des secrets du Maître semble l'avoir troublé et avoir profané les saintetés. Bien que calme en apparence, une inquiétude subtile se niche en lui, et il lutte pour ne pas laisser l'appréhension dominer, préservant le masque qu'il porte. Parfois, ma patience s'épuisait, et je me disais qu'il se jouait à lui- même et qu'il était plus conscient qu'il ne le laissait paraître.

Outre ces aspects, je suis actuellement le superviseur de cette école depuis le mois de Shahrivar (septembre), et Agha Rajab en est le gardien, relevant de ma surveillance. Récemment, je lui ai demandé:

- Agha Rajab, n'auriez- vous pas le souvenir du visage de cette femme qui posait comme modèle pour le seigneur?

- Oui, monsieur.

- Très bien, pourriez- vous me décrire à quoi elle ressemblait?

- Oui.

Étonné, je lui demande:

- Comment se fait- il que vous vous souveniez soudainement de son visage?

- Parce qu'elle est venue ici il y a quelques jours

- Que dites- vous, Agha Rajab? Que faisait- elle ici?

- Monsieur, elle faisait partie des spectateurs.

- Quel jour est- elle venue ici?

- Le vendredi après- midi.

- Pourquoi ne m'en avez- vous pas informé?

- Oh, Monsieur, que voulez- vous que je fasse? Ce n'est pas approprié qu'une femme vienne contempler les tableaux du seigneur, que je vienne vous en informer sans raison.

Pendant des semaines, chaque jour d'ouverture du musée de l'école, j'ai siégé toute la journée dans la salle du musée, ordonnant à Monsieur Reza de me signaler dès l'arrivée de la femme inconnue. Cependant, elle ne s'est pas présentée.

J'ai minutieusement vérifié toutes les autorisations délivrées aux visiteurs du musée, et parmi les quinze femmes qui s'étaient présentées, cinq étaient seules. Aucun des noms ne correspondait à ceux des dames et des filles connues de l'artiste. Par la suite, j'ai tenu un registre des visiteurs, mémorisant les noms des cinq femmes venues seules. Seule l'une d'elles avait inscrit son prénom réel, dissimulant son nom de famille: Farangis.

Soudain, une illumination a frappé ma conscience. La femme inconnue était venue le vendredi 7 Dey (janvier), et le 7 Dey de l'année 1317 correspondait au jour du décès de l'artiste.

Partie 2

Enfin, j'ai découvert l'identité de la femme énigmatique et j'ai fait sa connaissance.

De nombreuses années ont passé depuis le trépas du Maître. De jeunes artistes sont revenus des contrées étrangères, émancipés des écoles d'art. La peinture s'est transformée en un moyen de subsistance, certains se consacrant à des publicités commerciales, à la conception de scènes théâtrales, à l'illustration de livres, aux portraits, et à la création de dessins humoristiques pour les journaux. Les anciens élèves du Maître et bien d'autres rentrés de l'étranger gagnent désormais leur vie en tant que maîtres d'art, organisant des expositions picturales. Une école d'art a même vu le jour à l'université, et progressivement, l'héritage du Maître semble s'estomper.

Maintenant, je peux enfin divulguer mes annotations sur cet artiste noble qui a sacrifié sa vie pour son art et la dignité de lui- même et de son peuple.

Les premières années après le mois de Shahrivar ont vu l'écriture de biographies du Maître devenir une entreprise lucrative et prisée. Chacun couchait sur le papier ce qui lui venait à l'esprit. Des anecdotes étranges de sa vie étaient rapportées, un rédacteur téméraire allant même jusqu'à prétendre avoir correspondu avec le Maître durant ses trois années d'exil, affirmant avoir reçu de lui toute la quintessence de son existence. Ce qui était publié tenait plus de la vulgarité que de la vérité. Cependant, ces récits fantaisistes ont été rapidement oubliés.

Il est temps que les moments cruciaux de sa vie, ou du moins les épisodes qui l'ont marqué, ainsi que ses efforts pour éveiller la conscience du peuple, et les étapes de son sacrifice et de son parcours, parviennent aux oreilles de ses contemporains.

Je n'affirme pas détenir une connaissance précise et explicite de sa lutte contre les forces diaboliques du despotisme. Cependant, je m'efforce au moins de dévoiler son esprit, les·trésors de son cœur qui témoignent de sa grandeur, de son courage, de sa pureté, tout en soulignant ses imperfections.

Je peux proclamer que le Maître Makan était un peintre éminent simplement parce qu'il croyait en son œuvre et était convaincu que, à travers l'art de la peinture, il combattait l'oppression et l'assassinat de la liberté. Il ne se limitait pas à être un simple artiste, mais un grand artiste, car il était profondément humain et ressentait la souffrance d'autrui. Pour lui, la peinture était un moyen de lutter contre l'oppression, et son engagement artistique avait une dimension sociale, ancrée dans le bien- être du peuple. Le Maître aspirait à servir la société, et c'est en cela qu'il exprimait son art, trouvant ainsi une place dans les cœurs.

Perché dans le coin de l'école du Maître, à mesure que son nom est oublié, mon respect pour lui ne cesse de croître. À mes yeux, cette école est un temple, et depuis le décès de Agha Rajab, je me considère comme le gardien de ce sanctuaire.

Alors que j'organise ces notes, un portrait du Maître, réalisé par l'un de ses élèves après sa disparition, se tient devant moi. Son visage allongé, son front haut, ses joues proéminentes, son nez cassé, ses yeux grands et perçants, ses sourcils arqués et son menton large et pointu étaient caractéristiques. Affublé de lunettes à branches noires, son regard semblait capable de saisir les veines, les fils de la chair et même la peau des os avec une pincette chaque fois qu'il se fixait sur quelque chose.

De son regard émanaient les fils les plus délicats de l'âme humaine. Il observait et percevait, dévoilant ce qui échappait à tous. Cette capacité se manifestait dans ses œuvres, où il mettait à nu ce qui était dissimulé dans la nature même des gens d'Iran.

Je juxtapose l'image forgée par le peintre avec une photographie de ses années vécues. Tout l'état d'âme se reflète dans un sourire qui s'épanouit autour de ses lèvres, un sourire qui ne relève pas de la feinte, mais plutôt d'une expression innée, témoignant de l'amertume vénéneuse de sa vie et de celle de son entourage. Ce sourire a toujours trouvé refuge autour de ses lèvres et sous ses yeux.

Le peintre a tenté de saisir ce sourire sans le traduire par des signes évidents de rire dans les contours de son visage. Cependant, la différence est manifeste avec le rire naturel qui ressort si distinctement sur la photo. Ce sourire n'émane pas de la joie. Il ne suggère pas une existence heureuse. Il exerce une influence particulière, comme si le Maître voulait dire:

- Qu'il est doux, qu'il peut être doux. Hélas, nous goûtons l'amertume de celui- ci.

Néanmoins, le jeune artiste a façonné le portrait du Maître à sa propre perception. Il a discerné quelque chose de singulier. Son intention était de représenter une figure mystérieuse et sereine, ne révélant que ce que tout le monde connaissait déjà du Maître.

Cependant, la disparité entre ce Maître et celui dépeint par la femme inconnue est remarquable. L'élève du Maître dans l'image devant moi n'apporte rien de plus que ce que j'ai déjà énoncé à son sujet. Il était un homme imposant, déterminé, calme et noble. Il n'avait d'amitié pour personne, se tenant à l'écart de la foule. Il était répugné par les méprisables, ceux qui coupent l'herbe sous le pied des auteurs, ceux qui ne poursuivaient dans la vie que la satisfaction de leur appétit physique. Leur visage était insupportable à ses yeux. Soudain, il se levait de leur assemblée sans préavis. Malgré cela, il était l'ami de tous. Lorsqu'il percevait la sincérité et la pureté, il en devenait épris. Il se montrait solidaire dans leur détresse, s'abaissant à leur niveau pour être un compagnon compatissant. Il partageait leurs peines et leur apportait son aide.

Il ouvrait sa porte à quiconque se présentait chez lui. Il consacrait des heures précieuses à des individus ordinaires, si bien que tous le considéraient comme un ami proche. Il était empreint d'une fierté ponctuelle et d'une certaine arrogance. Si quelqu'un venait le voir mille fois, tant qu'il n'appréciait pas cette personne, tant qu'il ne la respectait pas, il n'allait pas le voir.

Sans ostentation ni vantardise, il imposait sa volonté à tous, refusant de se plier sous le fardeau de la force. Il ne s'acoquinait et n'abandonnait jusqu'à ce qu'il trouve quelque chose qui lui tienne réellement à cœur. Il se drapait dans des vêtements soignés, attaché à l'ordre et à la discipline. Son atelier était un lieu où les contraires reposaient en harmonie. C'est ainsi qu'il était perçu par tous, façonné par le pinceau du peintre.

Cependant, la femme anonyme détient des récits qui découlent de son degré de résistance, de sa retenue. Cette facette de sa vie doit être contée par elle. Je la qualifierai d'anonyme, car elle revendique que personne ne l'a jamais véritablement connue- laissons- lui cette prétention.

Ma rencontre avec elle semblait étrange, curieuse à ses yeux, mais pour moi, elle était minutieusement calculée. J'ai décrété la fermeture du musée le 7 janvier pendant plusieurs années. Assis dans le bureau de l'école, j'observais avec attention qui viendrait visiter le musée ce jour- là. Je ne suis qu'instituteur au sein de cette école. L'établissement du Maître fait partie de ces institutions gouvernementales aux fonds commerciaux. Chaque mois, une somme considérable est apparemment investie dans l'éducation des élèves de cette école.

Au cours des treize dernières années depuis l'exil du Maître à Kalât, plusieurs millions de tomans ont été dépensés, et jusqu'à présent, seulement treize artistes ont obtenu leur diplôme. Toutefois, environ 1 300 diplômés en beaux- arts de cette école occupent divers postes, des mines à la Banque agricole, industrie et art.

La direction de cette école compte de nombreuses entrées. Chaque ministre nouvellement nommé place un directeur spécial à sa tête. Ainsi, chaque année, au moins deux directeurs dirigent l'école. Cependant, cela fait maintenant dix ans que je suis l'instituteur. Bien sûr, mes prérogatives me permettent de fermer le musée une fois par an, le septième jour de Dey, pour diverses raisons: tantôt la salle du musée doit être nettoyée, tantôt le plafond doit être inspecté, tantôt simplement parce que je ne suis pas d'humeur.

Trois ou quatre ans se sont écoulés sans qu'aucun visiteur ne se présente. La femme anonyme ne s'est pas manifestée avant le 7 janvier de cette année.

Désormais, quinze années se sont écoulées depuis le jour de la mort du Maître.

J'ai ordonné la fermeture de la salle du musée le 7 janvier. Installé dans le bureau, je pouvais observer les visiteurs depuis ma fenêtre. Il était quatre heures et demie de l'après- midi. Les élèves quittaient la cour, la plupart d'entre eux déjà partis. Une voiture élégante était stationnée à la porte de fer de l'école. La femme qui conduisait elle-même la voiture a quitté le véhicule. Une femme de taille moyenne, vêtue de noir, élégante et bien proportionnée, s'est aventurée dans la cour en direction du hall.

À mesure qu'elle se rapprochait, elle scrutait le hall avec un étonnement apparent. Indifférente, elle a continué sa marche, interrogeant l'un des élèves descendant l'escalier. Rapidement, j'ai ouvert la fenêtre de ma chambre et demandé:

- Madame, que puis- je faire pour vous?

Mon cœur battait la chamade, et je devais faire preuve de retenue. L'événement tant attendu, que j'anticipais depuis des années, semblait se dérouler enfin. J'avais la sensation de m'exclamer intérieurement: « Je l'ai trouvée. J'ai trouvé la propriétaire de ces yeux. Ce sont ces yeux qui ont tourmenté mon Maître. » Cependant, je n'avais pas encore contemplé ces yeux moi- même.

Elle fut surprise d'entendre ma voix. Relevant la tête, elle me fixa- non pas avec un mystère et une captivation dans ses yeux. Son rire résonnait comme le soleil printanier, faisant fondre la neige sur les sommets et réchauffant le cœur. Cependant, lorsqu'il se répétait, ce rire laissait transparaître une certaine artificialité.

Avec douceur et politesse, elle déclara:

- Excusez- moi, monsieur. Je suis venue visiter le musée de cette école.

Je souhaitais riposter de la même fenêtre pour la renvoyer, car sa voix paraissait très commune et ordinaire. J'avais conçu la femme inconnue de manière différente. Cependant, sa courtoisie et sa gentillesse m'ont désarmé. De plus, l'hésitation peut pousser les individus à des actions étranges dans la vie.

- Veuillez honorer mon bureau de votre présence pour que je puisse vous donner des explications.

Elle pénétra dans l'enceinte de l'école. Si seulement Agha Rajab était encore parmi nous, il n'aurait pas omis de me révéler cela. Sans détours, je lui posai la question en sa présence:

- N'est- ce pas la même femme qui posait comme modèle?

Cependant, cette femme au visage magnifique, à la dignité et à la solennité, devait avoir une explication, même si elle avait été modèle. Le gardien l'escorta jusqu'à mon bureau. Dès qu'elle franchit la porte, elle s'exprima avec chaleur et familiarité, comme si elle me connaissait depuis des années, ou comme si elle considérait tout le monde comme un ami ou un proche:

- Ah, monsieur, même votre gardien a changé.

À ce moment- là, je perdis mon calme. La couleur quitta mon visage. Je me rendis compte immédiatement que cette femme riait de manière trompeuse. Chaque phrase prononcée était suivie d'un rire retentissant. Pourtant, ce rire était doux et plaisant.

- Quand notre gardien aurait- il changé? Gholam travaille ici depuis trois ans et quelques mois.

Avec la même mélodie douce et polie, accompagnée du même rire artificiel, elle répliqua:

- Oh, peut- être que je me trompe alors.

Cette femme démontrait une habileté à imiter et à affecter. Dès la première minute, il me sembla que je n'avais pas affaire à une femme ordinaire. Subitement, même si ce n'était que pour quelques instants, je fus convaincu que c'était elle- même. Pendant un moment, mes yeux restèrent fixés sur les siens. Aucune ressemblance n'était perceptible entre ces yeux et ceux projetés sur la toile, mais son front, ses lèvres, sa bouche, ses cheveux noirs et lisses, ainsi que son nez fin exhibaient une certaine similitude. Cependant, il était évident que le temps avait aussi marqué ces lèvres et cette bouche. Ses dents blanches étaient égales, et elles ajoutaient à la grâce de son sourire. Elle connaissait bien l'effet de son sourire sur les autres.

Elle arborait un ample manteau à la mode de l'époque, noir, avec une doublure en soie rouge qui éclairait son visage d'une fraîcheur perceptible. Le revers rouge du manteau scintillait, et sa douceur et sa netteté se manifestaient de loin. Les boutons du manteau étaient défaits. Un sac noir pendait à son bras, et elle avait attaché sa main à la ceinture rouge éclatante fixée à sa chemise noire. Ses jambes semblaient élancées, proportionnées et séduisantes.

Je me suis rendu compte que je devais jouer habilement un rôle avec cette femme. Elle partira, et moi, démuni, devrai encore verser des larmes. Ce que le Maître a enduré, je dois également le supporter et faire preuve de patience.

- Aviez- vous l'intention de visiter le musée de l'école?

- Oui, j'aurais vraiment aimé le voir.

- Malheureusement, le musée est fermé aujourd'hui en raison des précipitations des derniers jours. Pour éviter tout dommage aux tableaux, j'ai clos le musée pendant une semaine pour réparer le toit qui fuit. Il rouvrira ensuite au public pour être admiré.

- Alors, le musée est sous votre supervision, et si vous le souhaitez, je peux le visiter pour vous.

- Bien sûr, c'est possible, mais madame, vous savez que c'est une tâche administrative et compliquée.

Elle a répondu avec tant de douceur et de gentillesse que, que je le veuille ou non, je me sentais obligé de m'adoucir, et plus j'insistais, plus elle devenait souple. Si j'étais certain que cette belle femme bien habillée est la propriétaire des yeux, je ne me soumettrais certainement pas à elle et la forcerais à me demander davantage pour dominer la situation et plier bagage. J'étais sûr qu'elle connaissait le Maître. En même temps, j'étais en doute. Je devais lui montrer ma personnalité et ma volonté. Cependant, le défaut de la situation était que l'hésitation entravait ma route, et je devais marcher sur des œufs.

J'ai souhaité plusieurs fois que Agha Rajab soit en vie et qu'il me réponde clairement au moins une fois. Elle m'a dit:

- On peut toujours résoudre les problèmes administratifs. De plus, je suis en voyage, et si je ne vois pas les tableaux aujourd'hui, je n'aurai plus l'occasion.

C'était une déclaration, pas une menace. Cette femme était venue à Téhéran le quinzième anniversaire de la mort du Maître Makan, juste pour voir ses œuvres de peinture. Mais je l'ai prise comme une menace et j'ai répondu plus fermement:

- Pourrai- je demander à madame de venir un autre jour?

- Monsieur, je vous en prie, ne faites pas une telle demande, cela n'est pas possible.

La femme inconnue sembla choquée. Son visage, autrefois souriant, prit une expression à la fois triste et sérieuse, mais cette réaction ne dura que quelques instants. Elle secoua la tête, et son rire illumina à nouveau son visage, mettant en valeur ses dents blanches et uniformes.

- Pourquoi? Est- ce un jour spécial aujourd'hui?

- Non, aujourd'hui n'était pas un jour spécial, mais j'avais simplement envie de contempler les œuvres du Maître.

Elle semblait désespérée, pliant sous le poids de ma résistance. Saisissant l'occasion, je lui demandai:

- Pourrais- je vous demander de vous présenter vous- même? Je suis le surveillant de cette école.

- Oh monsieur, que me voulez- vous? Peu importe qui je suis, je vous prie de me permettre de voir les œuvres aujourd'hui. Je vous en serais très reconnaissante, car je n'aurai plus cette opportunité.

- Peut- être que madame est elle- même une artiste, peut- être une peintre. Dans ce cas, bien sûr, une exception est envisageable ; peut- être avez- vous l'intention d'écrire un article pour un journal ou un magazine. Certes, accorder la permission à n'importe qui, même à vous, n'est pas sans problèmes. Cependant, on peut toujours trouver une justification. Par exemple, je pourrais évoquer l'état déplorable de la salle du musée pour vous donner une raison de demander son ouverture. C'était l'intention derrière ma demande de présentation. Alors, que puis- je faire pour vous? Je suis intéressé par ce musée. Si je sais que votre recommandation aux autorités accélérera la construction du nouveau bâtiment de cette école, je suis prêt à laisser la salle ouverte dès maintenant jusqu'à demain matin, uniquement pour vous. Au- delà, toute personne désirant visiter le musée devra obtenir une autorisation du bureau de l'école à l'avance.

À mon avis, elle semblait ressentir de la compassion pour moi en me regardant d'un air compatissant. Il semblerait qu'elle ait été influencée par ma manière douce de parler. Peut- être que mon ton administratif a éveillé sa compassion.

Soudain, un événement étrange se produisit. Malgré toutes les attentes que j'avais, malgré les années d'anticipation de cet événement, il restait toujours étrange. Elle me dit:

- Je m'appelle Farangis. Si je vous demande de me permettre de regarder ce musée pendant une demi- heure aujourd'hui et de partir, refuserez- vous encore ma demande? Je ne suis ni artiste, ni peintre, ni journaliste. Mais j'aimerais beaucoup voir ces tableaux aujourd'hui.

Cependant, l'événement étrange ne résidait pas dans l'expression de cette phrase, ni dans la tonalité avec laquelle elle l'exprima. Ce n'était pas non plus le fait que Farangis, sans nom de famille, était la même femme qui était venue voir l'exposition cinq ans auparavant, le septième jour de Dey, et que quelques jours plus tard, Agha Rajab m'avait dit l'avoir vue dans la salle. Non, je fus sûr que cette femme était elle- même.

Parmi les cinq femmes qui étaient venues voir et partir du musée le 7 Dey il y a cinq ans, l'une d'elles s'appelait Farangis et cette femme n'avait pas donné son nom de famille. J'avais pris en compte toutes les statistiques des visiteurs. Au cours de ces cinq années, plusieurs femmes et filles nommées Farangis étaient venues, mais toutes écrivaient leur nom de famille avec leur prénom. J'avais parlé avec toutes. J'écoutais leurs paroles avec quelle inquiétude. Mais ce qui devait être la caractéristique distinctive de cette femme inconnue- c'est- à- dire le regard pénétrant de ses yeux- n'était pas présent chez ces femmes et filles.

Seule une Farangis sans nom de famille était venue il y a cinq ans, en un tel jour, et aujourd'hui, le 7 Dey, le quinzième anniversaire de la mort du Maître, elle est revenue. Et avec un tel regard! Il ne restait plus aucun doute que cette femme était elle- même. Elle était certainement la même enchanteresse ou l'ange qui avait traîné le Maître au- dessus de sa tombe, ou l'avait rendu heureux pendant un certain temps. Pour cette raison même, c'était mérité que j'insiste davantage et que je n'accepte pas sa demande ce jour- là, afin qu'elle revienne et se mette à genoux devant moi, me soumettant et révélant les secrets que je désirais découvrir.

La chose étrange fut que lorsqu'elle prononça:

- Si je vous demande...

les yeux de cette femme adoptèrent une expression singulière. Je ne saurais décrire exactement de quel genre d'expression il s'agissait. S'agissait- il d'une demande? D'une supplication? Tentait- elle de me fasciner avec ces yeux séduisants? Je ne parviens pas à définir cette expression particulière dans ses yeux.

Un poids lourd semblait tirer mon cœur de sa chambre. J'étais effrayé, perturbé, plongé dans un état indescriptible. Cependant, je puis dire que l'expression dans ces yeux rappelait étrangement celle présente sur le visage figé dans la toile. À tout prix, je désirais contempler ces yeux sur la peinture. Je m'y suis rendu. Je me suis rendu, moi qui pensais être devenu sec et momifié, moi dont les pensées étaient monopolisées par le travail administratif et mon Maître. Je me suis agenouillé devant cette femme inconnue, le regard de ses yeux m'ensorcelant également.

Pendant quelques instants, une colère extrême me fit me débattre intérieurement, puis quelque chose en moi se délia. Un nœud se défait, une plaie s'ouvre, et le sang s'écoule. Une faiblesse agréable m'envahit. Je la reconnaissais. Je me murmurais intérieurement:

- Quelle tourmente il a endurée par cette femme!

Ces fantasmes, maintenant que je rédige les notes des jours passés, me reviennent en mémoire. À ce moment- là, je n'avais plus d'autre choix, et elle, cette femme séduisante, réalisa immédiatement son pouvoir et se prépara à partir.

Sortant de derrière le bureau, j'ouvris la porte et me tournai vers le corridor en disant:

- Gholâm, viens ouvrir la porte!

La femme inconnue s'assit sur la chaise à côté de mon bureau, mais je ne la regardais pas. Lorsque Gholâm entra dans la pièce, je me dirigeai vers le bureau, pris la clé, la lui remis, et lui dis:

- Il fait froid dans la salle, n'est- ce pas? Aujourd'hui, tu n'as pas allumé le poêle?

- Non, vous l'avez dit vous- même.

- Allume le poêle à pétrole et place- le dans la salle jusqu'à notre arrivée.

Farangis saisit l'occasion pour réajuster son maquillage. Elle tira un miroir de son sac, examina son visage, effaça délicatement le coin de ses lèvres avec un mouchoir en soie, dissimula le miroir dans un sac rouge qu'elle tenait et croisa mon regard.

Ensuite, elle se lança dans un discours. Elle évoqua le bâtiment du musée, ses connaissances parmi les amateurs d'art et les mécènes du gouvernement, le PDG de la société de tapis qui l'admire, le directeur général du ministère de la Culture qui est un de ses amis de poker, le vice- premier ministre lui- même qui lit toutes ses recommandations.

Mais aucun d'entre eux n'entreprit quelque chose de significatif. Ce furent des pères qui voulaient vivre quelques matins dans cette propriété. Ils sont ceux qui courent avec le lièvre et chassent avec les chiens. Personne ne se souciait de personne, tandis qu'elle, une femme seule et impuissante, reconnaissait la valeur de ce musée et savait comment préserver une collection de peintures.

Ayant visité, non seulement une fois mais à plusieurs reprises, tous les musées en Europe, elle se disait prête à acquérir toutes ces œuvres et à ériger elle- même un musée. Puis, elle aborda le ministre de la Culture- non pas une personne mauvaise, mais aussi ignorante en matière d'art qu'un veau.

Cette femme parlait inlassablement, son intention n'était pas de partager quelque chose qui la concernait. Elle narrait des histoires à dormir debout, détaillées, s'attardant sur la femme du ministre de la Culture, dévoilant des informations sur sa fille.

Je ne prêtais aucune attention à ses paroles. Dès le début, une animosité envers elle s'était installée en moi. Je la percevais comme une ennemie, la coupable du trépas du Maître. Néanmoins, je n'avais nulle intention de dévoiler ma rancœur. Je nourrissais le désir de me venger de cette femme impassible. Elle me fixait, cherchant peut- être à pénétrer mon cœur et mon âme.

À son insu, je scrutais chacun de ses mouvements. Lorsqu'elle a remarqué mon regard, j'ai détourné mon attention. Face à mon indifférence, ses paupières ont frémi. Au- dessus de ma tête se dressait l'image du Maître. Par moments, Farangis y jetait un coup d'œil tout en continuant son récit. Sur le mur à gauche, en face de la fenêtre, quelques carreaux conçus par le Maître étaient exposés.

Ordinairement, ceux qui entraient dans le bureau fixaient le portrait du Maître pendant un certain temps, mais ensuite, la couleur bleue éclatante des carreaux captivait leur attention. La femme inconnue ne semblait pas les regarder attentivement, comme si elle les connaissait déjà. Puis, elle détourna son regard vers le magnifique sapin enneigé. Malgré cela, son discours ne faiblit pas.

Elle se leva gracieusement de la chaise et porta son regard sur le sapin majestueux. Je saisis l'opportunité pour l'observer minutieusement, de la tête aux pieds. Cette femme, d'environ quarante ans, dégageait une harmonie dans ses proportions. Une fois de plus, elle croisa ses mains à la taille sous son manteau ample. Ses doigts, longs et élégants, arboraient une peau d'une blancheur et d'une douceur apparentes. Aucun signe de l'âge n'avait laissé de trace sur son visage.

La seule différence légère était perceptible lorsque l'on comparait les lèvres et le nez avec l'image réfléchie dans la toile de Ses yeux. Ses cheveux, d'un noir brillant, s'étendaient depuis l'arrière de l'oreille jusqu'à une ligne légèrement plus courte que la lèvre, puis tombaient gracieusement sur son épaule. Elle avait des cheveux noirs brillants, ressemblant à un cadre noir qui mettait en valeur sa peau blanche. Une ride discrète marquait son front. Aucune expression particulière n'émanait de ses lèvres, de sa bouche ou de son front, mais ses yeux, dans leur état normal, portaient une tristesse émouvante.

Un silence enveloppa la pièce pendant quelques instants. Je méditais sur la manière de la persuader de parler, non pas avec des paroles visant à me soumettre, mais avec celles que j'avais hâte d'entendre. Un mot qui vaut la peine d'être dit. Je me questionnais sur la façon dont je devais interagir avec cette femme. Devais- je la traiter avec supplication et sollicitation, ou devais- je la maîtriser avec une forte personnalité?

Son silence était porteur de sens. Elle jouait maintenant avec moi. Après avoir captivé mon regard, il était légitime qu'elle exprime sa gratitude lorsque j'ai appelé Gholâm et lui ai ordonné d'ouvrir la porte de la pièce. Cette femme semblait extrêmement fière de ses yeux. Avec un charme aussi envoûtant, elle avait conquis le Maître, et maintenant, elle réussissait de la même manière en ma présence.

Cependant, depuis longtemps, j'avais sacrifié ma propre identité pour le Maître. J'étais prêt à supporter toute humiliation et dégradation, assis derrière ce modeste bureau en tant que pauvre surveillant, espérant simplement affronter cette femme. Ainsi, son indifférence ne pouvait pas m'atteindre désagréablement.

Peut- être que Farangis était également perturbée d'avoir été contrainte d'utiliser son dernier et plus puissant atout pour une simple requête, m'arrachant ainsi du sol avec son regard. Il était également possible qu'elle n'ait pas encore retrouvé son état d'esprit habituel et qu'elle se donnait une tranquillité d'esprit artificielle tout en m'ignorant. Quoi qu'il en soit, elle avait atteint son objectif, et maintenant c'était à moi de ne pas laisser passer cette opportunité et de l'obliger à parler.

Une chose était claire pour moi: ma patience était épuisée, et si je ne pouvais pas découvrir le secret derrière cette toile de peinture, je me condamnerais à rester pneu. C'était aujourd'hui ou jamais!

Soudain, une pensée me traversa l'esprit. Je n'avais pas exploité suffisamment les avantages et les subtilités de ma carte. Me levant derrière le bureau, je m'approchai de la porte et dis:

- Puis- je me permettre de faire un tour dans les classes? Parfois, les élèves restent en classe, ce qui va à l'encontre des règles. Je les fais sortir de la classe et je reviens immédiatement pour nous rendre ensemble à la salle du musée.

- Ça prend beaucoup de temps, monsieur? Pourrais- je avoir la permission d'aller en compagnie du gardien de l'école?

Elle n'avait pas tant de patience. Elle ne se souciait pas autant de moi.

- Non, Madame. Tout d'abord, je dois être à votre service. En plus, cela ne prendra que cinq minutes.

J'ai dit cela et j'ai ouvert la porte, sortant de la pièce.

Je suis rapidement allé à la salle du musée. Gholâm avait ouvert la porte et m'attendait sur le seuil. Je lui ai dit:

- Gholâm, ne m'attends plus. Rentre à la maison! Je vais fermer la porte moi- même et remettre la clé au concierge. Pars, mon chéri.

Dès que Gholâm descendit les escaliers, je pénétrai dans la salle du musée. La lumière, d'une intensité que je n'avais jamais ressentie en moi, éclairait la pièce. M'approchant du tableau Ses yeux, j'eus l'impression de le découvrir pour la première fois, comme si j'avais entendu sa description pendant des années et vu des copies, mais jamais de mes propres yeux.

Comme si je redevenais jeune, faisant face pour la première fois à une femme qui voulait se jeter dans mes bras. Les yeux avaient désormais une signification pour moi, mais ils m'avaient aussi privé de ma volonté. Les fixant pendant quelques minutes, toute la tragédie de la vie du Maître devint palpable dans mon esprit. Cette femme, il fallait lui faire mordre la poussière. Je contemplais le tableau et élaborais mon plan.

J'ai plongé la pièce dans l'obscurité pour préserver mes actions du regard extérieur. Ouvrant la porte du stock, j'ai déplacé délicatement le tableau de sa niche, le disposant sur la table. Mes mains ont effleuré ses yeux, comme si leur contact pouvait m'offrir une compréhension plus profonde, une extase accrue. Une fine poussière imprégnait la toile, que j'ai balayée d'un geste soigné.

Soulevant le tableau avec précaution, je l'ai posé sur ma tête, sentant son poids m'écraser, me laissant dans un état d'impuissance. Je l'ai mis dans le stock. Reprenant mon souffle, je suis retourné dans la salle du musée. Je me suis assis quelques instants, essuyant ma transpiration.

Puis je suis retourné à mon bureau et j'ai déclaré:

- Excusez- moi, madame, je suis prêt à vous accompagner.

Elle était assise confortablement, contemplant l'image du Maître. À l'énonciation de ma voix, elle se leva, prenant son sac qu'elle tenait à la main, et dit:

- Merci, monsieur.

Se tenant près de la porte, j'ai ouvert, laissant Farangis sortir avant de verrouiller soigneusement derrière elle. Sans attendre mes indications, elle monta les escaliers, et je la suivis. À la porte du hall, elle s'arrêta ; j'ouvris, elle entra, et je refermai derrière elle.

J'allumai les lumières du hall. Dès que le hall s'éclaira, je fus fixé à son visage. Le lieu où Ses yeux devait trôner sur le mur en face de la fenêtre était désormais vacant. Cette absence me frappa soudain dans la clarté. Farangis, cependant, sembla ne pas le remarquer, ou peut- être feignait- elle l'ignorance.

Il était indéniable que cette femme était astucieuse et talentueuse, capable de présenter l'image qu'elle souhaitait avec facilité, que ce soit par un regard, un mouvement des lèvres ou un pli du front. Son sourire avait tourmenté bien des gens par le passé. Peut- être voulait- elle donner l'impression de ne rien avoir observé, mais le hall du musée sans la toile de Ses yeux n'était plus celui du Maître.

M'approchant au milieu de la salle, à côté du poêle à pétrole, j'observai attentivement la femme. Farangis commença à examiner les toiles du Maître du côté droit. Me tenant au centre, à côté du poêle à pétrole, je pivotais dans la direction qu'elle prenait, la scrutant.

Elle faisait une pause devant certaines de ces peintures, en ignorant certaines et en continuant. Cette femme n'était pas une simple spectatrice. Elle ne cherchait même pas à se faire passer pour une artiste. La question persistait: pourquoi était- elle venue ici? Quelle était cette obsession qui la guidait? Je la voyais toujours de dos. À chaque mouvement qu'elle faisait, je me déplaçais aussi. Je ne voulais plus regarder dans ses yeux. Je me retenais de le faire. Je voulais l'observer de dos, évitant délibérément de croiser son regard captivant et de me laisser influencer par le charme de ses yeux et la splendeur de son visage.

Elle n'affichait pas le raffinement d'une artiste chevronnée, mais elle n'était pas non plus telle un spectateur émerveillé, regardant et restant bouche bée. Elle avançait rapidement devant certaines toiles, parfois s'arrêtant. Soudain, elle faisait plusieurs pas rapides et examinait une autre toile. On aurait dit qu'elle connaissait toutes les toiles, et chaque tableau recelait une fascination particulière pour elle.

Depuis son entrée dans le bureau, c'était la première fois qu'elle gardait le silence. L'art du Maître la captivait- il, ou bien était- ce le souvenir du passé qui l'envahissait? Peut- être les deux à la fois.

Tel un commandant, attendant anxieusement des nouvelles de la victoire après avoir élaboré et exécuté un plan, mon cœur battait fort, nourrissant ma confiance en un succès imminent. La colère montait en moi, mes paroles résonnaient en échos solitaires:

- «Me négliges- tu? M'ignores- tu? Te complais- tu dans un bavardage destiné à me fasciner? Avec quelqu'un qui n'attend rien de la vie, d'où cette éloquence inutile? Avec la folle du Maître? Avec celle qui voit les rêves à travers tes yeux la nuit? Avec moi? Avec celui qui a immédiatement percé ton jeu à ton premier regard, comprenant clairement à qui il a affaire? Voyons maintenant qui enjôlera. Voyons qui implorera et suppliera. Sois assurée que le charme initial de tes yeux est passé. J'ai été pris au dépourvu, tu as défait un homme comme le Maître. Maintenant, il est temps que tu succombes à ma volonté et à mes désirs.

L'assurance du succès persistait, malgré une légère hésitation qui tissait les fils de mon esprit. Si, pour préserver le mystère, cette femme avait évité de mentionner le tableau des Yeux, à ce moment- là, ma défaite aurait été certaine.

Et que se passerait- il si cette femme égoïste feignait l'ignorance de l'absence du tableau principal dans la salle pour dissimuler les secrets de son passé? Elle s'approchait de l'emplacement vide où se trouvait autrefois le tableau. Mes inquiétudes s'intensifiaient, mais je me retenais. Pour moi, cette femme symbolisait soit la mort, soit la vie. La réussite de ma vie dépendait du succès qui m'était destiné.

Si je ne pouvais pas raviver les secrets de la vie du Maître en Iran, à quoi bon ma propre existence? Si les Iraniens aujourd'hui- jour de travail et d'efforts- comprenaient le courage et la lutte du Maître, s'ils pouvaient comprendre que le grand peintre iranien intervenait directement dans les affaires de son pays, connaissant son destin en parallèle avec celui du peuple, oui, à ce moment- là, ils pourraient être plus inspirés. Ils danseraient davantage, boiraient davantage, et la gangrène de la dépression et de l'indifférence les toucherait moins.

Il était impératif de sensibiliser les artistes à l'exil du Maître peintre, d'expliquer pourquoi cela s'était produit. Dans cette ère d'oppression, où la peur régnait et où le père tremblait aux côtés de ses enfants, si quelqu'un devait résister, aujourd'hui, avec une plus grande liberté gagnée par les efforts et les sacrifices de personnes comme le Maître et ses partisans, chaque individu vivant portait une responsabilité. Ma terreur n'était pas seulement due à cela. Mon égoïsme jouait également un rôle majeur.

À cet instant dans le hall du musée, alors que mes yeux suivaient la femme inconnue, ce que je percevais avec une clarté et une netteté évidentes frappait mon esprit comme une vague déchaînée: oui, mon égoïsme était également un facteur majeur.

En fin de compte, j'étais l'unique personne capable de dévoiler la vie pleine de tourments du Maître. J'avais étudié méticuleusement toutes ses œuvres, scruté chaque note marginale de ses livres. Qui, sinon moi, avait tant œuvré pour comprendre l'artiste, ressentant ce fardeau au fond du cœur? Qui, comme moi, connaissait véritablement le Maître?

Ma vie avait été une quête incessante pour devenir artiste, mais les moyens m'avaient fait défaut. Malgré mon talent, mon but était de visualiser la vie du Maître. La clé de cette réalisation était désormais entre les mains de cette femme. J'étais prêt à m'agenouiller devant elle, à saisir sa jupe et à la supplier de répondre à ma demande.

La femme approcha de l'emplacement du tableau des Yeux. Elle y jeta un regard, puis passa outre. À deux reprises, elle fit demi- tour, retirant sa main de sa taille, penchant la tête en arrière. Soudain, elle s'émerveilla. Du bout du doigt, elle effleura la poussière restante sur le cadre de la peinture. Elle se tourna vers moi, ses couleurs semblant fanées. Ses yeux scintillaient, comme si elle voulait dire:

- Tentatives de tromperie? Où est le tableau?

Mais je ne lui donnai pas satisfaction. J'attendais qu'elle parle. Calme, je réchauffais mes mains, contemplant la flamme bleue du poêle. Le moment crucial était arrivé. Elle devait parler:

- Mon cher instituteur, il semble que la place d'un tableau soit désormais vide.

- Oui, madame, cela demeure envisageable.

- Mais emportent- ils également les toiles du Maître hors de cette salle?

- En effet, ils les emportent, et parfois, elles se perdent. De temps à autre, elles trouvent des acquéreurs.

- Vous vendez ces tableaux?

- Tout demeure possible.

- Comment cela peut- il être possible?

Elle ne s'attendait pas à une telle réponse. Son anxiété transparaissait, révélant ce qui était dissimulé dans son visage. Ses traits semblaient imprégnés de tristesse. Pourtant, j'étais calme et indifférent.

- Oh, madame, tout est envisageable. Le Maître possédait bien plus que ces toiles de peinture, bien plus que ce que vous contemplez actuellement. Ils peuvent être emportés, volés. Après tout, qu'importe un tableau de plus ou de moins pour l'honorable gouvernement?

- Ont- ils vendu ce tableau qui était ici?

- Peut- être. Il est également possible qu'il se trouve dans l'une des classes, et l'un des élèves de l'école le reproduise.

- Vous souvenez- vous de quel tableau il s'agit?

- Non, je n'en ai aucun souvenir.

Il était évident que cette femme allait aborder la question de la toile Ses yeux. Elle examina à nouveau les tableaux. Pendant un moment, elle se détourna de moi, de nouveau consciente des œuvres du peintre. Elle s'arrêta devant une toile mesurant deux mètres et demi de long et un mètre de large. C'était l'une des œuvres exceptionnelles du Maître.

Un homme bien bâti, au physique puissant, vêtu d'un costume, était au centre de la peinture. Il se tenait devant un miroir, baissant son chapeau à bord droit avec sa main droite. Son visage large et ridé se reflétait dans le miroir. Environ un tiers du tableau montrait un manteau long et élégant que l'homme portait. À côté du miroir, une canne épaisse reposait sur une petite table. Une cigarette fumait dans un cendrier. À droite du cadre, une femme mince d'environ quarante- cinq ans sortait de la pièce. Elle était mal fagotée.

Le visage de la femme était respectueux et charmant, mais triste. Elle avait un mouchoir noir sur la tête, noué sous la gorge, et un chapeau de paille féminin noir reposait sur le mouchoir. La vision de cette femme avec le mouchoir et le chapeau était assez comique, incitant un rire à quiconque ne voyait que cette partie de la peinture. On aurait dit qu'une femme légère imitait quelqu'un, mais le visage de la femme ne semblait pas être une plaisanterie ou une moquerie. La femme semblait faite de cire, attendant simplement de fondre et de disparaître.

Sous la toile, sur le cadre, était inscrit La célébration du dévoilement des femmes. À la lecture de cela, le rire cédait la place à la réflexion. Quelle importance accorde- t- on à la célébration? Il est certain qu'il se prépare pour quelque chose d'important. Mais la terreur et l'anxiété transparaissent dans le visage de la femme ; elle sait qu'elle se ridiculise.

Que faire? L'ordre est que tout le monde doit participer à la célébration du dévoilement des femmes. Ils doivent amener leurs propres femmes. L'homme considère cela comme tout à fait normal, à moins que quelqu'un n'ait d'autres attentes. Mais la pauvre femme!

Pendant un moment, Farangis se tint devant cette toile. Je devinais que la femme inconnue avait découvert la profondeur de la tragédie exprimée explicitement dans cette toile. Ce tableau raconte une histoire douloureuse: même s'ils dévoilent des femmes, cette femme continuera de porter le voile. Même s'ils l'emmènent mille fois à des cérémonies de dévoilement, elle restera inchangée.

Un maître et une compétence étonnante dans la représentation du visage de l'homme, visible uniquement dans le miroir, sont mis en œuvre. Son visage est calme, il n'a pas encore vu le visage de sa femme avec la nouvelle robe qu'elle a mise, avec le mouchoir et le chapeau de paille. La femme est gênée, honteuse de montrer même à son mari ce désordre. On dirait qu'ils la tirent d'un buisson épineux, et maintenant elle ressent les entailles des lames qui frottent sa peau nue. Cependant, elle anticipe une douleur encore plus profonde.

- Pourquoi cette femme a- t- elle noué un mouchoir sous le chapeau de paille? interrogea Farangis.

- Vous ne vous rappelez pas? Il était ordonné que les femmes viennent invariablement aux festivités avec un chapeau de paille.

Cependant, cette femme ne pouvait dévoiler ses cheveux blancs aux regards non autorisés. Observez attentivement! C'est l'un de ces vieux mouchoirs qu'elle a lié sur sa tête pour couvrir au moins son cou et ses cheveux blancs.

Farangis défila devant le tableau. Plusieurs œuvres d'Agha Rajab ornaient le mur, soigneusement encadrées. Elle me lança un regard. Je pris l'initiative et déclarai:

- Madame, voici le serviteur du Maître.

- Ouais!

Ce ouais menaçait de m'échapper à tout moment. J'étais sur le point de lancer:

- Crachons au visage de ceux qui jouent la comédie!

mais je me retins, me rappelant:

- Patience, son masque va aussi tomber. Elle finira par parler!

À voix haute, je réitérai:

- Oui, madame, chaque toile a son histoire. Chacune narre une fragrance de pensées, d'émotions et une étape de la vie du Maître. C'est dommage que vous n'ayez le temps que pour aujourd'hui, ne pouvant plus revenir contempler cette exposition. Autrement, j'aurais été ravi de vous fournir quelques explications.

- Je vous en serais très reconnaissante. Oui, c'est exactement ce que vous dites. Je suis à Téhéran seulement aujourd'hui, demain je m'éclipse de cette ville. J'ai lu à plusieurs reprises dans les journaux la description des œuvres du Maître, sans jamais avoir eu l'opportunité de les voir.

Elle se mit à bavarder à nouveau, et si je ne l'avais pas interrompue, elle aurait repris son rôle de reine de la colline et emprunté un autre chemin. Je coupai court à ses paroles:

- Vous n'avez jamais contemplé les œuvres du Maître auparavant?

Ma question sembla la prendre au dépourvu. Surtout parce qu'elle s'était laissée emporter par le flot de mes paroles et n'avait guère le temps de réfléchir, elle fit une pause de quelques instants. Elle détenait un pouvoir étrange, capable d'ajuster son apparence selon ce qu'elle souhaitait montrer. Néanmoins, même ce bref moment de silence, ce froncement de sourcils, ce resserrement des yeux, laissèrent entrevoir que le calme apparent n'était pas le reflet de son être intérieur.

Cependant, ses paroles fluides et son sourire ne trahirent rien de particulier. En réponse, elle articula:

- Il y a quelques années, je suis venue ici. Cependant, je n'ai fait que jeter un coup d'œil rapide. Il est probable qu'il y avait d'autres toiles ici qui ne sont plus présentes maintenant.

- Il semble que vous ayez également mémorisé le visage du concierge de notre école. Lors de votre arrivée, vous avez constaté le changement de notre concierge. Ce tableau que vous contemplez représente Agha Rajab, le serviteur du Maître, qui devint plus tard le gardien de l'école. À l'époque de votre dernière venue, Agha Rajab était en vie, détenteur de la connaissance la plus complète sur la vie du Maître, qui n'est malheureusement plus parmi nous.

Un silence de quelques secondes s'installa avant que je ne reprenne calmement:

- Et une femme inconnue...

Il était temps pour moi de lancer mes dernières flèches. Je demeurais inébranlable, prêt à contre- attaquer. Mes yeux étaient rivés sur elle, tentant de déceler les infimes vibrations de son âme. La femme fronça les sourcils, esquissa un sourire, mais la gaieté sur ses lèvres s'estompa. Elle ne pouvait plus me dévaloriser ni jouer à des jeux. Cependant, sa langue restait sous son contrôle. Elle répliqua:

- Quelle histoire charmante, et pourtant personne ne connaît cette femme?

- Je suis la seule à connaître cette femme.

Je retirai mes mains du poêle, les frottai l'une contre l'autre, puis me dirigeai lentement vers Farangis, fixant ses yeux. Ma teinte était pâle. Cette fois- ci, le charme de mes yeux l'emprisonna. La femme inconnue rassembla ses forces déclinantes, éclata de rire, mais le ton de son rire avait changé. Elle avait peur de moi, cherchait à s'éloigner, mais mes pas étaient plus rapides, et elle tentait de retenir avec deux mains un masque qu'elle avait posé sur son visage. Sa perplexité était palpable.

- Que racontez- vous? Vous êtes le seul à connaître cette femme? Vous l'avez rencontrée en personne?

Avançant encore d'un pas, notre distance réduite à moins d'un mètre, elle perdait ses moyens. Calmement, chaque mot appuyé, je déclarai:

- Oui, je l'ai rencontrée en personne.

J'étais sur le point de dire: Je me tiens devant elle. Cependant, je percevais que la femme cherchait toujours à se défendre. Elle voulait infliger le coup de grâce et me faire reculer. Elle osa et se détourna de moi, son regard se posa sur les tableaux, et elle prit les rênes de la conversation. Elle souhaitait changer de sujet. La nature de sa question révélait qu'elle était ébranlée et cherchait à savoir qui avait dévoilé son identité. Elle interrogea:

- Alors, c'est le valet qui vous a présenté cette femme?

- Personne ne me l'a présentée, je l'ai reconnue par moi- même.

- Depuis combien de temps est décédé le valet?

- Il y a trois ans qu'il nous a quittés. La fortune de l'artiste était entre ses mains, et ce qui reste est destiné aux enfants d'Agha Rajab. Parfois, ils rendent visite ici.

- Les tableaux leur appartiennent- ils également?

- Non, le gouvernement les a acquis. Il ne reste rien d'autre, et peut-être qu'ils disparaîtront tous dans quelques années. Certains sont déjà des reproductions. Les élèves du Maître prétendent vouloir les copier, puis ils vendent l'original et remettent la copie. Il est difficile de distinguer l'authentique du faux pour ceux qui ne possèdent pas l'original.

- C'est vraiment regrettable.

À présent, c›était à mon tour de prononcer un Ouais! Pour cette femme inconnue aussi, il existait des regrets dans ce monde. J›ai jeté un coup d›œil à ma montre, voulant qu›elle pense que je suis pressé et que je dois l'écarter au plus vite pour reprendre mon travail.

- Monsieur l'instituteur, êtes- vous pressé?

Ma manœuvre a atteint sa cible. Mon intention s'est concrétisée.

Elle semblait inquiète. Je lui ai donné une opportunité. Elle comprit enfin que j'avais la maîtrise du fil. Ne croyez pas que je sois soumis comme les autres et qu'elle puisse me traiter de la même manière.

- Non, madame, je ne suis pas pressé, mais nous avons tous une vie. Nous devons nous mettre au travail.

- Pardon! J'ai beaucoup retardé votre temps.

- Non, ce n'est pas grave. Regardez.

Elle se replongea dans l'observation des tableaux. La moitié de la pièce était encore à découvrir. Face à la toile Maisons paysannes, elle s'immobilisa pendant plus de deux minutes et contempla. Soudain, elle se tourna et fixa l'un des dessins au crayon d'Agha Rajab.

J'ai saisi l'état d'esprit avec lequel elle examinait les tableaux. Son arrêt devant certains d'entre eux visait- il à sonder la profondeur des récits du Maître, ou simplement à montrer qu'elle comprenait et saisissait la fabrication? Peut- être connaissait- elle ces toiles, et des souvenirs du passé défilaient dans son esprit.

Les Maisons des Paysans étaient restées entreposées jusqu'après les événements de septembre. La plupart des collègues et amis du Maître ne l'avaient pas vue. Il y a trois ans, en septembre, je l'ai sortie et encadrée, puis suspendue. Cette toile reflète clairement le dégoût et l'horreur du Maître face à ce qui se passait pendant la dictature.

Le Maître a peint l'une des maisons construites par le nouveau propriétaire de cette province le long des routes de Mazandaran[1]. Ces maisons avaient été érigées avec l'argent du peuple « *pour les*

1. Le Mazandaran est une province verdoyante du nord de l'Iran, bordée par la mer Caspienne et connue pour ses paysages luxuriants et son climat agréable.

paysans ». Le spectre de la maison paysanne apparaît à l'arrière de la toile, éclairé par la lueur douce de la lune. La demeure est bien bâtie et ornée, mais dans l'obscurité de la nuit, elle semble sinistre et effrayante.

Sur le sommet de la montagne recouverte de forêt, une lueur légère est perceptible, rappelant la beauté naturelle de Mazandaran. Les rizières, dans l'obscurité de la nuit, brillent et sont vivifiantes.

À l'avant- plan, un vieux fermier et son jeune fils ont posé leurs pieds noirs et sombres, semblables à des fumerons, près du feu. Le visage du vieil homme, marqué par la souffrance mais rayonnant de la chaleur du feu, est illuminé. Cependant, le regard terrifié du fils du fermier se dirige de l'autre côté du tableau. Là, une vieille femme tire de force une vache maigre et à moitié morte avec une corde. L'animal a perdu son souffle et le froid du début du printemps le fait fléchir.

Un grand chien allongé à côté du feu relève à peine la tête. On dirait qu'il est également conscient du malheur qui se déroule.

Farangis a contemplé cette scène pendant quelques minutes, puis s'est éloignée légèrement pour la considérer de loin. Elle avançait en reculant, se rapprochant du poêle au centre de la salle.

- Madame, assurez- vous de ne pas vous approcher du poêle. Avez- vous prêté attention à ce que le Maître raconte dans cette peinture?

- C'est à vous de dire.

La douceur de son langage avait disparu. Il était évident que je l'avais inquiétée.

- Je voulais que vous disiez ce que vous aviez compris.

- Je n'ai pas compris grand- chose.

- Voulez- vous que je vous le dise?

- Je vous en prie.

Il s'agit de Les Maisons Paysannes. On disait aux paysans que la maison devait toujours être propre, lavée et rangée. Surtout au début du printemps lorsque Sa Majesté venait à Mazandaran. Les fonctionnaires de l'immobilier se rendaient dans les maisons chaque jour, de peur qu'elles ne soient contaminées.

Dans ce coin de la toile, l'éruption que vous voyez est un tas de décombres de leurs anciennes maisons. Les paysans avaient construit des écuries pour leurs vaches et leurs poulets là- bas, de peur de ne pas salir les nouvelles maisons. Maintenant, ils attendent tous les jours le roi. Les fonctionnaires sont venus et ont démoli les tas pour qu'ils ne puissent plus s'y rendre. Il n'y a pas d'autre solution que de vivre dans ces nouvelles maisons. Mais pour eux, il n'y a pas d'écuries pour les bœufs, et c'est l'animal qui vient de mourir du froid et du manque de place.

À chaque coin de cette toile, il y a une histoire qui vous est contée. Sur la gauche, devant le tableau, une partie d'une autre maison attire votre attention. Dans la fenêtre de cette maison, vous voyez une samovar en laiton et quelques lampes à bulles. Regardez comment le Maître les a représentés de manière saisissante, signifiant que les paysans vivent dans le luxe et l'abondance. Les lampes leur sont données par les fonctionnaires de l'immobilier au début du printemps pour que le roi, en passant, puisse les voir.

Lors du paiement, l'argent pour ces biens est retenu en gage des paysans. Pour cette raison, le bétail n'a plus de souffle. Le fils du paysan comprend le malheur qui l'accable et regarde dans cette direction. Le début du printemps est la saison du travail de l'irrigation. Les paysans doivent travailler pieds nus dans les rizières. Ils n'ont pas les moyens de se réchauffer à la maison.

Jetez un coup d'œil à ce chien fidèle, lui aussi regarde peut- être vers la vieille femme des villages qui, peut- être, ressemble à la mère de ce jeune. Peut- être que même ce chien a compris le malheur pour la première fois et a averti son propriétaire.

- Monsieur l'instituteur, est- ce que ce tableau est original ou une copie?

- C'est un original.

- Vous pouvez distinguer l'original de la copie?

- Dans une certaine mesure.

- Alors, comment avez- vous dit que personne ne pouvait comprendre?

- Je comprends, c'est un travail qui n'est pas toujours entre mes mains.

- Alors, à qui appartient ce travail?

- Au directeur de l'école, au ministre de l'époque, au directeur général.

- Si quelqu'un veut obtenir l'un de ces tableaux originaux, à qui doit- il s'adresser?

J'ai pris mon courage à deux mains. Nous étions de plus en plus proches. La fausse atmosphère disparaissait. Farangis sentait que je pouvais l'aider. Le plan que j'avais élaboré rapidement se mettait en action.

- Cela dépend de qui demande, madame.

- Si c'était moi?

- Vous? Qui êtes- vous?

- Moi? Une femme qui ne restera plus longtemps à Téhéran et qui n'a personne dans cette ville. Mes parents sont tous deux à l'étranger et si je pars, vous ne me verrez peut- être jamais.

- Quelle peinture voulez- vous?

- Celle que je veux n'est pas dans cette pièce.

- Quelle peinture?

- Dites- moi d'abord si vous pouvez répondre à ma demande, et ensuite je vous dirai quelle peinture je veux.

- Cela dépend de votre capacité à compenser mes efforts ou non.

- Si vous me donnez la peinture *Ses Yeux*, qui devrait être là et qui ne l'est plus, je vous donnerai cinq mille tomans.

Malgré l'habileté et la finesse que je m'étais méticuleusement préparée, j'ai été pris au dépourvu. Jamais je n'aurais imaginé que cette femme oserait me faire une proposition de vol avec une telle audace. J'ai hésité pendant quelques instants, un laps de temps qui me parut une éternité. Mon silence a effrayé la femme.

- Je sais que vous ne voulez pas cet argent pour vous- même. Je sais que vous devez le remettre au ministre et au directeur général.

Pourquoi me poussait- elle au vol? Était- ce simplement parce qu'elle pensait que c'était un repaire de voleurs ici, et que j'étais complice de ce crime? Ou avait- elle peur qu'en revenant une autre fois dans ce musée, elle ne trouverait plus de traces de ces tableaux? Ou était- ce son désir pour le tableau de Ses Yeux qui lui donnait le courage de me proposer un vol? Et quand elle a compris qu'elle pouvait garder ce tableau pour toujours, a- t- elle décidé de voler le chef- d'œuvre de l'artiste?

Cependant, quelle audace! Comment et d'où a- t- elle acquis une telle insolence pour acheter ma dignité pour seulement cinq mille tomans? Seulement cinq mille tomans!?

J'ai passé dix ans dans cette ruine, assis derrière ce bureau ébréché, et malgré les vols furtifs commis par ceux qui sont venus ici sous les titres d'inspecteurs spéciaux des finances, de directeur et de ministre, je n'ai pas laissé une seule page du Maître sortir. Et maintenant, cette femme, dont on ne sait ni d'où elle vient ni comment, vêtue d'un manteau élégant et ayant une voiture chic sous ses pieds, est venue acheter ma dignité pour cinq mille tomans.

Oh, comme j'aurais aimé chasser de l'école cette femme crapuleuse! Combien j'aurais aimé lui dire:

- Madame, donnez- moi un baiser et le tableau est à vous.

Non, cette femme ne comprendrait pas l'intention derrière mes paroles. J'aurais aimé lui dire:

- Madame, soyez dans mes bras toute la nuit, et le tableau est à vous.

Je me suis éloigné du poêle. Je suis allé dans le coin du hall, juste en face d'elle, près du mur opposé, à une distance qui n'était pas accessible dans les quatre murs du hall. Là, assis sur une petite table réservée au cahier des spectateurs, j'ai croisé les jambes, posé ma main sous le menton et l'ai regardée fixement. Mon visage était rouge.

J'ai rassemblé toute ma force et ma puissance spirituelle, puis j'ai pris une décision.

- Madame, seulement cinq mille tomans?

- Si vous acceptez de me donner le tableau, je vous donnerai tout ce que vous voulez.

- Tout ce que je veux, vous le donnerez?

Ses yeux se sont écarquillés. A- t- elle exprimé de la colère? Je ne sais pas. Je connaissais chaque corde de l'âme de cette femme une par une. Elle n'était pas devant moi depuis plus d'une heure. Mais avec ces lèvres, ces dents, ces joues, ce front et ce menton, tout comme je connaissais les parties de mon propre visage, j'étais familier. Je les avais étudiés pendant des heures d'affilée. Je les avais vus des dizaines de fois au fil des années. Seuls les yeux étaient mystérieux pour moi.

Cependant, je n'avais pas imaginé ce regard en colère. Ce regard n'était pas semblable à celui qui avait apaisé mon cœur il y a une demi- heure. C'était le regard d'une bête affamée. Peut- être cherchait- elle à me rabaisser? Mais cette expression dans ses yeux n'a duré qu'une seconde. Au début, elle n'a pas perçu le sens de la phrase comme je l'avais envisagé. Mais ensuite, en un clin d'œil, elle a accepté le sens caché derrière mes paroles, s'est approchée de moi et a dit encore de manière polie et aimable:

- Je donnerai n'importe quel montant que vous voulez.

Cependant, je persistais et formulai à nouveau:

- Vous acceptez tout ce que je désire?

Cette fois, mes paroles étaient teintées d'un ton différent, dépourvu d'immodestie. Mon intention était de lui arracher la promesse de satisfaire tous mes désirs. Bien que je l'aie intimidée, un frisson de crainte m'envahit alors qu'elle se précipitait vers moi, se plantant devant moi, ses yeux lançant des regards perçants tentant de sonder les profondeurs de mon âme. Je craignais presque qu'elle ne me frappe.

Je me levai, me tenant debout, la fixant intensément. L'expression dans ses yeux, cette fois- ci, évoquait le même mystère profond et chargé de sens que le Maître avait capturé dans sa peinture. À présent, je comprenais pourquoi les yeux dans l'œuvre du Maître pouvaient revêtir des significations diverses, tour à tour faire pleurer ou détester tout.

Elle fit un pas de plus et déclara:

- Oui, je vous accorde tout ce que vous voulez, pourvu que cela reste honorable.

- J'accepte. Donnez- moi l'adresse de votre domicile. Ce soir, je ramènerai le tableau chez vous.

- Pourquoi ne souhaitez- vous pas me le montrer maintenant? Après tout, la transaction doit avoir lieu. Pourquoi préférez- vous que la transaction ait lieu ultérieurement? Montrez- le- moi ici même!

- Tout ne doit pas nécessairement suivre vos désirs. Permettez- moi de vous confronter à un homme plus impitoyable que vous n'en avez jamais rencontré dans votre existence. Ne pensez pas pouvoir acquérir ma dignité et mon honneur avec cinq mille tomans. Je vous promets de ramener le tableau chez vous ce soir. Je ne prendrai même pas une ferraille de votre part. Là- bas, je vous exposerai ma requête.

- Excusez- moi! Je prends congé, je vous attends. Venez quand bon vous semble.

Elle prononça cette phrase avec sincérité et sans artifice. Elle était vaincue. J'avais remporté la victoire. Depuis notre rencontre, c'était la première fois qu'elle se montrait authentique. L'ivresse de la victoire me submergeait. Fini les douces paroles. Le masque tomba de son visage, son visage répugnant... non, elle n'était pas répugnante... elle me dévoila son authenticité.

J'ai noté l'adresse de sa maison. Elle résidait dans l'une des rues qui se ramifiaient depuis la rue derrière l'ambassade britannique. Je l'ai escortée jusqu'au seuil de la cour de l'école, j'ai ouvert sa voiture, et tandis que la poussière de la rue se dissipait dans l'air, je suis retourné à l'école.

Cette dame se trouva contrainte de se révéler entièrement, exposant son âme à mes yeux sans la moindre hésitation. Je me rendis à l'entrepôt, emportai le tableau, le transportai dans la salle et me postai devant lui pendant un certain temps.

À présent, le tableau revêtait une signification claire pour moi, devenant la clef permettant de percer les mystères de la vie du professeur Makan. Les yeux autrefois mystérieux ne m'inspiraient plus de crainte. J'estimai que je n'aurais même pas besoin de me rendre chez elle, car elle viendrait à moi, c'était une certitude.

Enfin, je pris conscience qu'il existait dans ce monde quelqu'un ayant dévoilé ses secrets. Mon jugement prit une tangente différente. Elle ne devait pas m'échapper, ne devait pas retrouver sa conscience après un sommeil paisible. Ma décision était irrévocable.

Je confectionnai un morceau de tissu, y enveloppai le tableau, récupérai du papier dans l'entrepôt, l'enveloppai une fois de plus de papier. Je liai soigneusement le paquet avec du fil, le pris entre mes deux mains et retournai à mon bureau.

De retour dans le hall du musée, j'observai l'espace vide laissé par le tableau. J'éteignis la lumière, fermai la porte, puis regagnai mon bureau. Je demandai au gardien d'aller chercher une calèche, car il n'y avait pas d'autre moyen de transporter le tableau.

La coutume de ramener un tableau depuis l'école était fréquente ; de nombreux étudiants et enseignants emportaient leurs œuvres chez eux. Personne ne pouvait émettre le moindre soupçon à mon égard. Mes mains tremblaient de nervosité. Le froid et la pluie des derniers jours commençaient à geler. Mais ce n'était pas le froid qui me faisait frissonner, non, on aurait dit que je commettais un crime. Perdre l'œuvre majeure du plus grand professeur d'Iran en valait- il vraiment la peine? Je ne savais plus ce que je faisais. Ma stratégie s'était déroulée selon mes souhaits jusqu'ici, mais je n'avais plus de plan après cela. Que faire de ce tableau? Avais- je réellement l'intention de le laisser dans la maison de cette femme inconnue, dont l'identité me demeurait obscure? Quelle réponse donnerais- je demain? Comment me regarder en face? Quelle justification offrir à ces charognards qui négligeaient l'art du Maître? Que diraient- ils?

Je commençais lentement à réaliser que cette femme m'avait également ensorcelé. Qui, en réalité, était sous l'emprise de l'autre? Moi? Ou elle? Était- ce vraiment l'amour et l'attachement à la noblesse de l'enseignant, et le reflet de son existence douloureuse et pleine d'efforts, qui me poussaient à ne pas comprendre et à ne pas apprécier ma propre dignité? Ou bien cette femme légère avait- elle volé ma vie de sa cage étroite?

Il était huit heures. Debout devant la porte de l'école, je craignais de croiser le regard du concierge qui attendait l'arrivée d'une calèche. Au loin, le bruit des sabots des chevaux résonnait, martelant la glace brisée. Je me détournai du lieu où le tintement des fers sur la neige et la glace résonnait, évitant que le concierge ne puisse percevoir mon visage. La lune, avec son visage déchiré, ne laissait aucun secret subsister. L'horizon serein, le terrain et les maisons étaient engloutis dans une blancheur mate. Les voitures klaxonnaient avec effronterie, vantant l'agitation de la vie qui m'était étrangère.

Pour moi, il n'y avait plus de possibilité de reculer, le démon avait pris possession de moi. Lorsque le concierge arriva, je lui adressai mes adieux et lui glissai:

- Ce soir, retirez- vous un peu plus tard, peut- être que dès ce soir, je rapporterai le tableau.

Dans la rue Istanbul, la lueur éclatante des lampadaires intensifiait la noirceur du ciel. Des nuages blancs et bleus erraient dans l'atmosphère, tandis que le froid mordant engourdissait mon nez et mes oreilles.

J'avais abaissé mon chapeau jusqu'à mes yeux pour éviter d'être reconnu. Il était huit heures du soir, la foule était en effervescence, insouciante de la vie. Les voitures fourmillaient de gauche à droite, le klaxon de la calèche produisait une mélodie discordante au milieu de tout ce tumulte. Derrière l'ambassade d'Angleterre, des femmes rôdaient pour attirer des clients, et les escrocs guettaient leurs proies. Lorsqu'un d'entre eux me repéra dans la calèche, il s'arrêta, me salua et lança quelques propos malicieux.

Je désirais que le cocher hâte le galop des chevaux, impatient de trouver rapidement le réconfort recherché chez cette femme inconnue dans sa demeure. Je lui enjoignis:

- Accélérez, ils sont ivres et pourraient causer des ennuis.

Le cocher, un homme plus âgé et audacieux que moi, répliqua avec indifférence:

- Qu'importe? Sommes- nous dans la sans foi ni loi? Le sol est gelé, si je presse trop, les chevaux risquent de glisser.

Mes pensées ne se laissèrent pas distraire par les paroles du cocher. L'angoisse me rongeait intérieurement, une gangrène de doute s'insinuait en moi. Comment pouvais- je être certain de ma victoire incontestée? Peut- être cette femme était- elle l'une de ces opportunistes émergées après shahrivar (septembre)? Peut- être tendait- elle un piège, aspirant à s'emparer du tableau et assouvir sa luxure de notoriété...

Je dépliai le morceau de papier où l'adresse de la femme inconnue était griffonnée. Froissé, il se dévoila à la lumière d'un réverbère à une intersection. Mes yeux se posèrent sur la voiture prune qui avait amené la femme inconnue à l'école.

Frappe à la porte. Une femme, arborant un tablier blanc noué et une écharpe blanche sur la tête, l'ouvrit.

- Informez la dame que j'ai apporté le tableau.

Elle ne tarda pas à répondre :

- Entrez.

Je gratifiai le cocher d'une rétribution, adossai le tableau sur mon front et mes épaules, et en saisissant le bas à deux mains, je pénétrai dans le couloir. Une jeune fille s'avança pour le recevoir. Je lui signifiai :

- Non, vous ne pouvez pas l'emporter. Indiquez- moi où le placer.

- Allez dans sa chambre, madame s'y trouve. N'avez- vous pas l'intention de retirer votre manteau?

En cet instant, je compris que j'étais dans une demeure de nobles. La pièce était exquise, ornée d'une petite table ronde portant un bol en cristal rempli de lilas. Un lustre suspendu, de plafond coloré, éclairait la pièce, et un grand vase de palmier trônait dans un coin.

J'appuyai le tableau contre une table basse. La jeune fille prit mon manteau et mon chapeau. Un rapide coup d'œil révéla un environnement aussi intéressant que raffiné à mes yeux. Je me sentais étranger dans ce cadre, insignifiant et pauvre. La crainte m'étreignit, redoutant que cette femme ne prenne le dessus sur moi dans son propre foyer. À l'école, j'étais le maître, le commandant, mais ici, tout me toisait avec mépris. Les vases en cristal, les lustres, les murs aux couleurs vives et les tapis somptueux défiaient mes yeux.

Je connaissais chaque meuble de l'école, leur histoire m'était familière au fil des années. J'avais touché chacun de ces tableaux de mes propres mains. Cependant, dans cette demeure majestueuse, je me trouvais désorienté.

La servante me pria poliment :

- Veuillez entrer, monsieur.

Elle franchit l'entrée d'une chambre. Farangis, affichant une robe moulante vert émeraude, était assise gracieusement sur une chaise. Sa présence dégageait une aura de jeunesse renouvelée, et son visage charmant me stupéfia. Je regagnai mon orgueil ébranlé sans accorder d'attention à la femme inconnue. M'adressant à la servante, je déclarai d'une voix impérieuse:

- Prenez le tableau, transportez- le dans la chambre, mais soyez attentive à ne pas heurter le mur près de la porte.

Observant la chambrière qui tentait de soulever maladroitement le tableau, je précisai:

- Non, non, ce n'est pas ainsi qu'il faut procéder. Tenez- le par le milieu.

Je parlai à voix haute, désirant que Farangis perçoive ma présence. Elle continua à lire le journal pendant quelques instants avant de se lever à l'écoute de ma voix, s'empressa vers la porte de la chambre pour me saluer. Accompagnant la chambrière, manteau à la main, comme quelqu'un habitué à évoluer dans de telles demeures, je pénétrai dans la chambre. Je fis un signe de tête à la dame et surveillai attentivement l'endroit où elle disposerait le tableau massif.

Toutefois, un grand tableau suspendu au mur en face captura mon attention. Cette représentation de Jamaran devait être l'œuvre du Maître, car j'avais déjà vu plusieurs esquisses et cherché la toile moi- même pendant des années. En constatant sa présence dans la chambre de la femme inconnue, un apaisement envahit mon cœur. Avec autant de preuves, il n'y avait plus lieu de douter qu'elle connaissait le Maître.

Au moment où la chambrière posa le tableau au sol, je m'approchai, le retirai de ses mains et déclarai:

- C'est bien, je vais le déballer moi- même.

Alors que la servante quittait la pièce, Farangis dit magistralement:

- Sakineh, attends! Que souhaite monsieur? Vous désirez que je vous serve un verre de cognac?

Son ton poli et aimable, bien que teinté de façade, était accompagné d'un rire joyeux et engageant. Si cette femme persistait à se comporter ainsi, ma colère s'amplifierait. Elle connaissait la raison de ma venue, consciente qu'elle devait au moins me servir pendant une heure et dévoiler des vérités non exprimées. Malgré cela, elle désira engager la conversation avec la même tonalité qu'elle adoptait dans mon bureau.

Je me tournai vers la chambrière et déclarai:

- Merci, je ne désire rien.

Le visage de Farangis rougit face à ma voix dure et catégorique. Je n'osai pas croiser son regard. Sa voix trahit son sentiment de défaite. Elle demanda:

- Alors, permettez- lui de venir ouvrir le tableau.

- Non, madame, confiez- moi cette tâche. Je vous prie de renvoyer votre servante.

Elle fit signe à Sakineh de se retirer. Sans attendre d'éloges, je m'installai dans le fauteuil confortable en face de Farangis. Farangis hésita un moment avant de s'asseoir. Deux minutes de silence s'installèrent. Les bruits des véhicules, des calèches et des passants pouvaient être distingués. Puis, elle perdit patience.

- Ne seriez- vous point disposée à me dévoiler le tableau?

- J'ai apporté le tableau dans l'intention de vous le présenter. La transaction doit prévaloir avant toute chose.

- Je vous ai pourtant fait part de ma disposition à verser toute somme que vous exigeriez.

- Je vous ai offert de préserver mon honneur contre une perte aussi abordable. De plus, si vous persistez à me parler de manière artificielle et trompeuse, je vous préviens que je reprendrai immédiatement le tableau et partirai. Ma venue ici est empreinte de sincérité et de franchise, madame. Je m'excuse, mais votre nom m'est encore inconnu. Je vous nommerai donc Madame Farangis. Vous m'avez assuré de me fournir tout ce que je désire.

- Quelle est donc votre requête?

- Vous devez me procurer ce que vous n'avez accordé à personne d'autre.

- Qu'entendez- vous par là?

- Si vous souhaitez une explication, je me vois contraint de débuter par une introduction afin d'éclairer mes intentions. Pour obtenir de votre part sincérité et franchise, je me dois d'agir de même. Ne pensez pas que ce soir soit notre première rencontre. Cela fait dix ans que ce tableau, actuellement devant vous dans votre chambre, entra dans mon champ de vision. Ainsi, depuis dix ans, je vous connais.

J'ai interrompu mon discours quelques instants, attendant qu'elle me coupe la parole pour pouvoir exercer une pression sur elle et affirmer: « Nous devons parler franchement. » Farangis demeura silencieuse. Il était évident qu'elle était captivée par mes propos. Sans nier quoi que ce soit, elle baissa la tête et entrelaça ses doigts. Assise telle une statue immobile, sa chemise vert forêt lui conférait une élégance naturelle. Ses cheveux tombaient en ondulations gracieuses sur ses épaules. Seuls les contours de son visage étaient visibles, reposant contre le dossier de la chaise confortable, ses yeux fixés sur la nappe de table en drap noir et fleuri.

Tentant de plonger mon regard dans le sien, je constatai qu'elle évitait mes yeux. Elle semblait être comme un oisillon capturé dans ma main. Je questionnai alors:

- Madame, puis- je connaître votre nom?

- Je vous prie de ne pas le demander. Mon nom ne présente aucun intérêt pour vous. Je suis celle que vous cherchez.

- Cela, je le sais pertinemment. Soit, votre véritable identité me reste inconnue en tant que femme anonyme. Souhaitez- vous engager une conversation franche et sincère?

- Que voulez- vous de ma vie?

Son ton était empreint d'une émotion palpable, brisant mon cœur. Je ressentis une certaine honte pour avoir traité quelqu'un avec une telle intensité. Comme tous les êtres humains égoïstes, Farangis, lorsqu'elle était humiliée, éveillait la compassion chez les autres. Ils ne peuvent dévoiler leur grandeur que lorsqu'ils sont au sommet de leur autorité. En revanche, lorsqu'ils sont confrontés à l'adversité, ils deviennent vulnérables et misérables.

Je ne répondis rien, mais elle poursuivit:

- Monsieur l'instituteur, êtes- vous venu ici pour me tourmenter?

- Non, au contraire. Je suis venu pour libérer à la fois vous et moi du cauchemar qui nous rongeait. Toutefois, ce n'est pas mon objectif principal. Vous et Agha Rajab êtes les seuls à avoir connu le Maître. Agha Rajab a rendu l'âme et a emporté ses secrets avec lui. Peut- être a- t- il été intimidé. Peut- être ne comprenait- il pas ou préférait- il s'abandonner à l'ignorance. Mais vous, vous le connaissiez. Vous détenez des secrets de sa vie qui revêtent une importance cruciale pour les générations présentes et futures. Vous pouvez me considérer comme un hypocrite et un imposteur. Vous en avez le droit. Mais pour lever le voile sur le mystère de la vie du Maître, cela revêt également une dimension personnelle pour moi. Consciemment ou non, j'ai consacré ma vie à lui, et nous devons éclaircir les zones d'ombre de son existence.

- Souhaitez- vous écrire la biographie du Maître?

- C'est une possibilité. Si cela revêtit une portée universelle et peut servir de guide aux autres, je pourrais le faire.

- Ainsi, si je révèle ce que je sais, vous le publierez dans votre livre?

- Je ne décrirai pas votre vie. La connaissance de la vie du Maître est précieuse pour l'humanité.

- Vous prétendiez vouloir être sincère et honnête avec moi? M'avez-vous déjà menti?

- Oui. Tout discours tenu sur la vente des œuvres du Maître dans la salle du musée relevait de la pure supercherie. Depuis mon arrivée dans cette enceinte scolaire, pas une seule feuille de papier ornée de la plume du Maître n'a été transmise. Toutefois, cette situation ne saurait perdurer indéfiniment. Jusqu'à présent, nul n'a soustrait les œuvres du Maître. Même moi. Autant que faire se peut, j'ai rassemblé de nombreux tableaux et dessins que le Maître lui-même avait vendus ou offerts à divers endroits. J'ai acquis au moins une centaine de ses créations pour le compte du gouvernement, les ramenant dans ce musée. Cependant, ce soir, j'ai apporté ce tableau jusqu'à votre demeure et je suis prêt à le laisser ici avant de prendre congé. Ainsi, l'argent ne saurait me persuader. Je vous ai attendue pendant dix ans. Vous êtes l'heureuse détentrice de ces yeux...

La femme mystérieuse tressaillit, saisissant fermement les accoudoirs du fauteuil confortable, redressant son corps souple et agile. Elle répliqua:

- Non, ces yeux ne sont pas les miens.

- Mais cette bouche, ce menton, ce front, ces cheveux et ces joues sont sûrement les vôtres.

- Peut- être.

- Peut- être? Comment ces yeux ne pourraient- ils être les vôtres alors?

- Monsieur l'instituteur...

Son timbre s'adoucit, empreint de supplication. Mon cœur s'embrasa de nouveau. J'avais été trop rigide...

- Monsieur l'instituteur, une simple réponse ne suffit pas. Vous avez peut- être raison. Peut- être qu'en partageant une fois dans ma vie les pensées qui m'assaillent, et ce que, selon vous, je n'ai jamais confié à personne, cela me soulagera et dissipera l'ombre qui me tourmente. Ne désirez- vous pas un verre de cognac?

J'eus un mouvement de tête négatif.

- En tout cas, cette conversation s'éternise. Permettez- moi de donner l'ordre de vous préparer un dîner. Je me permettrai également un verre de cognac pour moi- même. Mes nerfs sont à vif. Depuis mon arrivée chez vous à quatre heures et demie, je suis en proie à l'anxiété et à la terreur. Mais ce n'est pas seulement ce soir. Je séjourne à Téhéran depuis un mois, et ces derniers jours, l'appréhension suscitée par ces tableaux me ronge. Chaque année, à cette même période, jour anniversaire de sa disparition, je me trouve dans cet état. Parfois, je me rends dans des recoins isolés où je ne suis pas en contact avec les tableaux. Cette année, je n'ai pu supporter...

Elle s'était levée de son siège et se dirigeait vers la porte. J'pris la parole:

- Bien, dès que vous ordonnerez le dîner, je déballerai le tableau.

- Non, attendez.

Elle s'est retournée vers moi, posant sa main sur l'accoudoir de la chaise sur laquelle j'étais assis, et a ajouté:

- Attendez, je ne suis pas encore prête.

Elle ouvrit la porte et s'éclipsa. Mon regard errait dans la pièce, absorbant chaque détail. Un petit bureau, orné de quelques ouvrages et de papiers soigneusement rangés, trônait au fond. Une grande lampe sur pied, aux nuances vertes chatoyantes, illuminait l'ensemble. À droite, une étagère regorgeait de volumes en français. Une photo encadrée du Maître ornait la table, entourée de sculptures délicates.

Les rideaux de la pièce étaient d'un bleu nuit profond, tandis qu'une commode revêtue de verre dépoli exposait d'anciennes sculptures. La vue sur Jamaran ajoutait une touche de majesté à cet ensemble. Deux fauteuils confortables et un grand meuble complétaient l'ameublement.

Je me levai et me dirigeai vers le mur où se trouvait le tableau du Maître. À ce moment- là, la femme inconnue réapparut, accompagnée d'une servante portant un plateau chargé de deux verres. Après les avoir déposés sur la table, la servante se retira. La femme sortit une bouteille de cognac du placard et la plaça sur la table avant de s'installer. Elle prit une gorgée de cognac, puis, après un instant de réflexion, elle dit:

- Permettez- moi de vous narrer d'abord notre rencontre. Ensuite, vous pourrez poser toutes les questions que vous souhaitez.

- Je n'ai point de question à vous soumettre. J'eusse aimé entendre plus de vos paroles à son égard.

- Je n'aspire point à confier les détails de ma propre existence à vos oreilles. Rien de nouveau ni d'extraordinaire dans ma vie qui soit distinct du destin de la plupart des gens, rien qui puisse susciter votre intérêt pour moi ou pour les destins communs. Mais le Maître, lui, se dressait tel un géant parmi les hommes, aussi majestueux que le cou d'une girafe.

Je n'ai point une mémoire exacte de l'année où nos chemins se croisèrent. Mais je sais que je n'avais guère plus de dix- neuf ou vingt ans. J'étais une jeune femme téméraire- je dis téméraire moi- même, mais les demoiselles de mon âge me jugeaient arrogante. Je pouvais m'adresser à des inconnus et discuter des heures durant, évoquant des sujets qui ne les intéressaient guère, parlant d'expériences que je n'avais jamais vécues. Et parce que je jouissais d'une certaine beauté, cette assurance ne choquait point. Les jeunes gens appréciaient mon audace et me louaient.

À l'école, je n'étais pas réputée pour ma timidité, mais mes talents surpassaient mon caractère. Enfant unique choyée de mes parents, je fus élevée comme une perle rare. Ma mère, seconde épouse de mon père, exerçait peu d'emprise sur le foyer, où tout se pliait aux désirs paternels. Elle ne faisait que se plaindre et se soumettre. Depuis mon plus jeune âge, j'ai nourri un amour pour la peinture.

Par moments, je m'adonnais à la peinture de paysages naturels à l'aquarelle. Baignée dans l'opulence grâce à la fortune de mon père, ma vie s'écoulait dans un confort matériel indéniable. Jamais je ne connus la nécessité ni la pauvreté. Mon père, m'encensant sans cesse, voyait en moi un potentiel artistique prodigieux. Il vantait mon talent inné, prophétisant qu'avec de l'assiduité, je deviendrais la plus éminente peintre féminine d'Iran. Souvent, lors de réunions entre amis, lorsque les cartes ou les discussions politiques ne monopolisaient pas son attention, il exhibait mes œuvres pour flatter son ego et les commentait comme s'il récitait le Shâhnâmeh.

Si je n'avais pas été gracieuse, et si j'avais pris mon art plus au sérieux, peut- être aurais- je laissé une trace significative. Mais mon caractère frivole et léger, et surtout la facilité avec laquelle mon père écartait tous les obstacles de mon chemin, me convainquirent très tôt que mon visage et mon audace valaient davantage que mes autres talents, quels qu'ils fussent. Dès mes seize ans, j'avais compris que mon attrait et ma témérité étaient mes meilleurs atouts. Dès lors, je n'accordais plus guère d'importance aux choses sérieuses, préférant toujours le chemin le plus aisé.

À cette époque, mon père parlait souvent de l'artiste Makan. J'avais achevé ma formation d'enseignante depuis deux ans déjà, et je luttais contre le chômage. Mon père louait les mérites de Makan, affirmant qu'il avait étudié l'art en Europe et passé un temps considérable en Italie. Son talent était respecté, ses tableaux prisés, et son nom circulait parmi les initiés. Il suggéra même que je pourrais rejoindre son atelier pour apprendre la peinture. Ma mère, femme pieuse et dévote, voyait cela d'un mauvais œil, considérant la peinture comme un art prohibé.

Pendant deux ou trois mois, mes parents débattirent de mon avenir. Ma mère penchait pour un mariage, tandis que mon père, ayant goûté aux affres de l'union conjugale, souhaitait que je choisisse moi- même mon époux- ce qui, parfois, envenimait les choses.

Un jour, je pris mes propres toiles, que je jugeais magnifiques, et, sans prévenir personne, je me rendis à son atelier.

Je ne saurais l'expliquer. Je n'ai jamais pu sonder les abysses de mon propre esprit. Ce n'est pas faute d'y avoir réfléchi. Je n'ai tout simplement jamais saisi les motivations qui m'ont poussée à agir de manière si indigne de ma position. Un acte répréhensible, indigne d'une jeune fille de ma condition. Mais jamais je n'ai pleinement mesuré la laideur de mes actes. Je n'en saisis ni la nature ni les raisons.

Dès que je le vis pour la première fois dans son atelier, je sus que j'étais face à quelque chose d'exceptionnel, de radicalement différent de tout ce que j'avais connu jusqu'alors. Son attitude à mon égard était étrange. Alors que les autres semblaient charmés par mes rires et ma légèreté, lui n'y prêtait aucune attention, voire semblait ne pas me remarquer du tout. Il restait insensible à mes rires sincères, à ces éclats qui naissaient de mes yeux, de ma bouche, de mes joues, de mes lèvres- témoins de ma jeunesse et de ma joie de vivre.

Il n'était ni arrogant ni égocentrique, mais il était difficile de l'approcher. Une froideur semblait en permanence envelopper son visage, et il fallait du temps pour en percer la carapace. Contrairement aux autres, il me réserva un accueil glacial. Mais ce détachement, cette sécheresse, n'étaient pas ce qui m'ébranlait le plus. Ce qui me troublait profondément, c'était son indifférence. Il ne me maltraitait pas, il ne me manquait pas de respect. J'aurais préféré qu'il le fît, ne serait- ce que pour briser le masque que je portais dans ce genre de circonstances, ou pour l'obliger à dévoiler son mystère intérieur. Mais son attitude, polie, réservée, m'a profondément troublée.

Lorsque je désirai lui présenter mes esquisses, elle prit place derrière un petit bureau. On eût dit qu'elle voulait faire une démonstration formelle en examinant mes œuvres sans exprimer d'avis personnel ou amical. Elle saisit quelques feuilles de dessin, les fit glisser une à une sous les autres de sa main droite tout en observant la suivante. Cette visite dura peut- être une minute. J'espérai un encouragement, même modeste. Je ne recherchais pas, comme ce que faisaient les autres devant mes peintures, les éloges d'un chef- d'œuvre, mais au moins une reconnaissance de mes efforts. Peut- être un simple:

« Pas mal. Où avez- vous appris? Vous êtes débutant, vous avez beaucoup à apprendre. » Mais au lieu de cela, elle les récupéra, sans chaleur ni émotion, et murmura:

- Insh'allah[1], ça ira.

Parmi ces créations figurait un portrait expressif d'une servante qui travaillait à notre domicile. Cette jeune femme avait grandi parmi nous depuis son enfance et s'était mariée à l'âge de seize ans. Son époux l'avait abandonnée, avec un enfant, après un an de mariage. Je l'avais dépeinte, elle et son enfant, à l'aquarelle ; j'imaginais avoir très bien montré les tourments qu'elle devait endurer, captant son expression souffrante alors qu'elle tenait son enfant, ses yeux grands ouverts et sa bouche béante. Les autres louaient mes esquisses, mais elle sembla ignorer celle- ci, préférant peut- être celles qui dépeignaient la nature.

Cet homme avait une étrange parcimonie dans son discours ; il accordait de la valeur à chaque mot qu'il voulait articuler. Lorsqu'il se tourna vers moi, je m'assis un peu, espérant peut- être obtenir quelques conseils de sa part. Cependant, il demeura silencieux, laissant transparaître l'idée que: « Eh bien, si vous n'avez rien d'autre à dire, ne me dérangez pas. »

Jamais je n'avais rencontré un individu semblable. Il aurait au moins pu me conseiller de travailler un peu pour voir ce que l'on pouvait faire, si je souhaitais apprendre la peinture. Lorsque j'entrai dans son atelier, j'exprimai mon désir d'apprendre la peinture, ayant entendu parler de ses cours particuliers. En réalité, il manifestait un intérêt pour l'enseignement. C'est d'ailleurs grâce à ces cours particuliers que l'école où vous êtes l'instituteur aujourd'hui est née. Pourquoi

---

1. «Inch'Allah» signifie « si Dieu le veut » ; c'est une expression d'origine arabe qui exprime un souhait soumis à la volonté divine.

cet homme ne m'appréciait- il pas? Il n'avait aucune raison d'être aussi austère à mon égard. J'espérai qu'il me présentât ses œuvres, me saluât chaleureusement comme le faisaient les autres, répondît à mes rires, voire m'encourageât à poursuivre, ou qu'il soulignât au moins les imperfections spécifiques de mes dessins. Au contraire, plus je restai là, plus il me traita avec froideur. Finalement, le sourire sur mes lèvres s'estompa. Cette première rencontre me sembla empreinte de mépris. On eût dit qu'il cherchait inconsciemment à me rabaisser. Qu'avais- je fait pour mériter un tel dédain?

Lorsque je me présentai et que je mentionnai le nom de mon père, il demanda d'un ton moqueur:

- Ah, vous êtes la fille d'Amir Hazar Koohi de Mazandaran. Vous vous adonnez également à la peinture?

Cette remarque railleuse me troubla, et je me demandai ce qui pouvait bien traverser son esprit. Par la suite, je revisitai cet épisode à maintes reprises dans mes pensées. Il avait certainement dû penser que j'étais venue par pure fantaisie, prête à monnayer mes charmes avec des gestes coquets et des clins d'œil, puis à partir en vantant partout ma rencontre avec un peintre réputé et respecté. Pourtant, il ne m'accorda pas cette opportunité. Lorsque je me levai pour prendre congé, je fis une pause, attendant peut- être un geste de politesse de sa part. Cependant, il ne montra le moindre signe qu'il souhaitait me serrer la main. Il se leva simplement de sa chaise à demi- assis, et je partis.

Une colère inexplicable s'empara de moi. Jamais encore un homme ne m'avait ainsi traitée. Ce jour- là, je me trouvai déconcertée, incapable de comprendre son comportement. Une profonde rancœur s'installa en moi à l'égard de cet homme grossier et dénué d'éducation. Cela brûlait mon âme.

Il est à noter que le comportement de cet homme laissa une empreinte indélébile sur ma vie. Si seulement il m'avait accordé ne serait- ce qu'un soupçon de gentillesse, peut- être aurais- je pu nourrir et cultiver mon élan créatif. En sortant de chez lui, j'étais au bord des larmes. Mes narines frémissaient, imprégnées de dégoût pour tout. Je me questionnai sans cesse sur les raisons qui avaient motivé son comportement à mon égard. Je restai perplexe, incapable de saisir la situation.

Quelles que fussent mes tentatives pour exprimer les émotions de ce jour- là tout en excluant les expériences ultérieures, c'était impossible. Ce que je ressens aujourd'hui est presque inextricablement lié à ces souvenirs. Les différentes étapes de la vie ne peuvent être dissociées. Si je n'avais pas revu ce professeur, et si ses souvenirs n'avaient pas joué un rôle dans mon cœur, cet incident aurait peut- être été relégué au néant. Cependant, ce jour- là, je fus confrontée à une impasse mentale. Incapable d'analyser les motivations derrière ses actions, il me parut que cet homme austère, dépourvu d'émotion, ne pouvait être perçu de la même manière par moi. Ainsi, l'image qu'il laissa dans mon esprit fut celle d'un être dur, implacable, animé par son propre égoïsme, et dénué de tout enthousiasme ou vénération pour autre chose que lui- même dans ce monde.

Oh, si seulement c'eût été aussi simple. L'empreinte de cette rencontre persista toujours dans ma vie. Je le sais, vous me jugez à travers les yeux qui contemplent cette toile. Une image lugubre de moi s'est formée dans votre esprit, et vous avez tout à fait raison. Mais connaissez- vous ma malchance? Ma malchance, c'est que parfois, moi- même, je me perçois comme une femme dépourvue de moralité. Je me considère comme une pécheresse, me blâmant pour la disparition du Maître. Si aujourd'hui je suis si malheureuse, une femme sans époux, sans frère, sans famille, et pire encore, une femme dépourvue d'amis et de compagnons… Oh, je ne souhaite pas que le souvenir limpide que vous avez de votre Maître se ternisse et se souille. Non, si un homme dans ce monde mérite mon admiration et mon respect, c'est bien lui. Votre Maître fut tout pour moi, et je ne pourrai jamais me satisfaire si son image dans mon esprit sombre. Mais c'est uniquement à cause de lui que j'ai tout perdu. J'aurais pu avoir un mari et élever des enfants. Pourquoi me suis- je mariée? C'est uniquement à cause de lui. Pourquoi ai- je divorcé? C'est uniquement à cause de lui. Pourquoi suis- je seule, sans amis ni compagnons? C'est uniquement à cause de lui.

Monsieur l'instituteur, vous comprenez que c'est la première fois que je me confie sur mon propre destin, et vous saisissez la signification de cette détresse qui s'accumule dans le cœur de quelqu'un sans trouver d'échappatoire. Si ce soir, pour la première fois et pour toujours, je m'exprime, c'est uniquement dans le dessein de me présenter, moi et lui, à vous. Ayez la patience! Tant que vous ne me connaîtrez pas, vous ne le connaîtrez pas. À moins que je ne vous l'aie dit? Peut- être ai- je été la cause de sa disparition, peut- être ai- je été manipulée, peut- être n'ont- ils pas eu l'intention de le tuer. Peut- être cherchaient- ils simplement à l'exiler, et si j'étais partie avec lui, peut- être serait- il encore en vie et… Peut- être… Mille peut- être…

Sincèrement, je veux vous confier quelque chose, quelque chose que je comprends bien et que je ressens, mais je n'ai ni le pouvoir ni le talent pour lui donner une forme compréhensible. Je n'ai jamais saisi mes aspirations dans la vie. J'ai toujours été attirée par des forces opposées, incapable de sacrifier mon cœur et mon âme pour une partie et de rejeter l'autre. Voilà où réside ma malédiction. J'ai toujours été partagée. J'ai toujours avancé d'un côté vers l'abîme et de l'autre vers les hauteurs, avec une jambe de chaque côté, et par conséquent, mon existence a été suspendue.

Maintenant, en me remémorant ce jour, en évoquant cette journée où je sortis de son atelier à Lalehzar[1], je demeure toujours incertaine si ce que je pense aujourd'hui, je le savais ou non à l'époque. Plus tard, j'ai toujours pensé que si ce jour- là, il avait été simplement aussi aimable que n'importe quel homme ordinaire envers moi, peut- être – comprenez- vous? – peut- être aurais- je adopté une autre voie dans la vie. Vous voyez! J'ai dit que je n'avais rien dans la vie.

Cependant, aux yeux de tous, nul être au monde ne semble plus comblé que moi. Je suis une femme fortunée, possédant tout ce que l'on peut désirer. Éternelle voyageuse, j'ai consacré la majeure partie de mon existence à l'exploration et au tourisme, ne revenant en Iran que sporadiquement pour régler mes affaires matérielles. J'ai de l'argent. L'argent, cette malédiction! Nomade et errante, je cherche en vain la quiétude. Mes parents, quant à eux, résident à Karbala, et il me semble avoir cessé de leur écrire depuis un certain temps. Ma mère m'enjoint de revenir pour me repentir devant eux. Oh, quelle chance pour cette vieille colombe! Je ne trouve aucun havre où reposer mon esprit. Je n'ai point de foyer pour y ancrer mon cœur. Toutes les séductions du monde ne sont pour moi que torture. Si seulement, telle ma mère, j'avais vu le jour dans la simplicité, vivant auprès d'elle à Karbala[2]. Si seulement j'étais une

---

1. La rue Lalezar est une avenue historique de Téhéran, jadis centre culturel et artistique de la capitale iranienne.

2. Karbala est une ville sainte pour les musulmans, en particulier les chiites, car elle abrite le sanctuaire de l'imam Hussein, petit- fils du prophète Mahomet.

mendiante, aimée d'une créature. Alors, je sacrifierais volontiers mon existence.

Pourquoi fixez- vous ainsi votre regard sur moi? Oui, une fois, j'ai sacrifié mon corps pour le Maître, vous avez raison! Cela paraît absurde! Parfois, j'en ris moi- même. Je ressens ces émotions, mais je n'ai aucune foi ni conviction, même envers mes propres sentiments. J'ai peur que mes émotions et mes ressentis, même à mon égard, ne soient que des mensonges. Toutes les femmes de cette ville me jalousent. Les hommes se liquéfient entre mes mains. Avec quelques mots doux, je peux les duper. Je peux les manipuler à ma guise. Ils voltigent autour de moi comme des papillons attirés par la lumière. Mais croyez- vous que le bonheur réside là? Je n'ai personne avec qui partager mes inquiétudes. Je ne suis intime avec personne. Tous sont séduits et captivés par ma beauté. Ils continuent à me courtiser. Mais je n'en aime aucun. Oh, épargnez- moi ces femmes! Elles me sourient toutes en surface, mais en réalité, elles me détestent. Elles pensent toutes que je peux leur arracher leurs amis, fiancés, maris, voire même leurs amants, d'un simple sourire. Ce n'est pas vrai. Monsieur l'instituteur, ce n'est pas vrai. À présent, comprenez- vous combien je souffre dans cette existence? C'est pour cette raison que je méprise cette image que vous avez présentée ici. Le fait qu'il m'ait fait connaître de cette manière... Je contourne toutes ces pensées et je peine à exprimer le fond de ma pensée de manière cohérente. Vous devez faire preuve d'un peu de patience à mon égard, laissez- moi purger un tant soit peu mon cœur...

Elle s'octroya un second verre de cognac, un pour elle- même et l'autre pour moi. Après avoir pris une gorgée de son propre verre, elle le posa délicatement sur la table. Puis, elle marqua une pause, réfléchissant un instant.

- Que voulais- je dire déjà? demanda- t- elle.

- Je ne saurais dire exactement ce que vous aviez en tête, mais je vous encourage à continuer à parler de cette façon, vous devenez plus claire pour moi. Vous vouliez évoquer vos sentiments au moment où vous quittiez son atelier...

- Oui, oui, c'est cela, acquiesça- t- elle. Croyez- le ou non, mais plus tard, surtout depuis que je suis partie de Téhéran, ces quelques minutes où je quittais Lalehzar pour rentrer chez moi m'ont hantée à maintes reprises. Vous savez, je ne connaissais rien de lui, je n'avais aucune information sur sa vie privée. Tout ce que j'ai pu comprendre, c'est qu'il n'appréciait guère mes œuvres. Il ne félicitait jamais personne pour son travail. Il avait l'habitude de juger ses propres chefs- d'œuvre avec froideur et sévérité.

Il ne manifestait jamais d'intérêt, même lorsque quelque chose lui plaisait. À l'époque, je ne le savais pas, mais j'ai interprété son comportement d'une toute autre manière. Je ne me souviens pas exactement, mais il est possible que je me sois dit: « Il semblerait que je ne sois pas très douée en peinture. » Voilà ce que je voulais dire. Son attitude a eu un impact décisif sur ma vie.

Pendant le trajet de retour, je fus assaillie par des pensées profondes. Parfois, l'âme humaine se lance à la recherche de quelque chose sans même savoir ce que c'est. Et lorsque cette quête demeure infructueuse, elle se sent profondément désorientée. En regagnant ma demeure, j'aperçus le jeune homme qui incarnait alors ma bête noire, confortablement installé dans la chambre d'amis. De constitution robuste, doté d'une silhouette moyenne, il venait d'achever ses études en médecine. Affichant une moustache pour se conférer une allure plus mature, il me ramenait souvent chez moi avec sa voiture. Par moments, je pouvais le tolérer, mais ses assiduités devenaient irritantes, voire répugnantes.

Peut- être que s'il n'avait pas eu ce comportement envers moi ce jour- là, j'aurais pu partager ma vie avec ce jeune homme. Que j'eusse été heureuse ou malheureuse, j'aurais vécu une existence ordinaire, à l'instar de tout un chacun. Comprenez- vous? L'attitude de cet homme dans cet atelier de peinture exerça une influence décisive sur ma destinée.

Mais que pouvais- je lui dire? Le jeune homme était là, assis dans la chambre. Quand j'entrai, avec un ton qui me parut sévère, il me demanda, non sans étonnement:

- Pourquoi nous as- tu fait attendre? N'avions- nous pas convenu de nous rendre quelque part ce soir?

Ma réponse, empreinte d'exaspération, le fit partir, et je ne le revis jamais plus. En réalité, nous avions prévu d'assister ensemble à une fête organisée pour l'anniversaire d'un de nos amis communs.

Ma mère, informée par Fezzeh Sultane de mon comportement envers cet homme, me réprimanda durant plusieurs jours:

- Est- ce là la façon dont on traite les étrangers? Est- il juste d'exaspérer les gens sans raison? Tu as gâché ta propre chance, me sermonna- t- elle.

On m'a rapporté que le jeune homme avait confié à quelqu'un qu'il ne savait pas comment se comporter avec moi. Par moments, il avait envie de me transpercer le ventre avec un couteau.

Durant un mois, je fus en colère contre moi- même. J'avais oublié notre rencontre, mais comme je l'ai mentionné, j'étais comme déconnectée ; autrefois, mon occupation consistait à acquérir des couleurs, des pinceaux, du papier, des crayons, des toiles et des trépieds. J'importais pour moi- même d'excellents et coûteux articles d'Allemagne, de France et d'Italie. Mais ce mois- là, je mis complètement la peinture de côté, tout cela sortit de ma tête.

La nuit précédant le dîner, mon père me demanda:

- Ne veux- tu pas finalement rendre visite à Makan?

Mon père avait l'habitude de prendre quelques verres d'alcool avant le dîner, et lorsqu'il entamait le deuxième verre, il était d'humeur joviale, c'était le moment idéal pour engager la conversation avec lui. Après le quatrième verre, il était déjà ivre.

Je répondis:

- Papa, je suis allée...

- Eh bien, qu'est- il arrivé?

- Mon père, il ne comprend rien.

- Que dis- tu, ma fille? Monsieur Saremolmamalek a hautement loué ses œuvres. Il est déjà bien expérimenté. N'as- tu pas vu les magnifiques peintures qu'il possède chez lui?

- Papa, laissez- moi vous dire. Il n'a rien compris. Il n'a même pas jeté un œil à mes créations, ne les a pas évaluées. Je n'ai vu aucune de ses œuvres dans son atelier. Quel homme arrogant, imbu de lui- même!

Mon père ne dit pas un mot de plus. Lorsqu'il ne souhaitait pas converser durant sa séance d'alcool, il saisissait un journal- qu'il fût tenu par ma mère ou par moi- et le parcourait, mais je ne lui permis pas de le faire.

- Cher papa…, entamai- je.

Ma mère releva la tête et me fixa. Elle connaissait bien ce ton, sachant que derrière se cachait certainement une requête. Elle savait aussi que mon père ne résisterait pas longtemps à mes demandes, surtout lorsque je me faisais câline en sa présence.

- Qu'est- ce qu'il y a? demanda mon père.

- Envoyez- moi apprendre la peinture à l'étranger. Personne ici n'est apte à m'enseigner, répondis- je.

Mon père plissa les yeux sous ses lunettes, me scrutant sans dire un mot. Ma mère, installée de l'autre côté du korsi[1], fumant tranquillement un narguilé, intervint:

- D'accord, d'accord. Mais où as- tu déniché cette idée? À quoi bon aller à l'étranger?! Selon toi- même, quel cadeau est devenu Makan après son retour de France que tu aimerais devenir?? Pourquoi une jeune fille devrait- elle se rendre en France?

Mon père releva les yeux du journal et déclara:

- Si elle était un garçon, cela ne poserait- il pas de problème?

- Pourquoi suivez- vous aveuglément tout ce qu'elle dit? Qui enverrait sa fille seule en France? dit ma mère.

- Seule? Pourquoi seule? Notre colonel lui- même n'est- il pas chargé des étudiants militaires à Paris? répliqua mon père.

- Quel colonel? demandai- je.

---

1. Le korsi est un ancien dispositif de chauffage iranien composé d'une table basse recouverte d'une couverture épaisse sous laquelle les membres de la famille s'asseyaient, profitant de la chaleur d'un brasero placé en dessous.

- Le colonel Aram, répondit mon père.

Ma mère acquiesça:

- Le fils de Madame Khawar, le petit- fils de l'oncle de ton grand- père?

Intriguée, je demandai:

- Ne l'ai- je pas rencontré?

- Il est ici depuis environ quatre ou cinq ans maintenant. Tu ne t'en souviens peut- être pas, dit mon père. Puis, après un silence, il releva ses lunettes de ses yeux, m'adressa un clin d'œil et déclara:

- Je vais y réfléchir.

Je n'abandonnai pas ce sujet. En l'absence de ma mère, je persévérai auprès de mon père jusqu'à ce que, finalement, je parte pour la France. Peut- être ces détails sont- ils superflus, mais comme je l'ai mentionné, cela m'est nécessaire. Je désire tout dévoiler.

- Je vous en prie, partagez tout. Cela m'est d'une grande utilité. Au début, mon intérêt pour la peinture était motivé par le désir de comprendre les dernières années de la vie du Maître. Mais à présent, votre propre vie m'intéresse également, et je perçois l'entrelacement des fils entre votre existence et celle du Maître. Tant que l'on ne vous comprend pas, on ne peut comprendre le Maître.

- La souffrance réside ici- même. C'est une erreur que j'ai également commise. Personne ne m'a reconnue. Je ne me suis pas reconnue. Votre Maître a également commis une erreur.

- Je suis désolé, mais ceux qui manquent de principes dans leur vie et qui naviguent d'une branche à l'autre pensent tous de la même manière.

- Monsieur l'instituteur, je vous en prie, épargnez- moi les banalités des élèves. D'autres avant vous m'ont déjà présenté ce discours.

- Il n'y a aucune raison d'être aussi énigmatique.

- Monsieur l'instituteur, je vous en prie, ne vous moquez pas. Vous constaterez que ce n'est pas ainsi. C'est mon malheur.

Elle exprima cela avec une telle tristesse dans la voix que je ressentis des remords pour la piqûre que je lui avais infligée.

- Vous comprenez pourquoi je partage tout cela avec vous? Parce qu'après lui, dans cet atelier, vous êtes le troisième homme à me regarder sans que je sente votre regard percer le mien, cherchant à posséder mon être.

- Le premier était le Maître, le troisième c'est moi, et le deuxième?

- Le deuxième est celui qui m'a introduite auprès du professeur. Il est maintenant une non- entité pour moi. C'est pourquoi je n'éprouve aucune gêne et je veux tout vous révéler.

Elle ferma les yeux, tandis que je contemplais son être avec un regard d'observateur. Son nez délicat, ses mèches de cheveux noir de jais en cascade, ses lèvres légèrement pincées, une silhouette harmonieuse malgré sa petite taille, ses jambes finement dessinées, tout était d'une beauté envoûtante. Pourtant, elle disait vrai. C'était la première fois que j'admirais la beauté de cette femme. Pour ne pas laisser son état mélancolique m'influencer, je lui apportai mon soutien en disant:

- Imaginez que je ne suis pas là. Imaginez- vous raconter cette histoire pour vous- même. Ne mentionnez même pas ma présence, dites simplement que la jeune fille de vingt ans est partie seule en France. Appelez- la Farangis. Votre nom n'est pas Farangis, n'est- ce pas? Vous avez mentionné que la jeune fille de vingt ans est partie seule en France.

- Je ne souhaite pas dérouler le récit de ma vie. Rien de singulier n'a émaillé mon parcours. En vérité, je n'ai guère vécu. Ma vie se confond avec celles de tant d'autres jeunes filles de mon rang. Elles sont venues, ont défilé dans l'ombre, n'ont point goûté au bonheur ni saisi sa quintessence, puis sont retournées à la poussière. Que pourrais- je bien avoir de captivant à vous offrir? De surcroît, mon destin n'est point encore scellé ; je ne suis qu'un chapitre d'un vaste ouvrage. Mon existence n'acquiert un quelconque intérêt qu'à travers ses méandres. Sans lui, je ne serais rien. Il m'a fait contempler le spectre de la réalité humaine, mais, terrassée par ma propre faiblesse, je suis demeurée aveugle à sa splendeur.

Laissez- moi vous conter mes liens avec lui. Permettez- moi un moment de réflexion.

En 1930, je présume être arrivée en France au milieu des années 30. Mon périple m'a menée à Paris par le biais de la Russie et de l'Allemagne. À la gare, le colonel Aram m'accueillit. À Paris, je fis acte de candidature à l'École des Beaux- Arts, pensant m'adonner à l'étude et à l'apprentissage de la peinture. L'entrée à l'ÉdBA exigeait de passer un concours. Mais en France, tout est aisé pour les étrangers. Ces derniers peuvent tout apprendre. Même s'ils n'atteignent rien, leur diplôme leur est délivré de toute manière. Il me fallut une à deux années pour maîtriser la langue, mais davantage pour réaliser dans quelle fosse je m'étais enlisée.

En surface, la vie me semblait être une quête perpétuelle de sensualité et de divertissements. Cependant, au plus profond de moi, je me considérais toujours comme une infortunée, incapable de comprendre comment me soustraire à cette humiliation.

Vous savez, la vie nous accable souvent de ses tourments, parfois de notre propre fait. Pourtant, soit nous ne le réalisons pas, soit nous en prenons conscience trop tardivement. Mon cas, lui, fut différent. Les plaisirs les plus exquis, lorsqu'ils se répètent, se muent en tortures et en souffrances. Mes divertissements et mes errances étaient inévitables. Je ne cherche pas à me disculper. Du colonel Aram, plus âgé et mon supérieur, à ce jeune Français que je méprisais, tous, d'une manière ou d'une autre, aspiraient à devenir mon mari, que ce fût de manière éphémère ou permanente. Je n'ai commis aucun péché qui justifie de me justifier devant chaque individu en fonction de sa propre conscience. Non, mon intention n'est pas de m'exonérer ; ce que je veux dire, c'est que vous compreniez dans quel état d'esprit j'ai fait face à lui, votre professeur, Makan, mon ami, compagnon et l'homme que je désirais, lorsque je suis revenue en Iran.

Tout plaisir, lorsqu'il persiste, se transforme en tourment et en affliction. En y réfléchissant, la source de mon malheur réside dans le confort et la facilité dont j'ai bénéficié depuis mon enfance. Ma beauté a été la malédiction de ma vie. La beauté associée à une existence insouciante. Ces deux éléments se sont unis pour assombrir mes jours.

J'espérais qu'il exprimerait un point de vue divergent, amorçant ainsi une discussion où je pourrais le pousser à parler, puis dissiper son masque avec le charme et la magie de mon beau visage. Lorsqu'il déclara son amour, je le raillai, espérant ainsi m'en débarrasser. Mais il ne fléchissait pas. Il fumait sa cigarette, veillant à ce que la fumée ne me dérange pas. Sous la lumière tamisée, les veines sous sa peau blanche laissaient transparaître une teinte bleutée, son corps tremblait légèrement. Pourtant, il conservait son sang-froid et gardait le silence.

Par la suite, je lui posai diverses questions. Ses réponses furent succinctes et empreintes d'une froideur inhabituelle. Pendant le dîner, une bouteille de Grave supérieur fut apportée. Il en consomma presque la totalité, tandis que je me contentai d'en effleurer mes lèvres. La seule information que j'obtins de lui fut que son père occupait un poste élevé au sein du ministère italien des Affaires étrangères, sous le régime fasciste.

J'étais contrariée. Je proposai une promenade ensemble, suivie de sa conduite chez moi. Il acquiesça. Alors que nous longions le lac du Bois de Boulogne, je remarquai qu'on louait des bateaux et suggérai:

- Montons à bord d'un bateau.

Il accepta. Je lui demandai s'il savait ramer, et il hocha simplement la tête. Il monta d'abord dans le bateau, puis me tendit la main pour m'aider à mon tour. Feignant de perdre l'équilibre et m'agrippant à son bras, je fus surprise de son manque de réaction. Il restait méfiant, ce que je trouvais étrange.

Assis à l'arrière du bateau, à chaque coup de rame, la lune se morcelait dans l'eau, tentant ensuite de retrouver son intégrité originelle. Mais ça déhanchait toujours. Donatello, cigarette aux lèvres, répondait à peine, ses paroles étaient hachées. Puis, il se mit à murmurer d'une voix basse. Jetant sa cigarette dans l'eau, il entama un vigoureux mouvement de rames avec ses bras musclés, chantant d'une voix plus forte. Sa pitié m'envahit alors. J'éprouvai de la compassion pour lui, mais soudain, ma rancœur refit surface. Je me demandais pourquoi il me perturbait autant. Malgré mon envie de lui ordonner de rentrer, sa voix résonnait d'une telle autorité que je n'osai pas.

Lorsqu'il eut fini de chanter, je me levai, fis un pas en avant et embrassai sa nuque. Le bateau tangua, sur le point de chavirer. Mais Donatello m'attira alors à lui, tel un léopard saisissant sa proie, me serrant dans ses bras puissants jusqu'à m'étouffer presque. Il couvrit mon visage de baisers. À chaque occasion, l'Italien prenait la parole, énonçant des mots que je ne comprenais pas, tels que :

- Ti voglio bene.

Cette expression était la seule que je retins.

Je l'ai rassuré, l'incitant à se rapprocher de moi. Puis, soudain, le charme se dissipa. Il entama une conversation, mêlant italien et français, répétant les mêmes banalités que tout amoureux béat... Une mélancolie s'empara de moi. J'ordonnai de rentrer immédiatement, sans échanger un mot, sans briser le silence. Nous regagnâmes Paris en taxi. Cette escapade en bateau avait duré une heure.

De retour à la résidence, je lui souhaitai une bonne soirée lorsque le concierge ouvrit la porte. Dans un état d'esprit joyeux, il me demanda quand nous nous reverrions. Je lui répondis en riant:

- Nous nous croisons toujours à l'école.

Puis, je lui tournai le dos et rentrai dans mon appartement. Je m'assis sur mon lit un moment. Une tristesse persistante m'envahissait, me privant de sommeil. Les baisers de cet homme brutal me semblaient artificiels et dérangeants. Je feuilletai un livre un moment, tentant d'oublier l'épisode.

Le lendemain matin, en arrivant à l'école, il était là, debout à la porte, souriant, se dirigeant vers moi. Je répondis poliment à ses salutations. Nous marchâmes côte à côte dans le couloir. Pourtant, ce masque fictif que j'endossais toujours dans mes échanges avec mes prétendants était toujours présent ce jour- là. Malgré ses tentatives pour le dissiper, il persistait. À midi, il m'aborda avec un air troublé:

- Je viendrai chez toi ce soir pour être ensemble.

 Je lui répondis:

- Je suis occupée ce soir.

 C'était la vérité, j'avais un rendez- vous accompagné du colonel avec le petit- fils de l'oncle de mon père.

- Et ce soir?

- Je suis prise toute la semaine. En dehors de cela, nous nous voyons chaque jour à l'école...

Farangis s'interrompit. Ses yeux brillaient. Peut- être pleurait- elle...

- Madame Farangis, poursuivez, je vous prie.

- Il n'y a rien de plus. Bien sûr, vous comprenez que mon émotion n'est pas due à Donatello. Vous saisissez combien cet incident m'a affectée? C'est comme l'amertume laissée dans votre bouche par un grain de raisin acide lorsque vous dégustez une grappe sucrée. À cette époque, un film était en vogue dans toute l'Europe, et une chanson en était le thème dans tous les cafés. Je ne me rappelle ni la musique ni les paroles, mais voici le thème:

Je suis destinée à un amour éternel,

Et je ne peux prétendre à rien d'autre.

Les hommes gravitent autour de moi tels des mouches autour d'une bougie ;

S'ils brûlent leurs ailes, quel est mon péché?...

Une fois de plus, Farangis demeura muette.

Ne désirait- elle rien exprimer de plus? Je n'osai lui poser la question. Je me contentai de répéter la dernière partie de son poème:

- S'ils brûlent leurs ailes, quel est mon péché?

Elle prit son verre de cognac, contempla un instant sa teinte dorée et articula:

- Je n'ai plus jamais recroisé Donatello. Une semaine plus tard, son macchabée fut repêché du lac du Bois de Boulogne.

- Que voulez- vous dire par là?

- Je l'ignore.

- Avez- vous agi de même avec le Maître?

- Non, non! N'en parlez pas ainsi. Vous ne me connaissez pas encore. Je vous ai seulement dévoilé un fragment de mon existence. Ils étaient tous des pantins à mes yeux. Je ne leur accordais aucune importance dans ma vie. Mais Makan, lui, m'a écrasée. Il n'était pas question de badinage avec lui. Et croyez- vous que j'aimais manipuler ces individus de mon propre gré? Non, ce n'était point ainsi. Un dragon sommeille en moi, je me bats contre lui depuis toujours. Il me dévore de l'intérieur et, en apparence, m'endurcit d'une aura de férocité...

Elle suspendit sa phrase et s'abandonna au silence pendant quelques instants. Son regard demeurait rivé au sol. Une ébauche de sourire mélancolique jouait sur ses lèvres. Je l'observai attentivement, cherchant dans cette expression candide la moindre trace de duplicité. Mais ses yeux ne dissimulaient plus aucun mystère ; la femme tourmentée confessait ses fautes devant moi. Le hurlement d'un chien dans le jardin voisin et le lointain klaxon d'une voiture brisaient le silence.

Un mouvement soudain la fit sortir de sa torpeur. Son visage s'anima à nouveau et elle reprit la parole:- La rencontre avec le Maître dans l'atelier de peinture était sur le point de s'évanouir de ma mémoire. C'était un souvenir sur le point de sombrer dans l'oubli. Il ne restait guère de traces à effacer. Mais un incident raviva le souvenir du Maître et scella mon destin au sien.

L'Europe, avec toutes ses diversités, m'apparut uniforme et fade. L'amour et l'enthousiasme que je nourrissais autrefois pour mon art s'étaient évanouis. La plupart de ceux qui poursuivent cet oiseau majestueux aux ailes artistiques finissent par abandonner en chemin, se résignant à une vie artistique médiocre, vaincus par la désillusion. Sur cent individus, quatre- vingt- dix se laissent décourager, tandis que les dix autres pour cent sont si absorbés par leur propre personne qu'ils demeurent inaccessibles. Mais le véritable artiste est celui qui a fusionné sa propre essence avec son art. Ainsi, l'artiste doit d'abord être humain. Oh, Monsieur l'instituteur, il est si facile de le dire. Il est si aisé de prodiguer des conseils. Ceux qui m'entouraient à l'École des Beaux- Arts étaient souvent plus enclins à rechercher le plaisir dans l'art qu'à investir pleinement leur cœur dans le travail, afin de supporter l'agonie de l'échec pour savourer les délices de la réussite.

La plupart d'entre eux étaient nantis. Ils s'adonnaient à la peinture parce que cela leur semblait plus aisé que tout autre métier. Leurs riches pères les avaient contraints à choisir une occupation pour eux- mêmes. Chaque année, des milliers de ces artistes en herbe sortaient de ces écoles. Mais à chaque siècle, seulement deux ou trois peintres authentiquement artistiques contribuent à enrichir la vie sociale de l'humanité.

Ce que j'ai éprouvé, sombre et indistinct, le jour de notre rencontre à Téhéran, dans le quartier de Lalehzar, après près de quatre ans à Paris, au sein d'un environnement où chaque coin de rue, chaque jardin, chaque réunion, dans les théâtres, même dans les quartiers ouvriers et dans les villages misérables, révélait les charmes envoûtants qui étreignent le cœur humain, avec toute la tragédie qu'ils impliquent, j'en étais pleinement consciente. Comme j'aurais souhaité pouvoir vous décrire comment cette impuissance et ce manque de talent ont fait leur chemin dans ma conscience. Quel fardeau j'ai porté quand j'ai été contrainte de révéler à mon père la dure réalité que j'avais découverte.

Appréciez- vous la musique? Pour ma part, mes moments les plus délectables sont ceux où je m'immerge dans une belle musique. C'est curieux, car ce n'est pas toujours le cas. Parfois, la musique, sous toutes ses formes, peut me sembler fatigante et ennuyeuse. Pourquoi je vous parle de musique? Au sein de ces symphonies, surgit parfois une mélodie paisible et discrète au milieu du tumulte de l'orchestre. Cette musique légère et douce se répand, mais elle touche votre âme. Vous attendez toujours son retour, cette douce mélodie. Mais cette fois- ci, elle vous saisit plus intensément que jamais. Progressivement, tout l'orchestre exprime votre mélodie préférée avec une telle vigueur que vous ne pouvez lui résister. Les tourments les plus profonds s'expriment également. On ne les apprécie pas forcément dans leur profondeur. Parfois, ils se manifestent d'eux- mêmes pour ensuite se perdre dans l'abîme. Soudain, toute l'orchestration monte en puissance. Alors, les larmes coulent de vos yeux, sans que vous ne sachiez exactement pourquoi vous pleurez.

Après notre première rencontre, cette perception de la tragédie de ma vie, cette douleur insoutenable d'être incompétente, telle une mélodie de souffrance, se manifesta, puis s'atténua. Mais confrontée à toute cette pression, je me retirais honnêtement pour passer des heures à écouter de la musique, et chaque fois que mes larmes coulaient, je me disais que je ne comprenais pas pourquoi je pleurais. Ces pleurs étaient pour moi- même. À ce moment-là, ces amants stupides qui percevaient cet état pensaient que mes larmes étaient le résultat d'une excitation excessive ou d'un attendrissement démesuré. Ah...

Farangis ferma les yeux, serra ses petites mains en poings, secoua violemment tout son corps. Je contemplai le mouvement intense de sa poitrine.

- Peindre, c'est comme dessiner quelque chose, composer des lignes harmonieuses et des couleurs appropriées ; c'est ce que l'on peut apprendre à l'école. Il existe des règles et des principes, et tout individu qui pratique pendant quelques années peut les acquérir. Je maîtrisais également cela. Mais ce jour- là, ce qui ne venait pas de moi, c'était de créer des mondes et des états. Créer une œuvre d'art qui reflète la joie éprouvée dans la vie, la douleur ressentie, l'anxiété induite par la perception de l'événement, la défaite endurée, l'attente, l'enthousiasme, l'angoisse, la peur, la terreur, le regret, l'échec, l'impuissance- les exprimer de manière à ce que le spectateur ressente ces mêmes émotions- c'est apprendre cela, c'est une tâche ardue qui ne découle pas des enseignements de votre Maître en peinture, aussi flatteurs soient- ils pour votre beau visage.

Je désirais ardemment que, à travers une œuvre d'art, ma propre passion, ce dragon en moi qui me pousse vers la laideur et la bassesse, cette bête qui me dévore de l'intérieur, soit pleinement révélée. Moi, privée de tout soutien, ceux qui m'avaient entourée ne pouvaient saisir la profondeur de mon humanité. Depuis mon enfance, j'avais été privée de la présence d'une sœur à qui confier mes tourments. Les filles qui semblaient être mes amies étaient empreintes de jalousie depuis que je me connaissais. Ma mère appartenait à un autre monde. Les rituels religieux, le tapis de prière, le chapelet, le narguilé, le Shah Abdul Azim[1] et sa visite à Qom[2] suffisaient à combler ses aspirations.

Elle appréciait les rencontres avec le sultan Khavar, Amin al- Hajjieh et Mme Erfan, partageant des moments autour du narguilé et s'adonnant à la médisance.

---

1. Shah Abdol- Azim est un sanctuaire religieux situé à Rey, au sud de Téhéran, abritant le tombeau d'un descendant de l'imam Hassan, vénéré par les chiites.

2. Qom est une ville sainte d'Iran, centre majeur du chiisme et haut lieu d'études religieuses, où se trouve le sanctuaire de Fatima al- Masoumeh.

Mon père, bien qu'âgé et doté d'un cœur aimant, n'avait jamais connu les plaisirs de la jeunesse. Il possédait ses propres convictions, aussi bonnes que mauvaises, sur tout, mais il s'efforçait de ne pas entraver mes aspirations. Ma seule échappatoire résidait dans l'art de la peinture, et à mesure que je mûrissais, je percevais davantage la profondeur de cette vocation. Je brûlais de traduire mes tourments à travers mes créations artistiques, de révéler l'insondable. Je désirais pouvoir justifier l'insatisfaction qui rongeait chaque fibre de mon être. Espérer aimer passionnément quelqu'un au point de tout sacrifier. Au moins, j'espérais pouvoir capturer dans une œuvre picturale l'insaisissable essence de ma personnalité. Cette affliction, si aisément décrite en quelques mots, est pourtant un fardeau que l'homme porte tout au long de sa vie, une douleur qui se renouvelle chaque jour avec une cruauté toujours plus vive. L'idée de pouvoir immortaliser l'éclat fugace d'un visage avec des couleurs éblouissantes et des lignes gracieuses me hantait. Vous pouvez imaginer l'état d'esprit qui était le mien lorsque cette vérité m'est apparue: je sombrai dans le désespoir le plus profond.

Je dois vous avouer quelque chose: j'ai même envisagé le suicide. Un jour, solitaire, je me rendis au lac du Bois de Boulogne. Embarquant seule dans une barque, je ramai. Soudain, une lueur éclaira mes pensées: l'idée de conclure mon propre destin à la manière de Donatello. Mes yeux plongèrent dans les eaux troubles du lac, où un monde obscur se dessinait. Prise de peur, je me moquai de ma propre folie. Lorsque je partageai cet épisode de ma vie avec un jeune homme blond, qui gagnait sa vie en vendant des miniatures à Montparnasse, il me lança:

- Paresseuse. Va travailler pour savourer les plaisirs de la vie.

Il avait raison. Cette tendance à l'oisiveté était présente en moi depuis l'enfance. Autrefois, je réclamais à Fezzeh Soltan de m'apporter de l'eau jusqu'aux lèvres lorsque j'étais confortablement installée sous le korsi. Même si j'avais été éduquée ainsi dans mon enfance, comment aurais- je pu me consacrer au travail?

Pour progresser dans le domaine de l'art, il fallait une dose de courage et de persévérance dont je ne disposais pas. Je ne pouvais me résoudre à rester assise pendant des heures, des mois, des années, à travailler pour donner vie à mes aspirations à travers les couleurs et les lignes. La patience ne faisait pas partie de mes vertus, toujours en quête du chemin le plus aisé. Les autres étaient constants, et je réalisai cela. Je me faisais du mal, pourtant je travaillais. Mais à la fin, cela restait incomplet. Je sombrais dans les distractions et les loisirs qui m'emportaient dans un monde erratique.

Oh, le Maître, sa perception des choses était unique. Si je l'avais connu comme je l'ai fait après mon retour en Iran, ma vie aurait été bâtie sur des bases différentes. Je n'ose même pas, même lorsque je revis son visage dans ma mémoire, parler mal de lui. Mais votre Maître, mon seul et unique amour, a été d'une grande injustice envers moi.

Sur cette toile dont vous avez parlé dans la salle du musée- je fais référence aux demeures des paysans- il travailla pendant trois longues années. Il esquissa des centaines de croquis préparatoires pour ce projet. Avez- vous remarqué la simplicité qui émane du visage de ce vieil homme campagnard? C'est un vieil homme versé et clairvoyant. Il a vécu et a vu défiler plusieurs souverains sur le trône, tandis que le monde se métamorphosait autour de lui. Il dépeignait lui- même ce vieil homme avec des mots similaires à ceux que je viens d'employer. Peut- être retoucha- t- il les traits de son visage une vingtaine de fois.

Il passait des heures dans les forêts du Mazandéran à peindre, que ce fût aux premières lueurs du matin, dans l'éclat de l'après-midi estival, sous les premières gouttes de pluie nocturne, sous le clair de lune ou dans les ténèbres des nuits étoilées où les nuages obscurcissaient le ciel. Un jour d'hiver, lorsqu'il neigeait dans le Mazandéran, il se rendit sur place pour contempler la forêt enneigée. Parfois, il dessinait quelques arbres sous différents angles et sous différentes lumières afin de parfaire sa composition. Si j'avais su à quel point il fallait se donner du mal pour la peinture, je n'aurais jamais osé prendre un pinceau en main.

Je n'étais point destinée à cette voie. Les travaux manuels ne faisaient pas partie de mon éducation. Je n'avais guère besoin de m'adonner à ces labeurs pour occuper mes journées. Il y avait toujours d'autres mains prêtes à s'atteler à mes tâches. Mon père avait coutume de dire:

- Ne t'embarrasse pas de ce que d'autres peuvent faire à ta place.

Il préconisait de réserver nos énergies pour des entreprises plus dignes. Mais mes propres mains semblaient se dérober à toute œuvre créative. Ce qui m'arrachait le plus, c'est que je percevais distinctement la différence entre l'art et la banalité. Ma quête était élevée, ambitieuse. Pourtant, ce que je produisais était prosaïque, dépourvu de vie, et cela me décourageait à chaque essai.

Lassée de la vie parisienne, je décidai de m'aventurer en Italie. Là- bas, je fréquentai diverses écoles, portant avec moi les recommandations de mes professeurs parisiens. Accompagnée du sénateur Aram, qui alors inspectait les écoles de la marine à Rome, je visitai les ateliers de renom de plusieurs grands peintres italiens. La grandeur artistique de ce pays, l'empreinte persistante de son esprit créatif sur ses habitants, me frappèrent au plus profond de mon être. Je me courbai sous le poids de tant de magnificence.

Un jour, je fis visite à un éminent peintre italien du nom de Stefano. À ma vue, il me questionna sur mes origines iraniennes. À ma confirmation, il se lança dans les louanges du Maître avec une exaltation manifeste, évoquant également un jeune Iranien nommé Khodadad, qui avait réussi à s'inscrire à l'École des Beaux- Arts avec l'aide de Stefano. Ce même jeune homme blond dont j'avais parlé. Stefano trônait parmi les grands de ce monde artistique, ses toiles se monnayaient à prix d'or à travers le globe.

L'ampleur de l'art italien et les éloges du plus éminent des peintres envers Makan écartèrent toute résistance en moi, transformant mon espoir en désillusion. Les souvenirs de notre première rencontre me submergèrent. Je passai en revue la scène alors qu'il tenait mes peintures et les examinait une par une. Le souvenir de mes paroles à l'égard de Makan à l'oreille de mon père me couvrit de honte. Cet ultime rappel de mes égarements me guida vers une décision irrévocable. J'étais désormais convaincue que ce que le Maître m'avait dit à Téhéran- c'est bien de dire, ce qu'il n'avait pas dit- était une vérité stricte. Je reconnus enfin que je ne possédais pas l'essence d'un artiste- peintre, et que mon environnement social avait sapé ma vigueur et ma ténacité.

Si seulement il avait proclamé la vérité ce jour- là, peut- être aurais- je vécu une existence plus sereine, plus apaisée. Mais il demeura muet, et cette faute m'était impardonnable.

Bien que j'eusse rédigé une lettre à mon père exprimant mon intention de demeurer six mois en Italie pour étudier, je retournai à Paris après seulement deux semaines et lui écrivis une lettre. Aujourd'hui encore, cette lettre me pèse douloureusement. Après le Maître, mon père était l'être le plus cher à mon cœur. En ses bras, je trouvais refuge lorsque le malheur m'accablait, y déposant mes larmes en toute confiance. Sage et avisé, mon père... Avant d'ouvrir son cœur à mon amour, il n'avait jamais goûté à l'amour ni à la tendresse. Il ne pensait qu'à l'avenir et voulait me voir heureuse.

Dans l'une de mes missives rédigées lors de ma troisième année à Paris, alors que mon père avait presque décelé les méandres de ma vie par le truchement d'une lettre rédigée par l'un de mes adversaires, j'avouai avoir commis une grave erreur en venant en France. J'expliquai même qu'il eût été plus judicieux pour moi de rester à Téhéran et de mener une existence plus conventionnelle là-bas. Je lui fis part, sans ambages, que les observations du célèbre peintre de Téhéran sur mon aptitude artistique étaient presque fondées. Malgré cela, mon père ne saisit pas, ou ne prit pas garde à mes propos.

À mon retour de Rome à Paris, je tentai de lui exposer autant que possible les écueils de ma vie. Je lui confiai que je ne progressais guère dans mes travaux, que la peinture était un art exigeant, et que je n'avais pas encore réussi à satisfaire mes professeurs. J'évoquai même l'idée de revenir en Iran et exprimai mon besoin de connaître son avis. Bien sûr, il m'était impossible de décrire dans leur intégralité les tourments de ma tumultueuse existence en Europe, mais je fis de mon mieux pour être sincère dans mes révélations.

La réponse que je reçus dans sa lettre fut des plus désolantes. Mon père y exprimait son unique souhait pour ma vie: mon bonheur et mon bien- être. Il n'avait aucune envie de planifier mon avenir, encore moins de donner des ordres. Cependant, il mentionnait avoir entendu du colonel Aram, homme de valeur et de respect, qui, sans aucun doute, avait un avenir brillant, et qui avait demandé ma main en mariage. Si seulement il avait su que sa fille désirait non seulement être unie au colonel, mais à quiconque lui procurerait joie et bonheur, il n'aurait plus nourri d'autres aspirations et aurait pu ainsi s'éteindre paisiblement.

Cette missive paternelle me plongea dans un profond dégoût envers la vie. Mes pensées divergeaient des siennes! Je m'efforçais de lui faire comprendre mon inaptitude et ma souffrance découlant de cette ignorance et impuissance, tandis qu'il choisissait un époux pour moi.

Dans ce tourbillon de vie, je cherchais ardemment un havre de paix. Je voulais trouver quelque chose à quoi m'accrocher, pour surmonter la crise morale et éthique qui m'avait secouée. Je me mis en quête du jeune homme dont Stefano avait mentionné le nom à Rome. Cette entreprise s'avéra être un défi de taille. Je l'avais vu à l'École des Beaux- Arts de Paris lors de ma deuxième année dans cette cité. Son visage m'était familier. Autrefois fiancé avec une fille mignonne, il s'était éclipsé des cercles sociaux depuis longtemps. À chaque fois que je tentais de recueillir des informations à son sujet, les réponses se faisaient vagues.

En interrogeant le colonel Aram à son propos, cette réponse me fut donnée:

- Oh, celui- là, c'est un rebelle, pire que les étudiants de Berlin. Pourquoi vous souciez- vous de lui?

Nombreux étaient les étudiants iraniens de Paris qui le connaissaient de réputation. Pourtant, soit ils ignoraient où le trouver, soit ils préféraient garder le silence. Mes interrogations semaient le trouble, certains soupçonnant mes intentions, surtout ceux conscients de mes liens avec le responsable des étudiants militaires.

Après une semaine de recherches opiniâtres, je le dénichai dans la rue de la Vavin, à Montparnasse. Il avait élu domicile là- bas et était bien connu des étudiants iraniens, mais il faisait l'objet de conversations feutrées.

Ce jeune homme, élancé et désordonné, se démarquait par son regard dénué d'amour à mon égard. Peut- être était- ce en raison de la présence d'une jeune fille pure et innocente, veillant sur lui comme une sœur bienveillante. Ou peut- être était- ce parce qu'il était perpétuellement affaibli par la maladie, se voyant déjà en proie à la mort imminente. Oh, comme j'aurais souhaité le rencontrer à nouveau aujourd'hui, dans ma désolation et mon désarroi. J'étais convaincue qu'il raviverait mon enthousiasme et, peut- être, m'indiquerait- il une voie de rédemption. Oh, quelles pensées réconfortantes!

Cet homme était un combattant acharné, engagé dans une lutte perpétuelle. Depuis toujours, il défiait les flots de la vie. Les vagues de l'existence le jetaient d'un rocher à l'autre, mais il ne cédait jamais au désespoir. Son combat contre l'autoritarisme était sa bannière, une conviction tellement ancrée qu'elle éclipsait tout autre aspect de sa vie. Mehrobâno, sa fidèle compagne, était captivée par cette volonté inflexible et déterminée. Ils l'appelaient « Khodadad », et je me demande encore quel sortilège il a employé pour que je me confie à lui, pour qu'il s'immisce dans ma vie.

Ce jeune homme parlait de manière franche et sans retenue, parfois même impolie. Mais sa manière de parler n'était pas acérée. Plus il exposait les ombres de ma vie, plus j'étais intriguée. Lorsque je lui ai narré mes déboires avec le Maître Makan, et comment je l'avais présenté à mon père, sa réponse fusa sans détours :

- C'est là l'essence même de ta naïveté.

Jamais je n'aurais imaginé qu'il me parlerait de la sorte. Les autres, ces jeunes insignifiants à mes yeux, se seraient inclinés à mon simple geste, mais ils ne méritaient pas que je leur accorde davantage d'attention, et je ne leur aurais jamais permis de franchir la distance nécessaire. Notre relation était bien moins amicale. Pourtant, ce jeune homme élancé, dès notre première rencontre après mon retour d'Italie, me confronta à ma propre sottise. J'étais décontenancée, terrifiée à l'idée de lui riposter à son insolence.

Avec peine, je localisai sa demeure à Montparnasse. Elle était située sous les combles du sixième étage. Une bonne partie de la pièce était inclinée, laissant filtrer une maigre lumière à travers une lucarne. De là, on pouvait apercevoir les toits de tuiles et des cheminées. Des traînées sombres striaient les murs, témoignant des pluies passées. L'horloge sonnait onze heures. Il était onze heures. Ayant entendu qu'il travaillait chez lui le matin, je me rendis sur place. Pourtant, il était absent. C'est sa fiancée qui m'ouvrit la porte.

Bien que je l'eusse déjà vue une fois, nous ne nous étions pas encore rencontrées. Ses cheveux noirs encadraient un visage aux yeux de gazelle. Elle n'était pas d'une beauté éclatante, mais son regard révélait une vivacité et une malice juvéniles. Mehrobâno comptait parmi les premières jeunes femmes iraniennes envoyées en France, aux frais de l'État. Elle entretenait une relation clandestine avec Khodadad, à l'insu de l'ambassade et des autorités. Inscrite à la faculté de médecine de Paris, elle nourrissait l'ambition de devenir pédiatre.

Dès le premier échange de regards, il me fut évident qu'elle n'accueillait guère ma visite avec enthousiasme. Les moindres fluctuations de son humeur se lisaient sur son visâge. Pourtant, malgré sa naïveté apparente, elle semblait dégager une innocence profonde et sincère. Je n'avais aucune intention de la troubler.

Je tentai d'entamer la conversation en évoquant mon récent séjour à Rome et ma rencontre avec Stefano.

- Connaissez- vous Stefano?

lançai- je dans l'espoir de la faire parler. Elle ne répondit pas verbalement, mais acquiesça d'un mouvement de tête. Poursuivant sur ma lancée, je mentionnai l'ascension fulgurante de Stefano, devenu aujourd'hui l'un des plus éminents peintres au monde. Intriguée, elle m'interrogea sur Khodadad. Lorsque je lui dis que je venais voir le travail de Khodadad, tel un bourgeon éclosant au printemps naissant, elle esquissa un sourire et s'ouvrit à la conversation:

- Khodadad ne travaille plus.

- Pourquoi?

Mehrobâno avait un ton touchant. Comme un fil de târ, le moindre coup porté à son cœur résonnait dans sa voix, et son tremblement flottait dans l'air un moment. Une légère ride sur son front suffisait à métamorphoser son visage joyeux en une expression mélancolique. Elle regarda autour d'elle, posant son regard sur les trois tréteaux où reposaient des feuilles de taille moyenne. De mon côté, je ne pouvais voir que son ombre. Remarquant mon regard, elle expliqua:

- C'est tout ce qu'il fait.

Je m'enquis:

- Puis- je voir?

- C'est inachevé. Laissez- moi vous montrer.

Elle se leva, prit une miniature encore à peindre et me la donna en disant:

- Il peint cela pour gagner sa vie. Il n'a plus le loisir de se consacrer à de véritables œuvres.

- Pourquoi? Le gouvernement ne lui octroie- t- il plus de bourse?

- Non, cela fait six mois qu'ils ont cessé. Il se débrouille en vendant ces miniatures.

- Mais pourquoi ont- ils arrêté de lui accorder des bourses?

- Je l'ignore. Vous devriez lui poser la question. Après tout, ils le connaissent, Khodadad. Tout le monde sait comment il pense. Ils vous ont sûrement également intimidée. Vous êtes le premier Iranien à lui rendre visite depuis longtemps.

Elle s'arrêta, écouta un moment, puis dit:

- C'est le bruit de ses pieds... Je pense que c'est lui- même qui s'approche... La vie réserve bien des mystères. Bien qu'il peine à marcher en raison de sa fragilité, il demeure en mouvement perpétuel. Jamais il ne s'inquiète de sa santé, même lorsqu'il tousse sans relâche. Il ne prend jamais soin de lui- même, toujours persuadé d'être simplement enrhumé. Avez- vous déjà entendu parler d'un rhume perpétuel? Il semble toujours fatigué, peut- être même fébrile, mais il cache son malaise. S'il a le temps, il devra alors peindre ces choses, et tout ce qu'il gagne doit être dépensé en médicaments et en médecins. Tel un vieil homme, il gravit lentement les escaliers.

Au loin, j'entendis une voix joyeuse qui s'approchait.

- À qui parles- tu, Mehri?

Mehrobâno se leva, se dirigea vers la porte et annonça d'une voix claire:

- Viens voir par toi- même. Nous avons une invitée. Maintenant, tu deviens si important qu'ils viennent d'Italie pour voir tes travaux. Honte à toi, que présentes- tu?

Khodadad, imposant avec sa haute stature, sa poitrine encombrée par un rhume, et ses cheveux bouclés avec une mèche qui tombait sur son front, apparut à la porte. Un paquet volumineux sous le bras sur lequel il avait jeté son manteau. Il posa d'abord le journal, écrit en persan, sur le sol, puis jeta son manteau sur le bord du lit.

- Je suis enchanté de vous voir, mais dites- moi, n'avez- vous pas craint de venir me rendre visite?

Puis, se tournant vers Mehrobâno, il ajouta:

- Qu'en est- il de cette stupidité? Elle n'est pas venue d'Italie. Vous êtes à l'EBA. Nous nous sommes rencontrés là- bas.

Son ton jovial et amical me plut. Avec la même joie dans ma voix, je répondis:

- Oui, je suis revenue d'Italie il y a une semaine. Stefano vous a mentionné, ainsi qu'un autre peintre qui semble maintenant être à Téhéran... Mais pourquoi devrais- je avoir peur?

Il se précipita sur mes mots:

- Avez- vous rencontré Stefano? Je me souviens encore de lui. C'était quelqu'un d'autre, probablement le Maître Makan, n'est- ce pas?

J'ai demandé:

- Vous connaissez également Makan?

Il répondit:

- Bien sûr que je le connais. S'il n'avait pas été là, j'aurais sombré dans le néant. Au fait, Mehrobâno, avez- vous vu la lettre que le Maître a rédigée? Prenez- la et lisez- la à haute voix, afin que notre invitée puisse également en profiter. Je n'ai jamais rencontré un homme aussi noble et courageux. Rien ne l'effraie.

Il tendit la lettre à Mehrobâno.

- Le nom du Maître qu'il avait évoqué avait suscité en moi un sentiment d'irritation. Le Maître incarnait pour moi la grandeur et la sagesse, soulignant ainsi mon impuissance et mon abattement. Plus je me remémorais l'importance et la noblesse de Maître Makan, plus je me sentais insignifiant et médiocre. Le souvenir nébuleux de notre première rencontre s'est gravé dans ma mémoire, resurgissant lorsque, assis à sa table, il contemplait mes œuvres.

Khodadad se tourna alors vers moi et demanda:

- Le connaissez- vous?

- Nous nous sommes rencontrés une fois, mais je ne le connais pas intimement.

Il dit:

- Mehri, pourquoi ne lis- tu pas la lettre à haute voix? Il a écrit quelques mots personnels à ton sujet à la fin, je ne veux pas les lire ici... commençons par le début.

Il prit la lettre des mains de la jeune fille et ajouta:

- Lis à partir de ce passage. Vous aussi, écoutez.

Il lui tendit de nouveau la lettre, et la jeune fille, désabusée, commença ainsi:

- J'ai tout fait ce qui était en mon pouvoir pour toi, mais je crains que cela ne porte finalement ses fruits. Le chef de police te tient véritablement rigueur. Ils t'ont gravement calomnié auprès de Sa Majesté Homaïouni. Qu'as- tu donc fait pour susciter tant d'infamie? Mais ne perds pas espoir! Si tu veux puiser quelque chose de l'eau, tu ne dois pas rester au bord. Devenir un mollah est si aisé, devenir un homme est si difficile! Patiente jusqu'à ce que ce chef de police soit remplacé, à condition que tu gardes la foi. On raconte que toutes les images et caricatures diffusées dans les journaux et magazines persans à Paris, voire dans les magazines français, à propos de la situation en Iran, sont de ton fait. Que Dieu nous en préserve!...

Khodadad n'attendit pas que la lettre se termine et commenta:

- C'est vraiment un Maître.

Il éclata de rire, et le sens de ce rire m'échappa. Mehri poursuivit la lecture du reste de la lettre:

- Ne t'en fais pas! C'est la vie. Parfois, tu dois encaisser des coups. Maintenant, c'est ton tour de prendre des coups. Les querelles ont leur lot de larmes, leur lot de douleur...

La lettre était longue, mais Khodadad semblait pressé, peut- être n'avait- il pas de temps pour l'écouter en entier. Il saisit les journaux qu'il avait enroulés et les déplia. S'asseyant sur une chaise, il se plongea dans l'un d'eux. Pendant ce temps, Mehri continuait à lire, et j'étais à l'écoute:

- Le chef de la police colportait des récits à ton sujet. Il prétendait qu'une fois par semaine, tous les étudiants en France recevaient un journal appelé *Peykar*. Ce périodique, publié à Berlin, serait distribué par tes soins parmi les jeunes Iraniens en France...

Khodadad consulta sa montre, interrompant ainsi la lecture de la lettre du Maître. Il s'adressa à Mehri:

- Qu'avons- nous pour le déjeuner? Nous ne pouvons pas nous rendre au restaurant, faute d'argent. Nous devons manger quelque chose ici, quelque chose qui puisse convenir à notre invitée également.

Je jetai un coup d'œil à ma montre et réalisai qu'il était presque treize heures. Son aisance m'influença. Avant que Mehri ne puisse surmonter son agitation pour répondre avec calme, je pris l'initiative et proposai:

- Si vous le permettez, je vous invite pour un déjeuner au restaurant.

Khodadad acquiesça:

- C'est une excellente idée.

Cependant, Mehri s'y opposa:

- Non, tu ne peux pas te permettre de manger au restaurant. Le médecin ne t'a- t- il pas interdit de manger de la viande? Madame, il ne pense même pas à lui- même. Je ne te laisserai pas sortir pour déjeuner.

Khodadad et moi échangeâmes un sourire.

- Ma chère Mehri, que ta journée ne soit pas amère, elle a raison. Bon, voyons ce que nous avons.

Il laissa tomber les journaux par terre et se dirigea vers une valise sous le lit. Après l'avoir tirée et inspectée, il déclara:

- Nous avons du pain, du beurre, et qu'est- ce que ceci? Nous avons également du fromage hollandais, de la confiture préparée par la mère de Mehri à Téhéran, et du thé de Guilan, gentiment préparé par la propriétaire pour nous. Je dois également prendre un peu de lait. Voilà un repas royal.

Il se tourna ensuite vers moi:

- Êtes- vous prêt à vous joindre à nous, pauvres malheureux?

Je répondis avec enthousiasme et amusement:

- C'est une véritable abondance pour moi aussi. En fait, je n'étais pas venu ici pour déjeuner initialement, mais je ne peux décemment refuser votre invitation.

 Khodadad se tourna vers Mehri et déclara:

- Bien, va demander à la propriétaire de nous préparer du thé et du lait. Ensuite, nous avons du travail à faire. Nous devons préparer tous les journaux avant trois heures et les envoyer par la poste. Il faut emballer les journaux d'Iran dans les vieux exemplaires du *Matin*.

Mehri quitta la pièce.

Lorsque nous nous retrouvâmes seuls, je lui posai une question:

- Quel journal envoyez- vous en Iran?

Il parut surpris et répliqua:

- Vous n'avez jamais vu le journal *Peykar*?

En réalité, j'avais déjà aperçu ce journal. Parfois, il arrivait également à mon adresse. Je me souvenais qu'une circulaire de l'ambassade était parvenue à tous les étudiants iraniens, les enjoignant à remettre immédiatement ce journal à l'ambassade dès sa réception, ce qui avait suscité l'amusement des étudiants. Ceux qui n'avaient pas encore eu l'occasion de le lire demandaient à leurs amis de leur prêter le leur. Je répondis alors:

- Non, je ne l'ai pas encore vu.

Les activités de cet homme charmant m'étaient étrangères.

- D'où venez- vous pour ne pas connaître un journal tel que celui-ci? Près de mille exemplaires sont envoyés en Iran. Des dizaines de milliers de personnes, au moins, le lisent. Les copies circulent de main en main. C'est le seul journal publié en persan qui témoigne des souffrances du peuple.

Je compris alors pourquoi le gouvernement avait cessé de financer ses études. Il me passa le journal à lire et, pendant un certain temps, il m'entretenait de la dictature qui sévissait en Iran. Chaque mot prononcé était empreint de passion. Son corps tout entier tremblait, ses yeux brillaient d'une lueur ardente. À chaque instant, il mordillait ses lèvres, ses cheveux indomptables retombaient sur son front, qu'il repoussait d'un geste brusque en arrière. Il mettait sa main droite dans sa poche tandis que l'autre main tentait d'illustrer ses paroles avec vivacité. Ses cinq doigts s'agitaient continuellement dans les airs de différentes manières. Parfois, dans un mouvement soudain, il s'inclinait en arrière sur le dossier de sa chaise, comme s'il pouvait ainsi mieux me captiver. Puis, il croisait les jambes, retrouvant un semblant de calme. Tout à coup, il se levait, appuyait fermement ses mains sur les accoudoirs de la chaise et maintenait son corps en suspension dans les airs tout en continuant de parler.

Ce jeune homme incarnait un mélange d'intensité et de fureur. Je me sentais incroyablement lié à lui, dans une proximité dénuée de barrières ou de réticences, d'une manière si profonde que je n'avais jamais connue auparavant. Sa voix percutante et incisive résonnait tel un marteau frappant le métal. Jamais encore je n'avais été témoin d'une telle passion et d'une telle effervescence chez quelqu'un.

Nous avons échangé longuement sur la situation en Iran. Il évoquait les crimes perpétrés, la corruption et l'avidité des puissants, la fuite des richesses du pays entre les mains d'individus tels que moi, les innocents languissant en prison, les hommes sacrifiés sur l'autel de la cupidité et de l'infamie du roi, la propagation de l'impiété, le pharisaïsme et l'hypocrisie, ainsi que l'influence manipulatrice des Anglais, qui tirent les ficelles de ces marionnettes.

Soudain, il faisait une pause et mentionnait ma propre vie. Par exemple, il dit:

- À cet instant, vous et moi serions à Paris, détournant l'argent de ces gens et le gaspillant. Avez- vous déjà songé à la source de notre mode de vie?

J'étais silencieux, parfois éprouvant un sentiment de honte, comme si j'étais complice et responsable de tous ces crimes.

Ensuite, j'ai parlé de moi- même. De ce que je ressentais à l'EBA et parmi les étudiants iraniens, de l'agacement constant auquel j'étais confronté. De mon impuissance et de ma frustration dans mon travail. J'ai mentionné le Maître et l'ai tenu pour responsable. C'est lui qui m'a poussé à venir en France. Il aurait pu m'enseigner la peinture et me rappeler, dans le langage clair que tout éducateur se doit de maîtriser, que la peinture est bien plus qu'un simple passe-temps, et que je ne devrais pas sacrifier ma vie pour un domaine où je ne suis pas destiné.

Enfin, je dis:

- Quelle est ma capacité, après tout?

- Oh, tout!

Mehrobâno a ouvert la porte et est entrée dans la pièce avec quelques assiettes, des couteaux et des fourchettes, et elle a réprimandé:

- Tu n'as encore rien fait? Allons, lève- toi. Prépare la nappe, mets la table, je vais apporter du thé et du lait.

Je me suis levé de ma chaise et ai répondu:

- Madame Mehri, permettez- moi de m'en charger! Je vais m'en occuper pendant que vous vous occupez du reste.

Cet homme m'avait intimidé. J'éprouvais de la peur à le regarder, tout comme j'en ressens à présent en vous regardant.

La femme inconnue interrompit soudainement son récit. Elle poussa un soupir profond. Ses yeux brillaient, humides mais dépourvus de larmes. Par moments, elle semblait oublier qui elle était. Je ne savais pas pourquoi elle s'arrêtait si brusquement, mais je ne voulais pas interrompre le flux de ses souvenirs. Pendant quelques instants, elle me fixa intensément, et alors que je baissais les yeux. Je sentais la frustration et la plainte imprégner son regard. Malgré cela, je ne voulais plus croiser son regard. Cependant, elle continua:

Vous êtes un être énigmatique! Je ne comprends pas pourquoi je partage mon histoire avec vous. Tout cela semble absurde. Regardez- moi! Qu'espérez- vous découvrir vraiment? Je me livre à vous, mais à quoi bon? Regardez- moi dans les yeux, vous saurez si je suis sincère ou si je mens. Je ne possède pas ce pouvoir que vous supposez. Savez- vous qui je suis réellement? Je suis ce que les gens qualifient souvent de tyran. Ma puissance n'existe que face à plus faible que moi. Lorsque je me trouve confrontée à une force supérieure, je suis réduite à néant, submergée par mon impuissance au point de susciter votre pitié. Votre Maître m'obéissait jusqu'à ce que… Non, « obéissance » n'est pas le bon mot. Il n'a jamais obéi à personne. Tant que je demeurais indifférente à son égard, je pouvais le manipuler à ma guise. Mais soudain, dès qu'une force supérieure à ma propre faiblesse s'est imposée, elle a pris le contrôle total de ma vie, noyant mon existence dans sa brutalité et sa cruauté. Je n'avais plus de volonté ni de libre arbitre. J'étais une marionnette flottant dans l'air, ignorant que la ficelle était entre les mains d'un enfant capricieux. Comprenez- vous ce que j'essaie de dire? À l'époque, je ne réalisais pas cette dure vérité. Je pensais que mes actions étaient le fruit de ma propre volonté. Aujourd'hui, je cherche à déverser ce sentiment d'oppression et de confusion de ce jour- là dans un cadre.

Khodadad était lui aussi plus fort que moi. Sa douceur et son humanité m'avaient séduite. Je ne pouvais lui résister. Pourquoi dis-je que je me sentais opprimée et confuse? Parce qu'il est vrai que son influence morale sur ma vie a été puissante, mais sa pression sur ma personnalité n'était pas aussi écrasante que celle du Maître. Ma vie n'était pas encore réduite en cendres. J'étais devenue disciple de Khodadad. Je voulais l'aider à tout prix. Je n'avais pas foi en ses paroles, mais je voulais gagner son respect. Il était un homme de volonté. Il n'avait pas l'intention de me tromper. Il m'informait des dangers qui guettaient ma vie à chaque ordre donné. Mais même lui ne pouvait verser plus de liquide dans un verre déjà plein.

Après quelques semaines seulement, j'avais tissé des liens si étroits avec lui que Mehrbâno se confiait à moi avec son cœur à nu. Quelle vie tumultueuse ils menaient. Pourtant, ils étaient toujours joyeux, souriants et heureux. Leurs luttes les avaient apaisés. Oh, comme je regrette! Si seulement j'avais eu la clairvoyance dont je dispose aujourd'hui, cette pauvre femme ne serait peut- être pas assise devant vous ce soir, cette image de « ses yeux » n'aurait peut- être jamais vu le jour, et peut- être que le Maître serait toujours parmi nous. Je ne suggère pas que je suis responsable de sa mort, non, elle signifie qu'il s'est donné la mort ainsi que moi.

Khodadad vouait une humilité sans borne au Maître Makan. Il lui était redevable en tout point. Parmi ces jeunes dévoués à Paris, j'ai discerné des traits rappelant ce que nous lisons dans les livres d'autrefois. Lorsqu'ils accordaient leur confiance à quelqu'un, ils lui donnaient tout. Mais autrefois, cette dévotion était peut- être aveugle, tandis qu'aujourd'hui, elle était éclairée par la connaissance, l'évaluation et la compréhension. Makan avait façonné le talent de Khodadad. C'était lui qui avait organisé le départ d'un pauvre enfant de jardinier vers l'Europe, facilitant ainsi son parcours d'études à Paris.

Un jour, je questionnai Mehrbâno sur l'adoration fervente de Khodadad pour le Maître Makan. Elle répondit:

- Je n'ai jamais rencontré Makan en personne, mais à travers les récits de Khodadad, je crois connaître le Maître mieux que moi-même.

- Comment en êtes- vous arrivée à cette connaissance? Quel genre de personne est- il?

- Vous avez eu un aperçu de lui par vous- même.

- Je n'ai eu qu'une seule rencontre avec lui. Il m'a semblé arrogant et austère.

- Ça ne devrait pas être ainsi.

- Dites- moi tout.

- Je vous en dirai davantage, mais Khodadad tient à ce que ce soit gardé secret. C'est risqué. Si quelqu'un le découvre, le Maître pourrait être capturé à Téhéran. Mais ne répétez ceci à personne. Je n'ai pas toutes les informations non plus. Souvenez- vous, il y a quelques années, près de deux cents étudiants, enseignants et médecins ont été arrêtés à Téhéran et dans d'autres villes? Khodadad était l'un des prévus pour l'arrestation, toujours recherché. Makan l'a sauvé en le cachant chez lui pendant une semaine, puis en le faisant partir dans un village de Téhéran, chez un ami. Il lui a également procuré de faux documents. Quand la poussière est retombée et que le chef de la police a été remplacé, il a obtenu une lettre de recommandation et l'a envoyé en France. Khodadad n'est pas son vrai nom, il ne m'a pas non plus révélé son vrai nom. Pendant un certain temps, il payait ses frais jusqu'à ce qu'il parte de Téhéran avec l'aide de Stefano, ce même peintre italien. Stefano l'a admis à l'EBA et lui a délivré un certificat, ce qui a incité le ministère de la Culture à le considérer comme un étudiant subventionné. Ils payaient régulièrement ses frais de scolarité et il menait une vie décente. Il aurait pu avoir une bonne vie. Mais la plupart de son argent était dépensée pour ce journal et ses publications.

J'exprimai:

- Jamais je n'aurais imaginé que le Maître puisse être si astucieux et audacieux. Quel esprit rebelle!

Mehrbâno répliqua:

- Au contraire, il est vraiment étrange. Laissez Khodadad vous en parler lui- même.

Je continuai:

- Après tout, en Iran, avec toute la pression actuelle, ne s'est- il pas lassé de sa vie?

Elle répondit:

- C'est là tout le paradoxe de Khodadad. Bien que les gens ici, en France, surtout lorsqu'ils nient tout en bloc, deviennent plus intrépides. Ils se préoccupent de tout sauf d'eux- mêmes. Khodadad est toujours vigilant quant aux dangers qui me guettent et veille sur moi. Mais il ne prend pas soin de sa propre santé. Il évite souvent de sortir avec moi dans les rues de Paris, de peur qu'un représentant de l'ambassade ne nous surprenne ensemble et que je sois rappelée à Téhéran, entraînant ainsi la suspension de mes frais de scolarité.

L'ambassade a émis une directive à l'intention de tous les étudiants iraniens, les mettant en garde contre tout contact avec lui. Ils sont convaincus que c'est lui seul qui égare les étudiants iraniens et inculque des idées politiques dans leur esprit.

Je questionnai:

- Comment ont- ils pu interrompre ses frais de scolarité?

Elle répliqua:

- Cela découla de la publication d'articles dans les journaux français.

Je poursuivis:

- Mais ces articles étaient rédigés par Khodadad, n'est- ce pas?

Elle répondit:

- Non, ce n'était pas lui l'auteur de ces articles. Il y avait un individu nommé Gheyrat. C'était un espion de l'ambassade. Il approchait les jeunes pour discréditer le roi et le gouvernement. Lorsque quelqu'un faisait des remarques, il les interprétait à sa manière et les rapportait à l'ambassade. À Bordeaux, il déroba une boîte d'appareils photo dans une boutique et fut condamné à trois mois de prison. Les journaux locaux de Bordeaux relatèrent l'incident tel quel. Le journal *Peykar* reprit ces nouvelles sous le titre Démascarade des espions de l'ambassade. Ce sujet suscita des débats parmi les étudiants iraniens. Beaucoup doutaient. Khodadad, imprudemment, retrouva une copie du journal bordelais, *La Voix de Bordeaux*, où l'affaire du vol était mentionnée, et la montra à tous. Cela provoqua évidemment la colère de Gheyrat envers Khodadad, attisant ainsi sa rancœur. Finalement, contraint de retourner en Iran avec ses études inachevées, Gheyrat devint, un an plus tard, chef du département de l'éducation supérieure au ministère de la Culture, en récompense des services rendus à son pays en France. De là, il fit un rapport confidentiel directement à la cour, ce qui aboutit à la suspension des frais de scolarité de Khodadad.

Mon cœur était épris de cet homme et de cette femme. Leur collaboration était empreinte d'une témérité admirable. Aucun d'eux ne pensait que finalement, ils ne pourraient pas vivre ainsi.

Mehrbâno confia:

- Une fois mes études achevées, je rentrerai en Iran.

Je l'interrogea:

- Et que deviendra Khodadad?

Elle répliqua:

- Il viendra aussi.

Je dis alors:

- Pourtant, avec la situation actuelle, il risque d'être arrêté dès son retour.

Elle répondit:

- Est- ce que la situation demeurera inchangée pour toujours?

Leur espoir en un avenir plus radieux constituait ma plus grande réconfort. Je leur rendais visite au moins une fois par semaine, parfois je les aidais. Je dessinais des motifs autour des miniatures pour lui, emballais les journaux destinés à l'Iran et les envoyais. Lorsque j'ai pris conscience de ses difficultés financières, et que sa vie ne se résumait pas à la vente de miniatures, je lui ai envoyé deux fois par la poste deux cents francs à chaque fois.

Quelques jours plus tard, en me rendant chez lui, je l'ai trouvé alité, son corps gonflé. Il s'avéra que son foie était atteint. Faute d'argent pour consulter un médecin, dès mon arrivée, il s'adressa à Mehrbâno:

- Mahri, si tu désires partir maintenant, il n'y a pas de problème. As- tu le loisir de demeurer une heure ou deux?

Je répondis:

- Je n'ai rien de prévu et même si je n'avais pas le temps, j'aurais quand même été prêt à rester toute la nuit avec vous.

- Oh, Mahri, vois- tu ce qu'il dit? N'est- ce pas là une pointe de jalousie?

Mehrbâno dit:

- Ne te gâte pas. Regarde à quel point tu es mutine!

 Quand la jeune fille s'en alla, il m'a demandé:

- Je suis à court d'argent, pourriez- vous me prêter un peu?

- Je vous donne tout ce que j'ai.

- Combien avez- vous?

- J'ai un peu d'argent à la banque, et ici, j'ai deux cents trente francs.

- Êtes- vous sûr de savoir exactement combien vous avez?

 J'ai vérifié et constaté que j'avais deux cent soixante- quinze francs. Je les ai sortis et lui ai montré, en disant:

- Prenez tout.

Il répliqua fermement:

- Levez- vous, ouvrez la valise sous le lit. Vous y trouverez deux pochettes. Apportez- les- moi.

J'obéis, reconnaissant immédiatement mon écriture sur les pochettes. Ce sont les mêmes que j'avais envoyées par la poste. Il les ouverit, en retira quatre cents francs et déclara:

- Gardez cet argent, je vous prie. Ne m'envoyez plus rien.

- Cet argent ne m'appartient pas!

- Ne mentez pas! Je veux avoir une discussion sérieuse avec vous.

La manière dont il a énoncé ces mots était si impérieuse et dominatrice que j'ai été pris au dépourvu. Comment osait- il me commander de cette façon? Comme je vous l'ai expliqué, j'étais pétrifié, pour la première fois de ma vie, face à un homme plus fort que moi, et ma séduction n'avait aucun effet sur lui.

Monsieur l'instituteur, je ne peux pas me rappeler exactement toutes les paroles de ce jour- là, car il a parlé seul pendant une heure et demie, voire plus. Mais je sais que lorsque je suis sorti de chez lui, ma décision était prise. À présent, je vais tenter de vous rapporter ce qu'il m'a dit et comment il a bouleversé ma vie.

Ce jour- là, je me suis révélé tel que je suis réellement devant lui. Tous les nœuds et les boules qui étaient enchevêtrés au fond de mon cœur se sont dénoués, se sont ouverts. Franchement, après ce jour- là, c'est la deuxième fois seulement que je me livre sans réserve à quelqu'un. C'est mon infortune. Le Maître Makan, cet homme si intrépide et altruiste, qui avait le pouvoir de conquérir les cœurs, ne voulait pas ou ne pouvait pas comprendre les forces diaboliques et humaines qui se disputaient au fond de mon âme. Mais lui, ce jeune homme plein de passion, qui n'avait que deux ou trois ans de plus que moi, me tenait comme un oiseau entre ses mains. Il m'étranglait, mais dès qu'il ouvrait sa main et me laissait respirer l'air pur, je ressentais toute la tendresse qu'il avait en lui, dans ses mains pleines.

Ne vous ai- je pas dit que j'avais deux âmes en un seul corps? Il aurait pu élever l'ange en moi. Mais votre Maître n'a fait que nourrir le dragon en moi.

Il me dit:

- Tu as le cœur brûlant pour moi, c'est parce que tu m'as donné de l'argent? Si c'est vrai, pourquoi ne ressens- tu pas de compassion pour ces villageois dont ton père retire la bouchée de la bouche, des bouches de leurs enfants affamés à Téhéran.

Il parla avec moi pendant un certain temps. Ses paroles pénétraient mon cœur et je pouvais sentir qu'il tentait fraternellement et amicalement de me sauver du tourbillon dans lequel j'étais pris. Il commença par ma peinture. Il me dit:

- Il est impossible pour toi de devenir un artiste accompli. Ce chemin est semé de pierres. Tu n'as jamais goûté à l'amertume de l'échec. Dans l'environnement protégé de Téhéran, dans ton cercle social restreint, tu ne peux pas te réaliser en tant qu'artiste. Comment quelqu'un qui n'a jamais souffert de la faim, qui n'a jamais frissonné de froid, qui n'a jamais veillé une nuit entière, pourrait- il apprécier une balade, la chaleur, les rayons du soleil du matin? Tu t'es rendu chez le Maître Makan une fois et tu l'as mal traité. Qu'espérais- tu de lui? Qu'avais- tu à lui offrir? Attendais- tu qu'il t'embrasse la main? Tu voulais retourner le voir encore et encore! Tu voulais y aller une troisième fois pour solliciter ses faveurs. Il possède quelque chose d'unique. Il est un artiste. Il domine les âmes des gens. Il peut les attrister, les faire rire, les faire pleurer, les inspirer, les inciter à vivre. Il a quelque chose qui ne s'achète pas avec de l'argent, pas même avec la vie elle- même.

Mais toi, avec ta beauté, tu te vantais et parce que les flatteurs te gâtaient, tu pensais que le Maître devrait se prosterner devant toi et que tu pouvais lui vendre ton orgueil. Tu t'es rendu chez le Maître une fois, tu l'as jugé sans le connaître, et tu as choisi le chemin le plus facile. Tu pensais que, avec l'argent que tu avais et en allant en France, tu pourrais apprendre l'art auprès de milliers de peintres là- bas.

Ton père t'a écrit. Si tu avais un frère, si tu avais un oncle, tous les membres de ta classe sociale te conseilleraient de te marier et de revenir! Si tu avais été un garçon, tu sais ce qu'il t'aurait conseillé? Il t'aurait dit de revenir avec un diplôme! La plupart de ceux qui sont à Téhéran aujourd'hui ont des diplômes et mènent une vie confortable.

Mais ils ne sont pas artistes. Dans cinquante ans, dans cent ans, et peut- être même plus, on parlera encore du Maître Makan. Mais ces rois et ministres qui passent et meurent tombent dans l'oubli.

Ces choses ne comptent pas pour toi. Tu ne cherches pas la renommée. Tu ne cherches pas l'argent. Tu cherches le bonheur en filigrane. Avec un diplôme, avec de l'argent, avec un époux, avec ces choses- là, on ne devient pas heureux. Il faut traverser les épreuves de la vie pour que le bonheur distant fasse un clin d'œil à quelqu'un.

Regarde- moi, je suis malade. Peut- être que j'ai aussi la tuberculose, je ne sais pas, peut- être que c'est un rêve. Quoi qu'il en soit, je suis malade et chancelant. Ma mère m'a mis au monde dans une petite pièce au fond du jardin pour que sa propriétaire ne l'entende pas, et j'ai grandi malade dans cette pièce humide. Je sais moi- même que ma vie ne sera pas longue. Dans quelques années, je ne serai plus là très longtemps. Mais je suis heureux. Je suis sûr que j'ai quelque chose à accomplir. Dans dix ans, des centaines d'enfants tuberculeux auront été sauvés, au moins. Cela me rend heureux. C'est la joie que je tire de ma lutte.

Je ne crains personne. Ni le chef de la police ni les circulaires de l'ambassade! Maintenant, ce sont eux qui ont peur de moi. Lorsque l'une de mes œuvres est exposée à Paris et que l›ambassadeur d›Iran envoie un télégramme à Téhéran, je ressens la joie au fond de mon cœur. Mais ne désespère pas! Il n›est pas trop tard. Tu peux être heureuse. La voie de l›art est toujours ouverte pour toi. Débarrasse- toi de cet égarement qui t›a enserrée. Travaille! Efforce- toi de dépenser l›argent que tu as pour autre chose. Reste à la maison, à l›école, travaille dur. Endure l›amertume de l›échec pour devenir un peintre...

Il m'accablait d'insultes, dénigrant ma famille, mon père, tout le monde. Mais il disait vrai! Chaque mot qu'il prononçait était empreint de vérité. Ces paroles me brûlaient jusqu'au plus profond de mon être. À chaque quinte de toux, il s'interrompait brièvement pour reprendre son souffle.

.Je balbutiai:

- Khodadad, il est trop tard désormais. Je sens que je suis dépourvu de talent.

Un nœud oppressant se formait dans ma gorge. Les larmes me

montèrent aux yeux. C'était la première fois que je me découvrais aussi vulnérable face à un homme. Khodadad intervint:

- Pleure! Ce n'est pas honteux, mais pas en ma présence. Je ne supporte pas les larmes d'une femme. Pourquoi serait- il trop tard? Cela ne fait que cinq ans que tu pratiques la peinture et tu n'as encore rien accompli, tu veux créer un chef- d'œuvre?!

Je tentai de m'expliquer:

- Non, il ne s'agit pas de créer un chef- d'œuvre. Je suis inerte. Je suis incapable de faire naître une œuvre. Vois- tu, je ferai tout ce que tu me diras de faire, mais je ne peux pas travailler par moi- même. Je suis désespéré à cet égard. À maintes reprises, j'ai résolu de m'atteler à l'ouvrage. En vain. Le moindre sifflet d'un plaisantin passant sous ma fenêtre m'entraîne dans un monde de débauche. À qui puis- je confier ces tourments?

- Bien, le chemin du bonheur ne se résume pas à devenir artiste. Qu'importe? Tout comme mille sentiers mènent à la misère et au vide, la voie de l'excellence n'est pas limitée à l'art. Crois- tu sincèrement que tu ne peux travailler par tes propres moyens? Viens, laisse les autres te guider. Jusqu'à ce que tu puisses te sortir de la peau dans laquelle tu es enfoncé par ta classe sociale. Rends- toi en Iran, va voir le Maître. Là- bas, œuvre sous ses directives, mais avec humilité. Approche- toi de lui. Les habitants de notre patrie sont si malheureux, si nécessiteux d'aide, que tu pourrais leur être d'une aide précieuse de mille manières. Peut- être que la douleur que tu endures aujourd'hui sera ta rédemption. Pour devenir artiste, tu dois être fondamentalement humain. Tu ne saisis pas encore à quel point tes compatriotes souffrent. Va en Iran, montre- toi à la hauteur! Tu trouveras peut- être le chemin du succès. La vie ne se résume pas à ton existence individuelle. Maintenant que tu n'as pas pu libérer le dragon qui te ronge dans la peinture, viens et terrasse le dragon dans la société iranienne, et ce triomphe qui libérera des milliers de personnes en Iran te procurera le bonheur. Rends- toi en Iran! Là- bas, certains jeunes Iraniens qui ont achevé leurs études en Europe ont créé des organisations secrètes, mais elles sont encore à leurs balbutiements. Un jour, ils rendront un immense service à ce pays. Ils ont besoin d'aide, de personnes comme toi. Ta beauté, qui est devenue le fléau de ta vie, pourrait bien être un atout dans leur mission ardue. Va voir le Maître, propose- lui de travailler pour lui, non pas avec arrogance et vanité, mais avec humilité et abnégation, dis- lui que tu as été mon collaborateur pendant quatre ou cinq mois... Dis- lui...

- J'ai pris ma décision un ou deux jours plus tard. Monsieur l'instituteur, le mystère de ce que le Maître a dissimulé dans cette toile, dans les yeux de ce visage, est enveloppé dans cette même décision.

À partir de là, j'ai erré. Jusqu'à aujourd'hui, je reste dans l'incertitude. Je ne sais pas si je suis venu en Iran pour échapper à la misère et à l'humiliation que j'ai endurées à Paris, ou si je suis venu en Iran pour me rendre à lui, me prosterner à ses pieds et implorer son amour, ou si je suis venu en Iran pour suivre le conseil de Khodadad afin de me rapprocher de lui et de me venger de l'homme qui m'a précipité dans cette nuit sombre, ou si je suis venu en Iran pour mener une vie d'honneur et d'utilité.

Je ne le sais pas, et lui non plus, l'homme qui aurait pu façonner mon destin, lui- même était dans l'indécision. Mais avec ces yeux perfides qu'il a tirés de moi, il m'a infligé la plus grande offense. Il a cru que je suis venu en Iran pour semer le malheur dans sa vie par vengeance...

La femme inconnue était sur le point de fondre en larmes. Mais elle se leva. Il était dix heures du soir. Elle appela Sekineh et lui demanda:

- Le dîner est- il prêt?

- Oui, madame. Le dîner est prêt depuis un moment.

- Allez- y, monsieur l'instituteur.

Pendant le dîner, aucun mot ne fut échangé entre nous. Sekineh se tenait derrière une chaise, déplaçant les plats de nourriture d'un côté à l'autre sur ordre de sa maîtresse. Farangis avait les yeux rivés sur la nappe blanche, prenant de petites bouchées sans appétit. Il était évident qu'elle était là pour que je ne me sente pas gêné.

Je la regardai tout le temps. Une femme malheureuse était assise en face de moi, une femme qui avait perdu son bonheur dans la vie et le cherchait en vain. Aucune trace de ressentiment ou de rancœur que j'avais contre elle en début de soirée n'était restée. Je pensai même une fois que peut- être le Maître était la cause de sa misère actuelle. Cette femme était le déchet d'une société sur laquelle elle poussait.

J'essayai de la regarder dans les yeux, mais ses longs cils m'en empêchaient. Lorsqu'elle relevait la tête et que je pouvais contempler ses yeux d'amande expressifs, je n'y voyais plus aucune trace de détresse. Je me demandais alors pourquoi le Maître n'avait pas pu la calmer et lui donner une vie digne.

Avant même qu'elle ne rapporte le reste de son histoire, mon cœur se serra davantage pour elle que pour le Maître. Après tout, il y avait une créature vivante assise en face de moi. Était- il possible de l'aider?

Peu à peu, je sentis que je devais juger de son cas. Elle était une femme honnête. Peut- être que son aveu courageux de ses faiblesses et ses péchés, assise en face de moi, était la preuve de sa pureté intérieure? Cette femme ne pouvait être une malfaiteuse. Elle était simplement impuissante, victime des circonstances, comme une feuille emportée par le vent, montant et descendant. Elle racontait les événements de sa vie sans artifice. Toutes les autres femmes de sa classe sociale vivent des événements similaires dans leur vie et les considèrent comme normaux, sans jamais être tourmentées par leur conscience.

Mais celle- ci voulait effacer le gangrène rongeant son âme, en passant en revue les bons et les mauvais événements passés. Elle désirait connaître ne serait- ce qu'un instant la liberté qu'elle désirait tant.

Alors, tout à coup, je pensai que peut- être cette femme se trompait aussi. Comment sait- on si le Maître l'a présentée comme une passionnée, pleine de désir? Depuis des années, je vois ce tableau et jamais je n'ai eu la certitude que quelque chose de laid s'y cachait. À maintes reprises, je me dis que ces yeux étaient captivants et on ne savait pas quel genre de pensées ou de sentiments le Maître y exprimait. Je passai des heures assis à les regarder. Parfois, je me disais que des larmes devraient couler de ces yeux à tout moment. Des larmes de regret, de désespoir et de lamentation.

Une autre fois, je pensais que ces yeux mettaient en scène une femme amoureuse, une femme qui n'ose pas exprimer son amour verbalement, une femme qui a rabougri la grandeur de son bien-aimé et qui, malgré tout, dit au spectateur qu'il doit ressentir son ardeur à travers ce regard.

Parfois, je pensais le contraire: « Non, le propriétaire de ces yeux piège un homme, elle lui volera son cœur au prochain moment. Cette femme, avec un sourire sarcastique dégageant de ses yeux, jouit comme un animal de son misérable victime. »

Je ne savais pas si ces yeux appartenaient à une femme amoureuse et vertueuse ou à une femme lascive et rosse.

Lorsque je déposai mes couverts et laissai mon regard errer sur la nappe blanche et les assiettes à bordure dorée, comme elle le faisait, je me rendis compte que l'image des yeux dans la peinture s'était totalement disparue de ma mémoire. Un désir ardent de la revoir m'envahit. Sans un mot à quiconque, je me levai de table avec empressement et retournai dans la pièce où nous nous étions précédemment installés. J'ouvris l'emballage avec précipitation et plaçai le tableau devant moi sur la table, m'asseyant ensuite pour le contempler.

Dans ces yeux, je ne découvris rien de nouveau que je n'avais pas déjà remarqué. Cependant, il me sembla que le Maître avait insufflé une étrange malice à cette œuvre. Mon cœur se serrait pour la femme inconnue. Je disposai le tableau de manière à ce qu'il reste en permanence dans mon champ de vision, obligeant ainsi la femme inconnue à le voir en se retournant.

Il ne fallut pas plus que quelques instants avant que la porte ne s'ouvre à nouveau et que la femme fasse son entrée dans la pièce.

Dès qu'elle remarqua le tableau, une expression de surprise traversa son visage, comme si elle avait été prise au dépourvu. Cependant, cette surprise ne fut que fugace, ne durant pas assez longtemps pour qu'elle hésite. Refermant la porte derrière elle, elle avança d'un pas et s'assit à sa place habituelle. Sans dire un mot, sans laisser transparaître la moindre émotion sur son visage quant au fait que j'avais ouvert le tableau sans sa permission.

Je contemplai le tableau tandis que la femme inconnue me fixait. Peut- être cherchait- elle à deviner quel jugement je porterais sur cette représentation, maintenant que j'avais une parcelle de connaissance sur sa liaison avec le Maître.

Quelques minutes de silence s'écoulèrent. Enfin, je me lançai et demandai:

- Êtes- vous allée à Téhéran et avez- vous retrouvé le Maître?

Elle ne répondit pas. Elle extraya une cigarette de la boîte en khatam[1] posée sur la table, la plaça dans le fume- cigarette qui se trouvait dans la même boîte, l'alluma et inspira profondément, laissant la fumée s'évaporer de ses lèvres fines dans l'air. Puis, elle prit la parole:

- Ce n'est pas aussi simple que vous l'imaginez. Mon nom n'est pas Farangis. Farangis était un pseudonyme que Khodadad m'avait attribué. Il m'appelait toujours ainsi. Il avait été convenu dans une lettre qui lui était destinée que je serais désignée par ce nom au cas où la lettre serait censurée, afin que personne ne puisse m'identifier. Ils utilisaient un code pour écrire des lettres et changeaient constamment les noms des personnes. À Paris, nous

---

1. Le khatam est un art décoratif iranien traditionnel consistant à incruster des motifs géométriques minutieux en bois, métal et os.

avions convenu que le dixième jour de Khordad[1], je l'attendrais à la porte du cinéma. Il était écrit dans la lettre que je porterais une robe blanche et que je tiendrais un sac rouge à la main. Je devais acheter deux billets dès que je l'apercevrais et les garder dans ma main droite. Sans lui dire un mot, je devais entrer dans le cinéma et il devait me suivre pour que nous puissions échanger dans l'obscurité.

Je me rappelai distinctement de cette scène. Cependant, Khodadad avait oublié que les séances de cinéma en plein air débutent plus tard en Khordad, et ce jour- là, les rues grouillaient de monde, ce qui rendait difficile le suivi précis de ses instructions. Quelques minutes après sept heures, je ne parvenais toujours pas à le repérer, alors nous parlâmes ensemble avant de nous rendre au cinéma.

Ainsi se déroula ma première rencontre avec lui après mon retour d'Europe, mais cela paraît si simple à raconter. Imaginez ma situation, puis imaginez l'enthousiasme et les attentes avec lesquels je me préparais pour cette rencontre.

À l›époque, j›étais une femme épanouie, ayant passé cinq années sans entraves en Europe. J›avais parcouru la plupart des villes européennes et rencontré des individus étranges et fascinants. Tous étaient à ma recherche. Cependant, j›étais également une femme seule et étrangère. Téhéran tout entier connaissait ma famille et moi, mais malgré cela, je me sentais étrangère et isolée parmi eux. Leurs paroles m›étaient étrangères, leurs émotions et leurs pensées me semblaient désagréables. Aucun lien ne me reliait à ces gens, et ceux que l›on qualifiait de «peuple» ces jours- là, ceux dont la parole portait, avaient des opinions préconçues sur

---

1. Khordad est le troisième mois du calendrier iranien, correspondant à mai- juin.

moi, façonnées par les récits de mon père sur sa fille artiste en Europe, des opinions qui m›écœuraient.

Même mon pauvre père, qui m'aimait tant, semblait encore plus étranger à mes yeux que quiconque. Nos soirées ensemble, où nous pouvions nous asseoir et discuter pendant des heures, se résumaient à préparer un plateau de boissons et de liqueurs. Il était souvent pris de querelles autour de brochettes de kebab ou de viande mal cuite et fade, et dès qu'il avait avalé quelques verres, il était déjà ivre et ne pouvait plus rien faire d'autre que de plaisanter, de jouer, et de pousser ma mère à bout.

De plus, il tenait à discuter des nombreux prétendants qui fréquentaient notre maison. Ma mère semblait avoir complètement oublié que j'avais été libre à Paris pendant cinq ans et continuait à me considérer comme une jeune fille innocente de dix- sept ou dix- huit ans. Elle prenait ma tête et se préoccupait de savoir où j'étais allée à telle heure, qui j'avais vu, qui était tel homme venu me voir tel jour et avait laissé sa carte, d'où venait telle lettre, où j'étais invitée telle nuit. Je ne voulais pas décevoir ces deux personnes qui m'aimaient tant.

Considérez également mon enthousiasme pour cette première rencontre. J'avais abandonné la possession la plus précieuse de ma vie, mon art, en réponse à l'invitation de Khodadad. Il m'avait suggéré que je pourrais devenir un rouage essentiel dans le nouveau mouvement qui prenait racine à Téhéran, un mouvement contre le despotisme. J'avais nourri l'idée que la personnalité des individus, si faible et insignifiante soit- elle, pouvait, dans des circonstances particulières, avoir une influence considérable, voire même décider du destin d'une nation. Cela était surtout vrai grâce au dévouement, au courage et à la vaillance d'un individu modeste jouant un petit rôle dans un grand système, tel un simple boulon. Je me considérais comme un tel instrument et espérais des conséquences précieuses de ce sacrifice.

Je me disais: « Enfin, un mouvement anti- despotique prend forme en Iran, et le centre de ce mouvement, comme Khodadad me l'avait fait comprendre, se trouve en Europe. Je serai le lien avec les organisations iraniennes. Celui qui dirige ce mouvement en Iran est Makan. Finalement, c'est moi, le petit boulon, qui occupe une place minime dans ce grand système. C'est moi qui transmettrai les ordres. Bientôt, je deviendrai l'élément clé de ce mouvement de résistance, et même Makan sera sous mon influence et ma volonté. » Ah, quelles rêveries terrifiantes et enivrantes!

Écoutez bien. Je n'avais aucun intérêt pour le sort des habitants de ce pays ; leurs douleurs ne troublaient pas mon cœur, je n'étais pas solidaire de leurs tourments et de leurs malheurs. Quel que soit l'événement, ma place était sûre. Quel lien existait- il entre moi et ces êtres aveugles et chauves qui avaient envahi ce territoire? Et leurs hommes, qu'en disais- je? Pourquoi devrais- je m'en soucier? Même quand je courais un danger, je pensais encore à moi- même. C'était bien ainsi. Cependant, il y a encore un point que je dois évoquer. Vous pourriez l'accepter, mais lui ne l'a jamais fait. S'il l'avait fait, jamais il n'aurait peint cette image de moi.

Monsieur l'instituteur, que vous y croyiez ou non, je veux vous dévoiler toutes les afflictions de mon âme. Votre professeur a supposé que je cherchais à me venger d'une offense qu'il m'avait faite il y a cinq ans, avant mon départ pour la France. Pourtant, depuis mon retour en Iran le premier jour de Khordad jusqu'au dixième jour du même mois où je l'ai affronté, je n'avais jamais envisagé cette rencontre. Un autre monde s'était ouvert à moi. Les ambitions m'avaient animée. Je voulais trouver le bonheur dans l'activisme social, bien que, pour moi, son but caché fût purement personnel ; la rancune que j'avais contre cet homme était oubliée.

Dès le deuxième jour de mon retour en Iran, j'entrepris de me renseigner sur sa vie, découvrant ainsi qu'il se rendait quotidiennement à cette même école dont vous êtes désormais l'instituteur, et en sortait vers cinq ou six heures de l'après- midi. Le cinquième jour de Khordad, grâce à l'adresse que j'avais obtenue de lui et à ma mémoire, je le reconnus enfin et je marchai à ses côtés dans la rue pendant un certain temps. Je voulais l'observer avec les yeux d'un artiste, graver son image dans ma mémoire. Ce jour- là, je ne regardais pas cet homme avec le désir d'une femme, mais plutôt avec une curiosité intense. Cependant, je ne comprends pas pourquoi mon cœur battait si vite. Je voulais connaître cet homme courageux, qui affrontait le système oppressif avec une audace inébranlable et se moquait au fond de son cœur face à tout le système brillant de l'oppression. Avec une telle impatience, avec un tel enthousiasme, avec de tels espoirs et avec un tel optimisme inébranlable, quelques minutes après sept heures le dixième jour de Khordad de l'année 1314[1], je le rencontrai finalement.

Mais à présent, je dois vous avouer qu'un simple regard sur son visage et l'échange de quelques mots transformèrent radicalement mon état d'esprit. Je me sentis comme une femme en présence d'un homme supérieur, plus fort qu'elle.

---

1. L'année 1314 du calendrier solaire iranien (hégire solaire) correspond à l'année 1935 du calendrier grégorien.

Vous savez, si le professeur m'avait séduite comme tant d'autres hommes, peut- être que le désir électrique entre nous se serait dissipé, se transformant en un souvenir lointain, comme ceux des autres qui s'évanouirent dans les recoins oubliés de mon cœur. Cependant, un sentiment de dissolution et de rupture me métamorphosa intérieurement. Je réalisai que j'étais face à un homme qui avait besoin de moi, non seulement de mon corps mais aussi de mon esprit. J'avais rencontré un homme que j'admirais profondément, que je souhaitais rendre heureux, et dans ses bras, je désirais ardemment trouver le bonheur tant recherché.

Beaucoup de ce que je vous ai confié jusqu'à présent, ainsi que ce que je dis maintenant et ce que je dirai ensuite, est empreint de contradictions. Parfois, mes déclarations semblent en désaccord avec ce que j'ajoute par la suite, et vous pouvez en tirer n'importe quelle conclusion. Mais en définitive, je suis simplement ce que vous voyez. Je me présente à vous sans artifice ni subterfuge. Il n'y a pas de contradiction dans mes paroles, mais il y en a dans mon être, dans mon existence.

Comment pourrais- je décrire ma vie? Comme une source limpide jaillissant d'un recoin de montagne. L'eau est claire et fraîche, elle enrichit l'existence et ravive l'esprit. Cette eau qui descend de la montagne est tumultueuse et impétueuse. Elle brise les rochers, déplace les buissons et emporte les graviers dans son sillage. Quand elle atteint la plaine, elle devient calme et pure, elle nourrit l'herbe et rafraîchit les fleurs, apportant la bénédiction avec elle. Mais si elle se retrouve dans un marais ou dans des étangs stagnants, elle se transforme en boue. Si elle se déverse dans un désert, elle s'infiltre dans les profondeurs de la terre et disparaît de la surface. Mais encore une fois, au cœur de la terre, elle demeure calme et claire. Voilà ma vie. Cette eau limpide et vivifiante qui se manifeste de manière contradictoire. De quoi d'autre parlons- nous de contradictions?

Contrairement à mes attentes, son apparence extérieure ne me captiva pas immédiatement. Cependant, son front majestueux, ses yeux perçants, ses vêtements raffinés, ses mouvements mesurés et sa poigne ferme, tout cela m'enflamma et réduisit à néant ma façade artificielle. Je me sentis si insignifiante et impuissante, un sentiment jusque- là inconnu pour moi. C'était une sensation nouvelle, inédite dans ma vie. Chaque mot de sa part me mettait mal à l'aise, et je me retrouvai démunie de mon courage et de mon audace. J'étais gênée, comme une adolescente de quinze ans. Le contact avec lui me rendait nerveuse.

J'avais du respect pour Khodadad et écoutais attentivement ses paroles. Il m'intimidait. Mais là, la belle femme cachée en moi n'avait pas de demande ni d'attente. Ici, la femme ambitieuse et amoureuse en moi, humiliée une fois par un homme, se tenait debout, et je sentis que je n'avais plus aucun contrôle sur moi-même.

Quand le cinéma se plongea dans l'obscurité, il me demanda:

- Quel est votre nom?

- Farangis.

Dès qu'il entendit ma voix, ses grands yeux, brillants dans l'obscurité comme ceux d'un chat noir, se tournèrent vers moi. Comme une jeune fille prise au dépourvu par un homme autoritaire, j'esquissai un regard plein de désespoir, de supplication et de demande de secours. Il dit:

- Il me semble que je vous ai déjà vue quelque part?

- Je ne vous ai jamais vu.

- Votre voix m'est familière.

- Vous devez vous tromper.

Pourquoi ai- je menti? Parce que je voulais rompre le lien qui m'avait attachée à son existence passée. Je ne voulais pas qu'il découvre que j'étais cette même fille superficielle qui se pavanait avec arrogance dans l'atelier de peinture de la rue Lalehzar. Je souhaitais qu'il valorise ma personnalité.

Un nouveau film fit son apparition à Téhéran, attirant une foule nombreuse ce soir- là. Des bancs avaient été installés dans les couloirs de la cour du cinéma pour accueillir les spectateurs. Il restait peu de places disponibles sur ces bancs, mais je fis de la place en me serrant pour lui permettre de s'asseoir. Il posa sa main sur le dossier du banc pour garder son équilibre.

Je poussai légèrement la personne à côté de moi et dis au Maître:

- Venez plus près pour vous asseoir correctement.

Cependant, il ne se rapprocha pas de moi, et j'aurais souhaité qu'il pose sa main sur mon épaule, qu'il s'appuie contre moi. J'aurais voulu sentir la chaleur de son corps. J'aurais voulu saisir fermement sa main et la presser contre ma poitrine, pour lui révéler les battements de mon cœur, l'excitation et l'anxiété qu'il m'avait inspirées.

Oh, comme j'aurais aimé me montrer fragile et vulnérable pour qu'il ait pitié de moi.

L'histoire du tableau Ses Yeux commence précisément à ce moment- là. Comment était- il possible que notre éminent professeur Makan, un peintre capable de lire les secrets d'un simple regard, ne remarquât pas et ne perçût pas ma révolution intérieure? Dès la première nuit, il fut captivé par mes yeux, s'interrogeant constamment sur ce qu'ils cachaient et ce qu'ils voulaient de mon âme. Pendant des années, il chercha la réponse à cette question, et finalement, il la trouva, comme vous pouvez le voir dans ce tableau. Mais ce jour- là, je ne savais pas ce que je voulais. J'avais une prudence naturelle vis- à- vis de cet homme à la fois timide et réservé, mais aussi passionné et déterminé, pensant à tout sauf à l'amour avec une jeune fille comme moi.

Dès la première heure, je sentis que si je ne le maîtrisais pas, il m›écraserait. Peut- être avais- je un regard artificiel et amoureux sur lui. Cependant, je n›avais aucune intention de le tourmenter ou de le tromper. Je voulais simplement me présenter comme une femme intelligente, calme et pleine de vie. Oh, je ne sais pas si mes émotions étaient pures et altruistes ou fabriquées et égoïstes.

Il me posait des questions et je répondais de manière ambiguë. Mais en présence de Khodadad, je n'osais dire que la vérité. Il m'interrogea sur Paris, sur Khodadad, cherchant à connaître les détails de sa vie et de sa santé, la situation des étudiants, leur nombre, l'influence de Khodadad sur eux, et si j'avais des relations politiques avec d'autres étudiants. Il voulait savoir quand ils finiraient leurs études et reviendraient en Iran, et si Khodadad était satisfait de leurs activités.

Ensuite, il passa à mes conseils. Il dit que s'engager dans des activités sociales à cette époque était dangereux, comme jouer avec le feu.

Il me mit en garde contre l'idée que c'était Paris et que la main du gouvernement ne pouvait atteindre ses opposants. Il me demanda si j'avais entendu dire que le gouvernement iranien avait rompu ses relations avec le gouvernement français et prévoyait d'envoyer tous les étudiants iraniens en Suisse et en Belgique. Il me prévint que, même en tant que femme, je ne serais pas protégée. Actuellement, plusieurs femmes de Rasht et Tabriz avaient été emprisonnées, et deux d'entre elles étaient en prison depuis près de deux ans. La police n'épargnait personne. Si je voulais être utile à la société, je devais être extrêmement prudente.

Les discussions politiques avec ceux qui n'en avaient pas la compétence étaient dangereuses. Parfois, faire l'éloge de l'appareil gouvernemental et du dictateur n'était pas un péché. Assurément, moi qui revenais de France, serais surveillée, et il était nécessaire que nos communications soient interrompues pendant un certain temps.

Il me demanda si j'avais une lettre avec moi. Il posait des questions précises et attendait des réponses claires et directes. Parfois, mes réponses ne le convainquaient pas, alors il posait des questions plus spécifiques ou décomposait sa question pour attirer mon attention sur les points qui l'intéressaient.

Mais mon intérêt pour son univers s'était dissipé. Ne croyez pas que j'éprouvais de la peur. Ce jour- là, l'atmosphère à Téhéran était imprégnée de terreur, de suspicion et de désespoir. Tout le monde était saisi de crainte, et la mienne n'était ni plus ni moins intense que celle des autres. De plus, je ne me sentais pas menacée. La police pourrait éventuellement traquer quelqu'un comme Khodadad, mais ma famille exerçait une influence considérable au sein du gouvernement, et je n'avais jamais entendu parler d'arrestations de personnes respectées. L'arrestation du ministre de la Guerre et de ses hommes de confiance était une toute autre affaire, eux étant impliqués dans les sphères politiques les plus élevées du pays. Quant à moi, j'avais l'impression que personne ne s'intéressait à ma personne. C'est du moins ce que je croyais. Par ailleurs, ma vie était si morne et uniforme que traiter avec les agents de police aurait pu être perçu comme une diversion agréable, rien de plus.

Je n'avais plus qu'un seul but dans la vie, et le destin semblait me favoriser. J'avais découvert cet homme que j'aimais depuis des années sans l'avoir vu ni connu, et le conquérir par tous les moyens était le devoir le plus sacré que je m'étais assigné. Quel danger pouvait être plus grand que son indifférence apparente, sa froideur continue tandis que mon cœur battait la chamade? Aurais- je été contrainte de lui mentir? Si j'avais su qu'une connexion spirituelle plus profonde que la politique clandestine pouvait être établie avec lui, j'aurais été prête à m'incliner devant lui, à sacrifier tout, à anéantir ma propre personnalité. Mais mon instinct me soufflait de ne pas m'engager sur cette voie avec lui, de composer avec lui et de le surpasser dans son propre jeu.

Je lui parlai de ma vie, je lui racontai mes voyages en Italie. Je décrivis les éloges que Stefano lui avait faits et comment j'avais rencontré Khodadad. À chaque propos, je façonnais une image de moi-même, celle d'un individu d'importance, confiant et perspicace. À ses avertissements, je rétorquai d'un ton assuré: « N'ayez crainte, c'est déjà pris en compte. Je connais ma manière de procéder. » Je dépeignis les jeunes de Paris comme des êtres inexpérimentés et arrogants. Dès nos premiers échanges, je revêtis un masque, consciente que cet homme ne devait pas percevoir ma véritable essence ; car s'il découvrait mes failles, mes imperfections, alors ma valeur personnelle s'effacerait à ses yeux. J'exécutai les modestes missions confiées par Khodadad, les magnifiant à l'extrême. Je m'aventurai dans des sujets qui me dépassaient ce jour- là. Les récits d'autrui et les articles lus dans les journaux prenaient vie dans mes propos. Parfois, je répétai fidèlement les paroles de Khodadad. Un sourire ourlait en permanence mes yeux et mes lèvres, déployant tout mon art de la séduction.

 Cette première nuit, un objectif particulier animait mon charme. Parmi ses paroles, il avait mentionné qu'il serait préférable de ne pas nous rencontrer pendant un certain temps. Il refusait même de me donner l'adresse de sa maison. Pourtant, j'avais déjà pris ma décision pour l'avenir, résolue à lutter contre lui. Il ne devait pas se permettre de m'ignorer longtemps. Dès cette première nuit, il devait percevoir qu'il se trouvait face à une femme exceptionnelle, différente de toutes les autres. Il ne devait pas croire qu'il entretenait une relation avec une simple militante politique. Je voulais qu'il s'imprègne de mon esprit, ce qui ne serait possible qu'à travers des rencontres fréquentes, qu'à apprécier ma compagnie, mes conversations plaisantes, la beauté de mon visage, mes rires éclatants et mes yeux pétillants et envoûtants.

Si à Paris, sous l'influence de Khodadad, j'ai consenti à tout ce qu'il proposait, c'était pour une raison précise. J'étais prête à sacrifier ma vie là- bas. De plus, à Paris, chacun regardait ses compatriotes avec un œil différent. Lorsque je suis revenue en Iran et que j'ai eu des contacts avec les gens, j'ai été désespérée.

Je pensais que les gens ordinaires étaient plus conscients et plus audacieux. Cependant, dans cette Téhéran moribonde de l'époque, je voyais de mes propres yeux le boucher de notre rue donner des pots- de- vin avec flatterie et tromperie. À Paris, j'étais prête à sacrifier ma vie pour les gens tels que je les imaginais. Je pensais que, pour moi, perdante, la continuation de l'existence n'était possible que de cette manière. Soit je devais vivre avec l'un de ces hommes fiers et ignorants, soit je devais me ronger les sangs et mettre fin à ma vie. La troisième voie était cette lutte. Cette lutte m'inspira, me donna espoir, du moins jusqu'à ce que je le rencontrasse.

À Paris, j›étais sans talent, cherchant un travail qui était bien au-dessus de mes capacités. Là- bas, je sombrai dans un désespoir mortel. Alors, je fus prête à emprunter cette troisième voie, pensant avoir découvert un but dans la vie.

Mis à part tous les facteurs personnels, la vie simple et gracieuse de Khodadad et sa douce Mehrbâno, en particulier le sacrifice de cette fille malicieuse, furent pour moi un exemple, un modèle.

. Un jour, Mehrbâno, dans un moment de confidence, dit:

- Si tu savais combien j'aime Khodadad. Je sais moi- même que cet amour se terminera par un échec. Soit Khodadad sera tué, soit il mettra fin à sa vie à cause de la fatigue et des difficultés. Il est également malade.

Comment les paroles de cette fille innocente auraient- elles pu ne pas m'affecter? J'abandonnai tous les plaisirs de Paris et vins à Téhéran, bien consciente que des malheurs m'y attendaient. Mais dès notre première rencontre, lors de cette soirée au cinéma et de nos promenades ensemble, en évoquant mes souvenirs parisiens, une vérité plus grande me fut révélée. Mon esprit et mon corps aspiraient à autre chose.

Pendant tout mon séjour à Paris, je n'avais jamais rencontré un homme qui me séduisît. Même une fois, mon âme troublée n'était pas prête à demander quoi que ce fût à un homme...

Il est vrai que je ne ressentais aucune affinité envers les gens de mon pays ; simplement parce que je ne les connaissais pas. Je n'étais pas en phase avec eux. Fezzeh Soltan était pour moi l'archétype de mes compatriotes. Il suffisait que je prononce un mot et elle se comportait comme un chien domestique remuant la queue. Mais ce sentiment que j'éprouvais, voyant un homme comme le Maître, dévouer tout, même son art, à ces malheureux désemparés, était louable et admirable. Comment pourrais- je comparer cet homme beau et accompli, dépourvu de tant, à ces marmots Iraniens résidant à Paris? Leurs sentiments artificiels me laissaient indifférente. Ils réclamaient tous mon corps, alors que je désirais offrir mon âme. Je souhaitais offrir mon corps à celui qui capturerait mon esprit. Mon cœur aspirait à conquérir ce que j'étais assoiffée, par le défi et la contrainte, et non pas par une approche insistante de quelqu'un venant à moi. Mais ici, à Téhéran, en présence de cet homme talentueux, cet homme opprimé et résolu qui sacrifiait son art pour l'humanité... Oh, que suis- je en train de dire? Oh, combien aurais- je souhaité que ce que je ne peux exprimer devienne clair pour vous.

Ne pensez pas que je tombai amoureuse de lui dès le premier regard. Non, ce ne fut nullement le cas. Je n'éprouvai ni amour ni animosité envers lui. Cependant, cet homme laissa une empreinte indélébile en moi. Un feu s'alluma dans mon cœur, brûlant constamment en moi. Comment l'exprimer? Vous pourriez être perplexe. Peut- être que le ressentiment enfoui en moi depuis notre première rencontre dans la maison de l'avenue Lalehzar n'était qu'un courant souterrain caché, me poussant à agir contre lui sans que j'en fusse pleinement consciente. Mais cette nuit- là et les suivantes au cinéma, je ne compris pas ce mystère. Une chose était néanmoins certaine: cet homme avait du caractère. Je devais soit l'aimer, soit l'harceler. Il était différent pour moi, et j'éprouvai un désir irrésistible de me confronter à lui.

À la fin du film, lorsque nos échanges s'essoufflaient, je lui demanda:

- Vous affirmez que nous ne devrions pas nous voir trop souvent. Que sous- entendez- vous par là?

- Eh bien, pour commencer, nous ne nous voyons pas fréquemment.

- Mais je suis ici pour affaires avec vous. Vous ne m'avez pas donné d'instructions. Je ne suis pas venue à Téhéran pour flâner. Que signifie "trop souvent"? Quand devrions- nous nous revoir?

- Attendons trois ou quatre semaines.

- Comment m'en informerez- vous?

- Nous fixerons un rendez- vous.

- Alors, fixons ce rendez- vous. »

Il me regarda dans l'obscurité et dit:

- Vous êtes bien insistante, ma chère.

Il rit. J'adorai quand il m'appela ainsi.

- Je veux vous voir plus souvent.

- Avez- vous un téléphone?

Il me donna son numéro et je lui donnai le mien en retour. Il prit des notes. Ce n'était pas nécessaire pour moi, car je n'oublierai jamais son numéro de téléphone.

- Si j'avais besoin de vous contacter pour une affaire urgente, pourrais- je vous appeler?

- Si cela s'avère urgent et nécessaire, oui.

Réalisant que cette approche n'aboutirait pas, j'adoptai une autre tactique. Je dis:

- Il est impératif que je vous parle ce soir d'une affaire cruciale, car vous êtes mon seul ami à Téhéran et, si vous m'accordez cet honneur, mon unique confident. Je dois vous consulter sur toutes mes affaires, car je n'ai personne d'autre. Mon père est un homme fort honorable, ma mère également, mais en vérité, tous deux me poussent vers un abîme en insistant pour que je me marie à tout prix.

Il ne broncha pas et répondit simplement:

- C'est une bénédiction, Inch'Allah.

Cette froideur et ce désintérêt me troublèrent profondément. Non pas en raison de son manque d'intérêt pour mon mariage, mais plutôt parce que, en manquant de l'intérêt pour mon mariage, il ne manifesta aucune préoccupation pour le destin et l'évolution du mouvement. Je ne répondis pas, préférant garder le silence. Puis, il déclara:

- Peut- être que votre bien se trouve là.

- Quel est notre bien?

- Une jeune femme comme vous peut être d'une grande utilité dans la dangereuse mission que nous avons entreprise, mais l'indécision dans cette voie ne mène à rien.

- Je n'ai jamais été indécise, c'est pourquoi j'ai dit que je souhaitais vous voir plus souvent.

Adoucissant son ton, il ajouta :

- Appelez- moi quand vous le souhaitez.

Cette première soirée fut très animée ; nous discutâmes de tout sauf de ce qui me fascinait véritablement. Je désirais ardemment parler des œuvres qu'il possédait. Mais je savais qu'il n'apprécierait guère cela. J'avais entendu dire que les gens lui disaient des paroles en l'air auxquelles il répondait par des plaisanteries ou qu'il ignorait ces propos. Pourtant, après ce que j'avais entendu de Stefano et de Khodadad, je brûlais d'envie de contempler ses tableaux.

Encore une fois, je tentai une approche :

- Si je venais à l'école pour contempler vos tableaux, qu'en penseriez- vous? J'ai songé à apprendre la peinture moi- même.

- Je le sais, mais malgré cela, je vous recommande de ne pas me rendre visite pendant deux ou trois semaines.

- Vous êtes bien précautionneux.

- C'est indispensable. Vous devriez l'être également.

Ce soir- là, je ne saisis point les conclusions qu'il tira de notre entretien. Je vous ai mentionné que cet homme possédait une réserve et une autosuffisance manifestes, et tant que cette glace ne fondait pas, nul ne pouvait percevoir le miroir clair d'âme de cet homme. Il ne restait qu'à imaginer que cet homme était craintif, car aucune autre explication ne pouvait justifier cette prudence. Il se montrait vigilant dans son travail, mais pour l'amour, j'avais besoin de hâte.

Une seule fois dans ma vie, je réussis à briser cette carapace glacée et imperméable. Cette nuit- là, près de la rivière à Karaj, il me confia tant de choses! Il redoutait mes yeux, affirmant que je le fixais comme un serpent hypnotisant un lapin. Avec un sourcil arqué et une fossette se dessinant près de ses yeux en amande, son visage prenait une nouvelle expression fascinante. Ses yeux étaient envoûtants, semblant exprimer une souffrance intérieure, et il n'osait pas me regarder fixement. Pourtant, dans l'obscurité du cinéma, chaque fois que je tournais mon regard vers lui, je voyais qu'il me remarquait.

Je désirai tant parler de cette première nuit au cinéma, mais les souvenirs furent flous. Non pas que je ne me souvins de rien, car chaque détail de cette rencontre fut gravé à jamais dans ma mémoire. Vous comprîtes, lors de notre conversation, qu'il évoqua bien des aspects de ce qui se passa cette nuit- là. En fin de compte, cette toile qu'il créa, si vous voulez la vérité, ce fut mon visage tel qu'il le perçut cette première nuit dans l'obscurité du cinéma. Il ne saisit pas encore la véritable essence de ces yeux, leur langage mystérieux. Quelque chose se perdit et s'effaça dans l'ombre.

Habituellement, je rassemblais mes cheveux et les attachais derrière ma tête, mais cette nuit- là, je les laissai libres, flottant sur mes épaules. Mes cheveux encadraient tout mon visage. Vous voyez, à part les yeux, tout le reste – les lèvres, la bouche, les joues, le menton, le nez et le front – s'estompa dans l'obscurité, et rien de mon cou ne fut visible. Il peignit les yeux sur cette toile selon son désir, et cela me tourmenta.

Cette nuit- là, je me trouvai dans un état d'esprit singulier. Emportée par l'enthousiasme et l'excitation, je jouai des tours et des jeux avec mon père à la maison, ce qui fut tout à fait inattendu pour eux. Contrairement à mon habitude de m'asseoir dans la cour, près d'une lampe sur pied, et de lire un livre, je m'en allai m'installer près de mon père. Je versai un peu de vodka dans mon Ab Ali[1] et en pris une gorgée. L'alcool me plongea dans un état où mes sensations étaient intensifiées. Je voyais et ressentais tout avec une acuité accrue, la douleur devenait plus vive et le plaisir plus profond.

Tard dans la nuit, je montai dans ma chambre. Je mis un disque sur le gramophone et déambulai dans la pièce. Il était passé minuit lorsque la porte de ma chambre s'ouvrit. Mon père, vêtu de sa robe de chambre pourpre, entra et demanda:

- Pourquoi ne dors- tu pas?

- Je n'arrive pas à dormir.

- Pourquoi?

Je me blottis alors contre son épaule, en sanglotant, et dis:

- Je ne sais pas.

Quel père aimant et compréhensif j'avais. Il caressa doucement mes cheveux, mais je ne lui laissai pas l'occasion de poursuivre. Je le chassai de la chambre en lui disant:

- Va- t'en maintenant, je vais essayer de dormir.

Peut- être pour la dernière fois, je ressens ce regret poignant de ne pas avoir été peintre, de ne pas avoir trouvé la quiétude.

Quelques jours s'écoulèrent sans que je ne le visse, et je m'évertuais

---

1. Le « doogh Ab Ali » est une boisson traditionnelle iranienne à base de yaourt, célèbre pour sa fraîcheur, provenant du village d'Ab Ali près de Téhéran.

désespérément à trouver un moyen de le contacter. Chaque après-midi, j'arpentais les abords de son école, espérant l'apercevoir. Je me rendis chez lui et, par le biais du téléphone, interrogeais son serviteur, Agha Rajab, sur l'état du Maître. Lorsque je savais qu'il n'était pas chez lui, je conversais avec Agha Rajab et lui demandais ses nouvelles. Une fois, je lui dis même:

- Dites- lui que Frangis a appelé.

J'espérais ardemment qu'il me rappellerait.

Finalement, un jour, une opportunité se présenta spontanément. Je reçus une lettre de Mehrbâno m'informant que Khodadad était gravement malade et qu'on l'avait conduit à l'hôpital. Quelques-uns de ses camarades étudiants rassemblèrent discrètement des fonds pour lui et couvrirent jusque- là ses frais. Cependant, ils ne purent plus continuer. Par ailleurs, Mehrbâno ne pouvait se rendre fréquemment à l'hôpital. Si les espions de l'ambassade l'y voyaient trop souvent, il était certain que sa bourse d'études serait suspendue et que cette aide minimale ne serait plus possible. Khodadad lui- même ne souhaitait pas qu'elle soit trop présente à l'hôpital. Il prétendait que sa maladie ne durerait pas longtemps et qu'il serait bientôt rétabli. Les médecins, toutefois, n'étaient pas aussi optimistes.

La requête de Mehrbâno était que je me rendisse immédiatement chez le Maître pour solliciter son aide. Peut- être, étant donné les circonstances, pourrait- il encore assurer le versement de la bourse d'études. J'appelai le Maître et lui demandai de me rencontrer d'urgence au cinéma Palais à dix- neuf heures trente. Je mentionnai qu'une lettre de Khodadad était arrivée et qu'il était impératif de le voir.

À ma grande surprise, il accepta sans hésitation, et je le retrouvai ce soir- là à l'entrée du cinéma. Son visage grave laissait transparaître qu'il soupçonnait une demande futile de ma part. Lorsque je lui tendis la lettre, il dit:

- Qu'y a- t- il d'écrit? Je ne peux la lire maintenant.

Je lui résumai le contenu. Puis il ajouta:

- Ils ne lui fourniront pas de fonds pour ses études. Il est évident que la lettre a été rédigée sans le consentement de Khodadad, ce qui signifie qu'il ne va pas bien.

- Nous devons tout de même agir pour l'aider.

- Il faut lui procurer de l'argent et le lui envoyer.

- Combien envisagez- vous d'envoyer?

- Je vais tenter de rassembler deux ou trois cents tomans d'ici quelques jours à une semaine et les lui faire parvenir.

- Je lui enverrai trois cents tomans dès demain, et vous me rembourserez plus tard.

- D'où proviendra cet argent?

- Je l'emprunterai à mon père.

Nous étions tous les deux, nos bras reposant sur les accoudoirs de la chaise, nos têtes rapprochées pour parler doucement. Il fixa mon visage avec un regard étonné et déclara:

- Tu es une fille remarquable.

Mon cœur s'emplit de joie à l'entente de ses éloges ; je serrai son bras contre le mien, et il posa doucement sa main sur la mienne. Je pris sa main entre les miennes, savourant la chaleur de son toucher avec une telle excitation que je ressentis cela comme une première victoire dans le duel silencieux auquel je me préparais avec cet homme. Ses grands yeux brillèrent encore davantage. Mais soudain, il se retira. La pression de sa main se fit plus légère, comme si ses doigts s'étaient refroidis. Ce brusque changement d'attitude me troubla. Involontairement, je retirai ma main de l'accoudoir, et nous n'échangeâmes plus un mot. Nous nous contentâmes de regarder le film. C'était un film musical.

Partie 3

Deux ou trois mois de notre vie s'écoulèrent ainsi. Chaque semaine, je le vis au moins une fois, parfois davantage. Les jours où je n'espérais pas le rencontrer, mon cœur se trouva vide. J'ignorais comment passer le temps. Je l'attendais à chaque instant. Dans des rues où il ne passait jamais, à des heures où je savais pertinemment qu'il travaillait, dans des maisons dont il ne connaissait même pas les propriétaires, je l'attendais toujours, m'imaginant des miracles pour arriver à la conclusion que je le verrais.

Pourtant, dès le deuxième mois, il me confia de nombreuses tâches. Je les accomplis avec enthousiasme, sans la moindre crainte. Il m'ordonna d'apprendre la dactylographie. Ah, quelle tâche épuisante est la dactylographie! C'est exténuant. Mais j'appris, travaillant sept heures par jour pendant trois semaines complètes. J'étais étonnée de ma persévérance. Mais c'était le seul chemin qui restait dans ma vie. Quand j'accomplis une tâche qu'il m'avait confiée, je vis qu'il était heureux, et ce bonheur fut pour moi une source de vie. Cela me donna de l'entrain.

Lorsque j'appris la dactylographie, il me remit une lettre et me demanda d'en produire cinq cents copies. Le jour où il souhaita me confier cette missive, je le rencontrai au cinéma.

Il me dit:

- Je désire vous confier une lettre à dactylographier en cinq cents exemplaires.

- Je suis ravie que vous me confiiez enfin une tâche.

- Savez- vous que c'est une mission très périlleuse?

- Dactylographier n'a rien de dangereux.

- Cette lettre sera diffusée et, si l'on découvre que vous en êtes la dactylographe, vous serez arrêtée, et les conséquences seront désastreuses.

- Je suis prête, donnez- la- moi, donnez- la- moi immédiatement.

- Je ne l'ai pas sur moi.

- Pensiez- vous que j'hésiterais à exécuter votre ordre?

- Non, je savais que vous accepteriez. Je voulais que vous soyez pleinement consciente du danger encouru.

Il fut convenu que quelqu'un apporterait la lettre chez moi le soir même. Je me souvins parfaitement du contenu de cette lettre. Le roi chercha à acquérir des terres près de Tonekabon[1], principalement détenues par de petits propriétaires. Les agents fonciers envahirent les villages, contraignirent les habitants à signer des documents sous la menace. Certains paysans, anticipant leur tour, fuirent Tonekabon pendant la nuit pour se réfugier à Téhéran chez un des juges les plus influents, natif de leur région et propriétaire de plusieurs centaines d'hectares. Ce juge, n'ayant d'autre recours, porta plainte directement auprès du roi contre les exactions des agents fonciers. Cette lettre, d'environ cinquante lignes, parvint

---

1. Tonekabon est une ville située au nord de l'Iran, sur les rives de la mer Caspienne

entre les mains du Maître par des moyens inconnus.

Je dactylographiai cinq cents copies de cette missive. Conformément aux instructions, un soir à dix heures, alors que toute la maison dormait, un homme que je n'ai même pas pu voir frappa à ma fenêtre. Suivant les consignes, je lui remis les lettres en plusieurs fois et il les emporta.

Quelques jours plus tard, l'une de ces lettres arriva chez mon père. Ce dernier, soupçonnant que j'avais appris la dactylographie et tapé la lettre, me la montra quelque soir plus tard et dit:

- As- tu vu ce que le courrier m'apporta hier?

- Non, Papa, laissez- moi lire cela.

- Ce n'est pas nécessaire maintenant.

Lorsque je me retirai dans ma chambre, mon père me suivit, ouvrit la porte et dit:

- Inutile de lire la lettre, tu l'as tapée toi- même.

Je ne répondis rien, car il était impossible de nier.

- Ma fille, tu te joues avec le feu. Tu compromets mon honneur et ma dignité. Nous ne sommes pas en Occident ici. Qui t'incite à agir ainsi?

- Personne, père, mais votre honneur ne sera pas entaché par ces actions. Bien au contraire, il en ressortira grandi.

- Tu en es bien consciente. Je te préviens simplement que cela aura de graves conséquences. Depuis la publication de cette lettre, pas plus tard qu'avant- hier, au moins trois cents personnes ont été arrêtées à Téhéran. Le ministre des Postes et Télégraphes a été démis de ses fonctions à cause de cette missive. Le roi l'a insulté et lui a ordonné de rentrer chez lui. On parle de remplacer le chef de la police. S'ils découvrent la présence d'une machine à écrire dans notre maison, ils la réduiront en cendres d'ici demain. Ce que je te dis n'est pas une exagération. Avant de venir dans ta chambre, j'ai détruit la machine à écrire et l'ai jetée dans le réservoir d'eau et le puits afin qu'il n'en reste aucune trace.

D'abord, j'écoutai les paroles de mon père avec une anxiété et une peur grandissantes, mais lorsqu'il évoqua la destruction de la machine à écrire, je ne pus plus me contrôler, le sang me monta à la tête. Mon visage devint rouge, puis pâle, et je fus saisie d'une crise sans précédent. Lorsque j'ouvris les yeux, mon père n'était plus dans la chambre et ma mère était assise à mes côtés, une odeur de valériane emplissant la pièce. J'avais toujours été sujette à des crises de nerfs. Mon extrême sensibilité m'avait toujours tourmentée. Mais cette nuit- là, ce fut la première fois que je fis une crise d'une telle intensité.

Le lendemain matin, lorsque mon père se préparait à quitter la maison, je le trouvai seul et lui dis:

- Père, qu'avez- vous fait de la machine à écrire?

- Je t'ai dit que je l'avais jetée dans le réservoir d'eau.

- Père, afin de préserver votre honneur et votre dignité, j'achèterai une nouvelle machine à écrire avec mon propre argent. Cependant, sachez que je suis désormais une femme adulte. Si vous persistez à me rendre la vie difficile et à entraver ma liberté, je quitterai cette maison dès aujourd'hui.

Mon père me lança un regard empreint de peur. Il ne prononça pas un mot et quitta la maison. Aussitôt, je pris le téléphone et fixai un rendez- vous avec lui. Nous convînmes de nous retrouver devant le cinéma à l'heure habituelle ce soir- là.

Je lui relaté en détail les événements de la veille, y compris les échanges que j'avais eus avec mon père, et j'évoquai mon désir de quitter cette maison sans savoir quelle direction prendre ensuite. Au fond de moi, j'espérais ardemment qu'il me proposerait de m'inviter chez lui ou, à tout le moins, qu'il approuverait que je prenne un logement pour moi- même où je pourrais parfois le voir seul. Je lui expliquai que mon père m'aimait énormément et que même si je quittais sa demeure, il serait toujours prêt à subvenir à mes besoins de manière décente. Mais le Maître secoua la tête et dit:

- Non, au contraire, il est désormais clair que cette maison constitue un refuge sûr, non seulement pour toi mais pour nous tous. Je suis à présent plus convaincu de cela. Il a désormais un secret avec toi. Naturellement, il a peur. Tout le monde a peur, certains plus, d'autres moins. Tu dois l'entraîner dans notre jeu progressivement. Ton père est aussi l'un de ceux qui ont perdu leurs biens au Mazandaran, et ce qu'il a obtenu en échange à Téhéran ne représente qu'un cinquième de sa richesse antérieure. Par conséquent, il est fondamentalement en accord avec notre lutte. Tu dois rester dans cette maison et te rapprocher davantage de ton père, tout en réalisant ce genre de travaux dans une autre maison que je te montrerai. Ton père est une personne utile...

Quelques jours plus tard, aux alentours de deux heures de l'après-midi, un homme à l'allure de commerçant vint me trouver. Il portait une lettre de lui, et ensemble, nous nous rendîmes dans une maison en périphérie de la ville. Là, dans une petite pièce dont les portes étaient soigneusement obturées par une épaisse couche de coton, trônait une machine à écrire sur une modeste table. L'homme dit:

- Il n'y a personne d'autre dans cette maison à part moi. Dès que vous aurez achevé votre travail, faites- le- moi savoir ; je serai assis derrière la porte et je vous raccompagnerai chez vous.

- Quelle tâche dois- je accomplir?

- Ouvrez la machine, il y a une feuille que vous devez taper.

Aujourd'hui, le contenu de cette seconde lettre m'échappe. Peut-être n'était- elle pas d'une importance capitale, mais dans le cadre de notre lutte contre la police, elle l'était indubitablement. En effet, nombre de personnes ayant été arrêtées, il était impératif de diffuser une nouvelle missive afin de maintenir la suspicion et l'hésitation au sein des forces de l'ordre.

Je restai assise durant deux ou trois heures, concentrée sur mon travail. Lorsque je l'achevai enfin, épuisée, l'homme me remit une lettre du Maître m'ordonnant de ne pas le contacter, même par téléphone, durant quelques jours. Cette missive accrut ma fatigue de manière exponentielle. Je me sentais prête à m'évanouir, mais je serrai les dents et me maîtrisai pour éviter que l'épisode de la veille ne se reproduise. J'éprouvai l'envie irrépressible de désobéir à ses instructions, de me rendre directement à son école le lendemain matin et de lui confier que je perdais pied. Vous ne pouvez imaginer à quel point j'étais terrifiée lorsqu'il m'interdisait de le voir. Il incarnait pour moi une source de force et de pouvoir. En apparence, je feignais l'assurance en sa présence. Mais en vérité, il était ma véritable puissance.

Lorsque je lus la lettre, je m'assis un moment sur l'escalier.

- Pourriez- vous m'offrir un verre d'eau?

- Non, il n'y a rien dans cette maison.

- Pourquoi ne m'avez- vous pas remis la lettre plus tôt?

- Monsieur ordonna de vous la remettre au moment où vous voudriez partir...

Je réfléchis. Avait- il compris l'honneur qu'il me faisait en me confiant cette tâche? Pourquoi ne m'avait- il pas donné la lettre avant de m'assigner ce travail? Il savait certainement maintenant combien j'étais dépendante de lui. Il savait que, par désespoir, je risquais de ne pas bien accomplir ma mission. Il le savait. J'étais démasquée. Désormais, il détenait un pouvoir sur moi...

La femme inconnue se tira soudainement de ses souvenirs. Elle se tourna vers moi, et je voyais maintenant toutes les scènes clairement devant mes yeux, et dit:

- Savez- vous qui était ce commerçant qui m'a emmenée dans cette maison?

Je répondis:

- Non.

- C'était Agha Rajab, et c'était la première fois que je le rencontrais.

- Agha Rajab, le concierge de votre école?

- Oui, Agha Rajab, le concierge de votre école.

- Donc, il connaissait toutes vos relations avec le Maître et vos activités communes, et pourtant il ne révéla rien? Combien de fois l'interrogeai- je!

- Vous ne pouvez imaginer à quel point il était sincère et loyal. Les paroles du Maître étaient pour lui des commandements sacrés. Disciple dévoué, il était prêt à exécuter aveuglément tous les ordres de son ami et leader.

- Excusez- moi de vous avoir interrompue.

La femme inconnue poursuivit alors son récit.

- Je résolus de rentrer chez moi et allai directement à son école le lendemain matin pour lui révéler ce qui me poussait à faire de tels sacrifices. J'avais enfin décidé de lui dire que j'étais prête à affronter mille dangers, non pour les raisons qu'il imaginait. Je réalisai que je ne pouvais plus continuer dans cette situation. Je voulais me rendre. Il me semblait que je ne pouvais pas l'attirer à moi de cette manière.

Juste avant de quitter la maison secrète, Agha Rajab dit:

- Madame, attendez quelques minutes. Monsieur a dit de brûler ces papiers et de vous assurer qu'il ne reste rien sur vous.

- Il n'y a rien sur moi.

- Vérifiez encore une fois votre sac et vos poches.

Je fouillai et ne trouvai rien. J'incinérai tout ce qui devait être brûlé et, alors que je m'apprêtais à ouvrir la porte, j'entendis au loin le bruit des roues d'une calèche.

- Venez, allons vers la calèche. Je sortirai le premier, puis vous me suivrez quelques minutes après. Fermez bien la porte, elle se verrouillera toute seule. Je me rendrai directement chez vous et vous prendrez la calèche.

Lorsque je rentrai à la maison, le chaos régnait. Ma mère était assise derrière la porte, attendant mon retour avec une inquiétude palpable. À ses côtés, Fezzeh Sultan, vêtue de son voile noir à pois, se tenait accroupie, murmurant des confidences. Fezzeh Sultan avait grandi aux côtés de ma mère, née dans la maison familiale, et l'avait suivie lorsqu'elle s'était mariée, devenant ainsi sa fidèle compagne et soutien. Elle m'avait élevée avec dévouement, n'ayant personne d'autre pour déverser l'affection débordante de son cœur tendre.

Dès que je frappai à la porte, Fezzeh Sultan l'ouvrit précipitamment et, en me voyant entrer, elle s'exclama avec anxiété:

- Dieu soit loué, mille fois loué.

Ma mère, impatiente, ne lui laissa pas le temps d'en dire davantage.

En pénétrant dans le vestibule de notre demeure, la chambre de mon père se trouvait sur la droite. Le soleil automnal de l'après-midi inondait l'espace de lumière dorée, et à travers la fenêtre, les grenades rouges et poussiéreuses étincelaient. Le bassin avait été rempli d'eau, et Baba était occupé à arroser les parterres de fleurs. Cet homme âgé travaillait chez nous depuis trente ans. Mon père, installé dans sa chaise longue, fumait calmement une cigarette. Un vieil homme, corpulent et au teint sombre, avec un visage ridé et une tête chauve, était assis en tailleur sur le sol, fouillant des papiers éparpillés. Je demandai à ma mère:

- Qui est cet homme? Que veut- il?

- Il vient de la police. Il fouille toute la chambre de ton père.

Je ne la laissai pas continuer et me dirigeai directement vers mon père. L'agent de police me regarda, se leva et me salua. Faisant semblant d'ignorer la situation, je demandai:

- Papa, que se passe- t- il?

- Ils prétendent que la poste a livré un document ici il y a quelques jours. Moi, je ne l'ai pas vu. Ils fouillent maintenant.

Après un moment de réflexion, il ajouta:

- C'est absurde. Je ne sais pas ce qu'ils cherchent. Laissons- les chercher.

L'homme gras et chauve se tourna vers moi et demanda à mon père:

- Quel est le nom de Mademoiselle?

Je répondis avec fermeté:

- De quoi vous mêlez- vous en demandant mon nom?

Mon père intervint aussitôt, réprimandant doucement:

- Ne sois pas impolie, ma fille! Cet homme est un agent. Il ne fait que son devoir.

Puis, se tournant vers l'agent, il ajouta:

- C'est ma fille.

Et il lui donna mon nom.

L'homme gras, dont le visage déformé semblait trahir une méchanceté latente, parlait pourtant avec une politesse feinte.

- Vous avez raison, Monsieur. Nous ne faisons que notre travail.

Le facteur a rapporté avoir livré une lettre ici. Il y a beaucoup de gens mal intentionnés. Peut- être y a- t- il eu une erreur, ce qui a conduit à ce soupçon des autorités. Pour ma part, j'ai le plus grand respect pour vous et je sais que vous avez volontairement cédé vos propriétés à Sa Majesté en Mazandaran, pensant sans doute au bien du pays. Tout le monde sait qu'il est préférable qu'il n'y ait pas de petits propriétaires en Mazandaran. Il se pourrait que la lettre ne vous ait pas été destinée, ou que la petite demoiselle l'ait ouverte.

Je demandai:

- Quelle lettre? Qui l'a rédigée?

L'homme, qui avait l'air de se croire important, chercha à se donner de l'importance. Il me regarda de ses yeux chassieux et esquissa un sourire. Il voulut m'examiner, mais son stratagème échoua. Ne lui laissant aucune occasion, je dis à mon père:

- Qu'il interroge tous les membres de la maison pour savoir si le facteur a apporté une lettre hier ou non.

J'étais certaine qu'aucun d'eux – ni ma mère, ni Fezzeh Sultan, ni ma nourrice, ni Baba le vieux, tous ayant vécu chez nous depuis au moins vingt à trente ans et connaissant le passé politique de mon père – ne trahirait notre confiance dans une telle situation. J'ajoutai:

- En outre, le facteur peut confirmer à qui il a remis la lettre.

L'homme dit alors:

- Je vous ai dit que le facteur a probablement commis une erreur. Il a avoué qu'il n'avait remis la lettre à personne et l'avait simplement glissée sous la porte.

Cet homme, dont chaque mot trahissait l'hypocrisie et la duplicité, commença à raconter qu'il avait toujours eu de la dévotion pour notre famille et qu'il souffrait de causer des désagréments aux gens respectables avec ces fouilles. Il jura par Dieu et par le sang de Ali Asghar qu'il avait démissionné mille fois, mais qu'on ne le laissait pas partir. Il narra qu'un jour, il avait même été contraint de fouiller la maison de son beau- frère. Cependant, il se disait chargé d'une mission dont il devait s'acquitter. Bien qu'il sût que son beau- frère était honnête et ne se mêlait d'aucune magouille, il trouvait étrange que celui- ci ait sollicité un emploi au ministère de l'Intérieur. Et son beau- frère lui reprochait aussi ces fouilles.

En somme, de ses paroles, il ressortait qu'il se considérait comme une pauvre âme innocente, et il savait pertinemment qu'il fouillait cette maison en vain.

- Mais enfin, quelqu'un dans cette ville a écrit ces lettres et a causé des ennuis et des malheurs aux gens. La police finira par les trouver. La machine à écrire qui a servi à rédiger ces lettres est une machine Continental, et on a la liste de toutes ces machines importées en Iran ces dernières années. Ce soir, on saura où se trouve cette machine à écrire.

Tout en parlant, il feuilletait les livres un à un. Finalement, il dit:

- Non, il n'y a rien ici.

Mon père commençait à perdre patience et dit:

- Alors, que devons- nous faire?

L'homme changea de sujet et demanda:

- Vous n'avez pas de machine à écrire dans cette maison?

En entendant le mot «machine à écrire», je devins pâle. Heureusement, il était trop idiot pour remarquer quoi que ce soit. Je me levai et tournai le dos pour sortir. Mon père répondit:

- Je suis un homme de la vieille école. Je suis moi- même calligraphe, et ma fille prenait encore des cours de calligraphie il y a quelques années. Nous n'avons pas besoin d'une machine à écrire.

La tranquillité de mon père me réconforta. Je me retournai, le regardai avec admiration et dis:

- Père, laissez- le fouiller toute la maison.

Mon père dit:

- Je n'ai rien à cacher, qu'il fouille.

L'agent de la police demanda:

- Vous ne savez pas taper à la machine?

Je répondis:

- Tout le monde sait taper à la machine.

- Où avez- vous appris?

- Je n'ai jamais appris, je tape juste avec un doigt.

- Où avez- vous tapé avec un doigt?

- Nous avions une machine à écrire à l'école et c'est là que je l'ai utilisée.

- Pouvez- vous me montrer la machine à écrire?

- Pourquoi devrais- je la montrer? Ça fait au moins dix ans que je n'ai pas mis les pieds dans cette école.

- Je parle de récemment.

- Vous ne l'avez pas demandé récemment.

L'interrogatoire que j'ai subi ce jour- là, le calme de mon père qui m'a incitée à être audacieuse et à résister, l'angoisse que j'ai ressentie jusqu'à ce que mon père soit exilé dans sa petite propriété, tout cela était nouveau pour moi. J'ai goûté à la peur et à la terreur de la police. À chaque coup de sonnette, j'étais effrayée, j'avais peur de mon propre ombre. J'étais honteuse du regard inquiet de ma mère. Mais plus que cette peur et cette terreur, il y avait un sentiment nouveau qui réjouissait mon âme et mon cœur. Je me disais: Maintenant, ma valeur à ses yeux a augmenté. Je ne suis plus une petite fille qui le suit par aventure, mais j'ai acquis une certaine stature.

Lorsque l'agent du département politique quitta la maison, mon père regagna son bureau sans dire un mot, s'assit derrière son bureau et entreprit d'organiser ses papiers. Nous demeurâmes tous deux en silence, plongés dans nos pensées, tandis que ma mère, dans la pièce adjacente, était assise sur son tapis de prière.

Finalement, je dis:

- Papa!

Mon père répondit avec calme et réflexion:

- Laisse- moi un moment pour réfléchir seul.

- Papa, j'aimerais que nous soyons ensemble pour réfléchir.

Après quelques instants d'attente, il se tourna vers moi sur sa chaise. Je me levai, m'approchai de lui et pressai sa tête contre ma poitrine. Mon père entoura mon cou de ses bras, embrassa mes joues et mon front, et pleura.

- Papa, ce sont mes actions qui vous causent tous ces ennuis.

- Non, ma chère, ne pense pas ainsi. Je suis fier d'avoir une fille telle que toi.

- Mais nous ne pouvons pas supporter toutes ces difficultés. Voyez, si c'est ainsi qu'ils vous traitent, que font- ils aux autres?

- As- tu beaucoup d'espoir en les gens?

- Pour être honnête, moi non plus je n'ai pas beaucoup d'espoir, mais ces activités sont les seules choses qui me maintiennent debout dans la vie.

- Cela est encore plus grave. Qui rédige ces lettres?

- Ne me demandez pas ce secret. Je n'ai pas le droit de le révéler.

- Tu sais bien que je pense toujours à toi. Tu n'as pas besoin de t'inquiéter pour moi. Je ne vivrai plus très longtemps, mais je souhaite que tu ne sois pas malheureuse.

- Je ne peux pas être plus malheureuse que cela.

Il caressa mes cheveux et dit:

- Pourquoi, ma chère? Qu'est- ce qui ne va pas?

- Ne demandez pas. Moi- même, je ne sais pas ce qui m'arrive.

Ensuite, il me conseilla:

- Tu ne veux pas le dire? Ne le dis pas. Toi et ceux de ton acabit ne pouvez pas renverser ce régime. Ce régime ne tient même pas sur ses propres pieds ; comment pourriez- vous le faire tomber? Ceux qui le maintiennent ne redoutent pas vos jeux de cache- cache. Ce monstre exige de nombreux sacrifices. Mais je ne vois personne qui soit véritablement à la hauteur. J'ai peur qu'au lieu de l'affaiblir, vous ne le rendiez plus fort par le sang et qu'il ne se retourne contre vous sans pitié. J'ai entendu dire qu'en Occident, quelques étudiants essaient aussi. J'ai lu leur journal. Si tu penses que le chemin que tu suis est le bon et que tu ne peux en suivre un autre, alors continue. Que Dieu t'accompagne. Il est probable que tes efforts soient également reliés à ceux- là... Tout ce que je possède est à ta disposition.

À ce moment précis, le téléphone sonna. La préfecture de police souhaitait s'entretenir avec mon père. L'adjudant de la police lui demanda de se rendre au bureau du chef de la police entre six et sept heures du soir.

Lorsqu'il revint de son entretien, contrairement à ce que j'avais imaginé, il était d'un calme et d'une sérénité remarquables. Aucun signe d'anxiété ne transparaissait dans ses gestes ou ses paroles. Ce soir- là, comme à l'accoutumée, il s'assit par terre dans son bureau avec ma mère et moi. Vêtu de son pyjama et drapé de son froc, il avait devant lui un plateau de boissons, accompagné de quelques quartiers de grenade, de pain, d'herbes, de radis et de brochettes de kebab en guise d'amuse- gueules. Il parla de tout sauf de ce qui lui pesait sur le cœur et que j'étais impatiente d'entendre. À la fin de la soirée, je crus que l'incident était définitivement clos.

Le lendemain, il annonça à ma mère- et c'est par elle que je l'appris- qu'il avait l'intention de se rendre à Saleh Abad, sur notre propriété près de Qaraien[1]. Ce jour- là, il nous emmena, ma mère et moi, chez le notaire, où il me transmit la majeure partie de ses biens. Il détermina également la part de ma mère. Il fut convenu que, tant

---

1. Qarayin est une ville historique d'Iran, connue pour son patrimoine culturel et ses paysages pittoresques.

que mon père vivrait et après sa mort, la gestion des biens et des propriétés serait sous ma responsabilité.

Le Maître ignora l'exil de mon père durant deux ou trois semaines. Cependant, il avait appris que notre demeure avait été fouillée, ce qui l'amena à refuser tout rendez- vous avec moi, se contentant d'envoyer ses directives par l'entremise de Agha Rajab. Cela dura jusqu'à cette nuit où mon destin fut scellé. C'était à la fin de l'automne. L'air n'était pas encore assez froid pour nécessiter un manteau chaud en soirée. Je portais une chemise en soie à manches courtes, tandis que lui arborait toujours son costume estival et un pantalon gris. Il avait une élégante cravate bordeaux à pois noirs.

Lorsque je le vis devant le cinéma, une peur me saisit. Je crus que nous étions suivis. Un homme se tenait derrière lui et, lorsque je m'approchai, il me dévisagea longuement. Quand je le mentionnai à l'intérieur du cinéma, il me dit:

- Ce n'est rien. Personne ne s'intéresse à nous.

- J'ai remarqué qu'il m'observait.

- Ça n'a pas d'importance. C'était un des nôtres.

- Alors pourquoi ne m'avez- vous pas présentée à lui?

- Je voulais qu'il te connaisse. Que se passait- il chez toi ce jour- là?

- Comment le savez- vous?

- Ces dernières semaines, beaucoup de gens ont été arrêtés.

- Ils sont aussi venus chez nous et ont tout fouillé.

- Attendez, avant que j'oublie, il faut que je vous dise quelque chose. À quel nom vos lettres de Paris sont- elles adressées?

- À Mademoiselle Farangis.

- Le nom de votre père y figure- t- il?

- Non, seulement l'adresse de notre maison, le nom de la rue et le numéro de la maison.

- Votre maison a- t- elle un numéro?

- Oui.

- Très bien, j'ai télégraphié pour qu'on n'envoie plus de lettres à votre adresse. Si une lettre arrive, ne l'ouvrez pas pendant vingt- quatre heures et si on vient la réclamer, rendez- la et dites qu'elle est arrivée par erreur.

- Et s'ils ne viennent pas?

- Même dans ce cas, n'ouvrez pas la lettre. Donnez- la moi. Quand Agha Rajab viendra, remettez- lui la lettre pour qu'il me l'apporte. Je l'ouvrirai et la lirai sans rompre le sceau. Ensuite, je vous la rendrai. Gardez la lettre ainsi.

- Maître, y a- t- il un danger?

- Il y a toujours un danger, mais je ne pense pas que vous couriez un risque ces jours- ci. D'ailleurs, je ne sais toujours pas ce qui s'est passé chez vous. Racontez- moi d'abord.

Je ne l'avais jamais vu aussi agité. Lorsqu'il prit ma main dans l'obscurité pour que nous changions de place, elle était brûlante, et je ne m'y attendais pas du tout.

Monsieur l'instituteur, les sentiments que j'éprouvai cette nuit- là, dès notre rencontre, ne sont point aisés à vous décrire. Comprenez, j'aimais mon père, mais mon inquiétude pour le Maître surpassait tout. Mon cœur battait avec une intensité désespérée à la pensée qu'il pût lui arriver malheur. Le danger qui menaçait le Maître m'apparut mille fois plus grave que celui qui avait frappé mon père. J'étais consumée d'angoisse, et cet homme, si maître de lui- même, capable de dissimuler au plus profond de son être les émotions les plus vives, était ce soir- là proche de perdre son calme en raison de mon inquiétude. Comment pouvais- je deviner qu'il souffrait autant que moi? Toutefois, nos souffrances étaient d'une nature totalement distincte.

Je ne puis justifier la torture mentale que j'endurai. Si vous avez saisi le sens de mes paroles jusqu'à présent, tant mieux, mais dans le cas contraire, je ne saurais vous en blâmer.

Quant à lui, il était d'une humanité rare, dépourvue de toute préoccupation personnelle ou individuelle. Il analysait chaque sentiment, chaque élan de son cœur, et s'ils ne concordaient point avec les principes auxquels il se vouait, il les réprimait sans hésitation. Je vous ai dit que, pour lui, son art représentait toutes les aspirations de son être. Ce qu'il projetait sur l'écran jaillissait du plus profond de son cœur et de son âme noble et élevée.

Pour lui, rien n'était plus précieux que son art. Son art était intimement lié à la société et aux gens parmi lesquels il vivait. Comment aurait- on pu espérer qu'il ne sacrifiât point son amour pour ce noble idéal? Ce n'est pas qu'il maîtrisât le flot d'émotions passionnées et tumultueuses et l'arrêtât avec sa raison telle un barrage, non. Il pouvait serrer les dents, comprimer son cœur brûlant dans sa poigne et empêcher que quiconque, en dehors de son monde intérieur, ne perçût ses battements.

Cette nuit- là, je compris que j'étais près d'un fourneau ardent tout en tremblant de froid. Il essayait de cacher les battements tourmentés de son cœur en raison de notre séparation. Lorsque l'on pressent un danger, on a besoin de plus d'amitié et de tendresse. Je me demandais sans cesse ce qu'il pensait de moi. Il devait se dire: « Elle n'est pas digne de mon amour. Nous ne pouvons pas vivre ensemble, elle me quittera en cours de route. » Peut- être avait- il raison.

Je lui racontai les événements survenus chez nous. Je lui parlai d'abord de ma mère, qui, depuis ce jour- là, récitait constamment- l'Ayat al- Kursî[1]- et soufflait sur les murs de la maison. Ce matin, elle avait commencé à réciter la prière- Amman yojîb[2]- pour éloigner le mal. Selon elle, le malheur qui s'était abattu sur nous était dû à une personne de mauvais augure qui avait visité notre maison un mardi soir. Juste au moment où j'allais lui dire que mon père avait été exilé, un nœud me serra la gorge. Je me retournai, les yeux remplis de larmes dans l'obscurité de la nuit, et lui dis:

- Je n'ai plus personne d'autre que vous pour me soutenir.

Il tendit la main et saisit mon bras nu, le serrant si fort que je ressentis une douleur. Il tira mon corps tout entier vers lui.

Monsieur, ne soyez pas surpris. Même dans les moments de plaisir, lorsque je suis consumée par le feu du bonheur, je goûte toujours l'amertume du poison de la vie qui persiste sur ma langue. Quelle délice ressentis- je à ce contact de sa main sur mon bras nu, et pourtant je ressentis aussi du dégoût. Je ne m'y attendais pas. Cet homme semblait aussi impénétrable que du plomb! Il pensait

---

1. Āyat al- Kursī (en arabe: آية الكرسي) est le verset 255 de la sourate Al- Baqara dans le Coran.
2. «Amman Youjīb» (en arabe: أَمَّـنْ يُجِيـبُ) est une invocation (du'ā) très connue dans la tradition islamique, en particulier chez les chiites.

pouvoir dissimuler son tourment intérieur. Mais tout, dans ses traits, la rougeur de ses yeux, le silence soudain qui l'envahissait, le tremblement de ses lèvres sèches, trahissait son agitation et sa confusion. Pourtant, on ne sait jamais vraiment à qui l'on a affaire.

Pourquoi m'a- t- il serré le bras? Était- ce par pitié pour moi, voyant que je sacrifiais ma maison, ma famille et mon père pour notre cause commune? Cette pensée me dégoûta. Je ne voulais pas qu'il éprouvât de la pitié pour moi. Peut- être m'a- t- il serré le bras parce que j'avais dit que j'étais sans abri ni soutien, et il ressentit la chaleur de mon amour. Oh, c'était magnifique. C'est ce que je désirais. Je voulais qu'il ressentît, à travers mes yeux pleins de désir, que si je faisais des sacrifices, c'était pour lui. Parce que je l'aimais. Parce que je pensais qu'après tant de fausses pierres précieuses, j'avais enfin trouvé un joyau.

Monsieur l'instituteur, prêtez bien attention: je suis une personne malade. Ne vous laissez pas tromper par mon apparence. Si je demeure si longtemps en Europe malgré mon attachement à l'Iran, c'est en partie pour me soigner. Je me suis présentée maintes fois aux plus éminents professeurs d'Europe. Apparemment, je ne présente aucun défaut. La plupart d'entre eux m'ont diagnostiquée comme étant en bonne santé. Tous mes organes sont intacts. Pourtant, parfois, tout mon corps tremble, ma peau s'enflamme, mon cœur se serre. On m'a dit que je souffrais d'hypersensibilité. Ma peau, le bout de mes doigts, mon regard, tout en moi est plus sensible que la normale. Les facteurs externes ont un effet excessif sur moi, et cette hypersensibilité entraîne une surexcitation de mes nerfs au- delà de ce qui est nécessaire.

Que suis- je en train de dire? Ne me prenez pas pour une folle.

Ce que je vous dis est peut- être banal, mais pour moi, c'est douloureux. Moi- même, je ne comprends pas. Cette toile que le Maître a fabriquée pour mes yeux n'est peut- être pas si absurde. Il a compris quelque chose que je n'avais peut- être pas encore perçu moi- même. Ces yeux, ce regard, sont plus éloquents et expressifs que la normale. Toute ma vie, cette toile m'a torturée. Savez- vous pourquoi je voulais vous le demander? Je voulais la brûler. Mais à quoi bon? Maintenant que je vous raconte l'histoire de ma vie, de mes souffrances constantes et de ma monotonie, je réalise que cette misère est inséparable de moi. Que cette toile soit là ou non, cette douleur, cette torture, cette colère et cette peur sont toujours en moi. Elles ne me quittent jamais.

Lorsqu'il saisit mon bras de ses doigts puissants, je ressentis comme mille aiguilles perçant les plaies de mon cœur. Simultanément, une chaleur douce et réconfortante sembla apaiser tout mon être après une longue fatigue. En plongeant mon regard dans le sien, je perçus toute la passion et l'ardeur qui le consumaient, ces flammes mêmes qui me réduisaient en cendres. Mon cœur battait à tout rompre. J'aurais tant souhaité pouvoir lui exprimer mes sentiments d'une manière qu'il pût comprendre. Oh, comme j'aurais voulu que la langue que nous partagions trouvât les mots pour parler!

Je me retournai, baissai la tête et baisai ses doigts osseux et lourds qui s'enfonçaient dans la chair de mon bras. La pression se relâcha, il replia ses doigts et caressa doucement mon bras, comme pour apaiser la douleur infligée. Puis, soudain, il resserra sa prise avant de retirer sa main. Je ne pouvais plus supporter cette tension, alors je me levai et dis:

- Partons d'ici.

- Où allons- nous?

- Peu importe où, mais partons.

- Attendez, le jeune homme qui me suivait a quelque chose à me dire. Il m'attend.

Ah, cet homme ne déviait jamais de ses obligations, de son but. C'est ce que j'avais toujours deviné sans en avoir la preuve. Il pensait encore à son travail, à ses objectifs. Il me rapprochait du brasier tout en me laissant frissonner de froid. Voilà la tragédie de ma vie, celle que je continue à affronter. Comprenez- vous ce que je veux dire? Je savais qu'il désirait mes baisers, que ses doigts brûlants voulaient embraser tout mon corps. Je comprenais que sa poitrine aspirait à la pression de tout mon être. Je savais que si quelqu'un pouvait le satisfaire un instant, c'était moi.

Moi aussi, je voulais ressentir toute la force de ses mains au plus profond de moi. Je voulais sentir son être se fondre en moi. Je voulais tresser ses boucles échevelées une à une. Je désirais aspirer la chaleur de ses lèvres sur les miennes. Je voulais voir son âme brûlante et nue, sans le voile grossier que les soucis de la vie, la politique stupide et la peur de la police avaient jeté sur elle. Je voulais découvrir son essence profonde.

Mais lui pensait à son travail, à sa politique. Je croyais qu'il n'y avait pour lui, comme pour moi, aucun autre monde que celui de notre union. Mais lui pensait encore à écrire des lettres, à les poster, à provoquer le chef de la police, à défier le roi, à se souvenir des paysans du Mazandéran et des ouvriers d'Ispahan, à ses partisans, aux jeunes gens attendant ses directives, en bref, à son peuple. J'avais tout sacrifié pour lui, mais lui ne voulait rien me donner en retour.

Je ne lui accordai aucune opportunité de s'expliquer. Je traçai mon propre chemin et partis résolument. Il fallait que je lui impose ma volonté une fois pour toutes.

- Je pars, je ne peux rester ici.

Je pensai qu'il demeurerait immobile, sans me suivre. Cependant, il se leva, tout comme le jeune homme assis quelques rangées derrière nous. Lorsqu'il se dressa, je baissai la tête et quittai précipitamment le cinéma. Il courut pour me rejoindre alors que j'appelais une calèche dans la rue. J'ordonnai au cocher de baisser la capote de la calèche.

Au moment où j'allais monter, il arriva et s'assit à mes côtés. Il glissa son bras sous le mien. Tout mon corps tremblait de colère, mais en apparence, je demeurais impassible. Il prit ma main dans la sienne, la serra et murmura:

- Farangis!

Je restai silencieuse. Il serrait mes mains, mais je ne savais que lui dire. Assise à côté de lui, je me sentais aussi froide qu'une bûche humide qui fume sans brûler. Il ne prononçait mot.

Nous arrivâmes devant l'ambassade, et le cocher demanda:

- Où allons- nous?

J'étais sur le point de donner l'adresse de ma maison, mais avant que je puisse articuler le nom de la rue, il interrompit mes pensées et ordonna:

- Allez vers la rue Pahlavi, du côté de l'Abb Karaj[1].

---

1. « L'eau de Karaj » (en persan: Āb- e Karaj) provient principalement du barrage d'Amir Kabir, également appelé barrage de Karaj, situé dans les montagnes d'Alborz, au nord de la ville de Karaj, en Iran.

Je me retournai et le regardai avec une gratitude muette. Je ne savais que dire. Cet homme exerçait une emprise sur moi. Il était plus fort que moi. Il pouvait me faire faire ce qu'il désirait. Il baissa la tête et embrassa mes yeux. Mais je me dégageai de son étreinte. Je pris un instant pour réfléchir. Je passai ma main autour de son cou et pressai ses lèvres sèches contre les miennes.

Il murmura:

- Farangis, Farangis!

- Mon amour, mon amour!

Partie 4

- Ce furent les baisers les plus suaves que j'eus jamais reçus de ma vie. Pourtant, jamais je ne m'étais sentie aussi frustrée et condamnée au malheur.

La femme inconnue hésita un instant, mordillant sa lèvre inférieure, s'efforçant de contenir ses larmes. Durant les dernières minutes, elle semblait avoir totalement oublié ma présence, se parlant à elle- même comme si les sombres scènes de son passé défilaient devant ses yeux. Elle les évoquait pour mieux les graver dans sa mémoire.

Son silence me ramena à notre monde. Je jetai un nouveau coup d'œil au tableau devant moi et fixai les yeux peints. J'espérais y découvrir quelque chose de nouveau. Dans ces yeux clairs et transparents se reflétaient les souvenirs de cette femme. Lorsque je détournai mon regard du tableau Ses yeux et la regardai, je vis qu'elle consultait sa montre. Elle dit:

- Savez- vous qu'il est tard?

- Quelle heure est- il?

- Il est passé une heure.

- Je ne partirai pas tant que vous ne m'aurez pas chassée. J'aimerais que vous me racontiez tout jusqu'à la fin.

- Il n'y a pas de fin.

- Comment vous êtes- vous séparés?

- Vous croyez que nous aurions pu être ensemble?

- Je ne sais pas, c'est ce que je veux savoir.

- Voilà le problème. Si vous ne l'avez pas encore compris, c'est que je n'ai pas réussi à vous présenter ni moi- même ni lui.

- Mais comment a- t- il été exilé?

- Cela ne fait plus partie de ma vie.

- Vous ne vouliez pas me raconter votre propre vie. Vous vouliez percer le secret de ces yeux.

- Ce n'était pas ce que je voulais dire. Je voulais seulement vous faire comprendre pourquoi et avec quelle intention il m'a façonnée avec de tels yeux. Oui, nos vies sont tellement entremêlées qu'il est impossible de les séparer.

Elle se retourna et contempla les yeux. Durant quelques instants, des rides se formèrent sur son front, comme si elle ne s'attendait pas à retrouver dans ces yeux une telle description, fruit de sa propre imagination. Puis elle déclara:

- Si lui ne m'a pas reconnue et m'a façonnée avec de tels yeux, ce n'est point sa faute. C'est la mienne, car jamais je n'ai tenté de me révéler telle que je suis. Je n'en avais point le courage. Mon respect pour lui était si grand, ma peur si vive, que je n'ai pu dévoiler mon passé honteux. Vous voyez, c'est difficile, et je ne sais comment exprimer ce qui est brisé en moi pour vous le transmettre. Mon passé m'a toujours suivie comme une ombre, inlassablement. Quel est mon défaut? Quel péché immense ai- je commis? Pourquoi n'ai- je pu mener une vie normale? Pourquoi n'ai- je pas pu être une épouse? Et pourquoi maintenant ne puis- je avoir de mari? Je rêvais de vivre comme une artiste, croyant avoir reçu la bénédiction de pouvoir exprimer l'indicible. À présent, je suis même privée du bonheur des gens ordinaires. Comme un poisson arraché à l'eau, échoué sur la terre sèche, je me débats, frappant ma tête et ma queue contre les pierres et la poussière. Je n'ai ni ce monde céleste, ni ce monde terrestre. Je suis sans abri et sans soutien. Savez- vous pourquoi? Parce que mon passé, les expériences que j'ai traversées, les événements qui m'ont frappée, m'accompagnent partout comme une ombre, et je n'ai jamais pu m'en défaire. Les toiles que ma famille a tissées autour de moi m'ont emprisonnée dans une cage, et malgré tous mes efforts, je n'ai jamais pu briser cette froide prison. Ce fardeau n'est point nouveau, il existait déjà alors. Le bonheur de rougir lorsqu'un homme me murmurait une parole douce et gentille, je ne l'ai ressenti qu'en sa présence. Quand il prenait ma main, je goûtais ce bonheur, mais aussitôt, mon passé, mon ombre, avec son poids toujours croissant, me révélait son visage hideux et transformait la douceur de notre compagnie en poison mortel. Ce fardeau est devenu si insupportable que je n'en peux plus. Chaque fois que je songeais au bonheur et à la joie que la vie aurait pu m'apporter, deux pensées surgissaient aussitôt: l'une, c'était que je ne méritais point cet homme. Je n'avais pas autant de dévouement.

Il était tout entier fait de sacrifice et de privation, comment aurais- je pu renoncer à tout? Aux vêtements, aux parfums, aux promenades, aux voyages, aux loisirs, aux relations avec les jeunes joyeux et rieurs, aux soirées des personnalités respectées, aux voyages en Europe? Tout cela m'était accessible, et je devais y renoncer. Tandis que lui, il pouvait sacrifier tout ce qu'il possédait: statut, position, art, amour, respect, tout cela pour les idéaux élevés qu'il nourrissait. Il trouvait du plaisir dans le sacrifice. Il était plein d'espoir et en jouissait. Lorsqu'il avait peur, lorsqu'il était inquiet, lorsque ses camarades étaient emmenés au bureau politique, menottés et que des poids étaient suspendus à leurs testicules, il pensait à l'avenir des gens qu'il aimait et tirait profit de cette torture et de cette souffrance pour lui- même, pour son idéal. Mais moi, que faisais- je...

Farangis posa sa tête sur sa main, laquelle reposait sur la table. Elle mordilla l'arrière de son doigt, absorbée dans ses réflexions.

- Que voulus- je dire? Le même sentiment qui m'envahit lorsque je voulus renoncer à mon art, la même détresse et la même frustration m'assaillirent. Je n'étais pas faite pour gravir cette haute montagne. Je n'en avais point la force et, de toute manière, j'ignorais ce qui se trouvait de l'autre côté. Mais lui, il était peintre. Dans son esprit, il dessina un paysage plus beau que la réalité au sommet de la montagne, et il trouva plus de plaisir dans cette vision idéale. Il était captif de l'avenir, entrevoyant un futur radieux, clair, dépourvu de difficultés, sans douleur ni colère. Moi, en revanche, je vivais dans le passé. Un passé morne, sombre, sans lueur d'espoir. Combien de fois, dans ma vie, crus- je avoir trouvé une perle précieuse, seulement pour la voir m'échapper des mains. Combien luttai- je pour poursuivre cette perle brillante qui dévalait les pentes rocailleuses, parmi les graviers et les torrents impétueux.

Je courus après, je sautai à l'eau sans réfléchir, prête à risquer ma vie ; je trébuchai, je me blessai, puis je me relevai et continuai de courir. À travers les sables brûlants, à travers les ronces et les broussailles, avec les pieds meurtris et l'esprit empli de peur, je courus. Et lorsque je la ramassai enfin, je découvris qu'elle n'était qu'un simple morceau de verre. Toute la fatigue du chemin s'abattit sur moi et une sueur froide me parcourut le dos. Mille fois me dis-je: « Qui me dit que cette perle n'est pas aussi l'un de ces verres fragiles et trompeurs? »

Telle fut une de mes pensées. Mais ce qui me tourmenta encore plus, ce fut de me demander comment savoir s'il m'aimait véritablement. Lui qui ne m'aimait point du tout. Ne me prouva-t- il pas mille fois qu'il tenait plus à ses rêves et à ses idéaux qu'à tout le reste? Il n'était attaché à rien. Aurait- il même pu m'aimer si je n'avais pas participé à ses entreprises dangereuses? Tous les hommes louaient ma beauté. Lui, jamais il ne me complimenta sur mon apparence. Oh, combien voulus- je savoir si je lui plaisais! Il ne le disait pas, bien qu'il fût un artiste talentueux et qu'il aurait dû être plus sensible que quiconque au charme de mon visage. Pour lui, ma beauté n'existait pas. Il n'appréciait que mon courage.

Il savoura mon sang- froid dans les missions périlleuses qu'il me confia, et vous savez que ce courage chez moi était factice. Je n'avais point de foi véritable. Pour lui, j'étais prête à risquer ma vie à tout moment, mais uniquement pour lui, non pour les gens auxquels il se dévouait. De surcroît, il ne prit même pas conscience de ce sacrifice de ma part. Pauvre de moi, combien devais- je endurer? Il croyait que je le tourmentais avec mes yeux ensorcelants. Cette pensée me tortura, car elle signifiait qu'il ne désirait ni ma personnalité ni mon être. Il n'aimait que son travail, rien de plus.

Ce qui m'advint cette nuit- là près de l'Abb Karaj est indescriptible. Les mots ne sauraient exprimer mes sentiments. Sous la lumière de la lune, amoureuse et heureuse, chérie de lui, libérée du passé, emplie d'espoir pour l'avenir, plongée dans un état rare que peu de gens connaissent, nous nous promenâmes main dans la main sous les frênes. J'entendis le doux murmure amoureux de l'eau. Chaque fois que nous étions seuls, sans passants alentour, nous nous embrassions passionnément. Je baisai la paume de sa main, le bout de ses doigts, ses grands yeux et ses cheveux ébouriffés, craignant que cet instant ne se reproduisît jamais et voulant en emporter un souvenir pour une vie de malheur.

Que de promesses je lui fis! Que de confidences je lui livrai! Je lui avouai que je l'avais aimé dès notre première rencontre. Je lui dis que je l'avais vu pour la première fois dans son atelier. Avec quelle avidité il but mes paroles! Je lui racontai en détail que j'avais abandonné la peinture parce que je n'avais pas reçu son encouragement. Quel visage triste il eut alors. Ses lèvres étaient sèches et tremblaient. Avec ses mains, il me serra si fort que j'en perdis le souffle. Quelle douce douleur. Je lui dis que je voulais être à lui pour toujours, être son amie, sa compagne, sa collaboratrice, sa camarade de jeu et de souffrance.

Un nuage flâneur enveloppa la lune. Parfois, le disque lunaire disparut dans l'obscurité, et alors, l'eau du ruisseau s'écoula mystérieusement et silencieusement, tandis que les branches se balancèrent doucement. Puis la lune réapparut, souriante, répandant de l'argent liquide sur l'eau. Une bohémienne chanta au loin en passant. Un vieil homme, assis au bord de la rue, joua de la flûte et chanta les mélodies de sa vie morose.

Nous nous embrassâmes sauvagement, je pressai sa main contre ma poitrine. Il me dit:

- Ce sont tes yeux qui m'ont mis dans cet état. C'est ton regard qui m'a conduit ici, je ne supportais pas tes regards. Ne voyais- tu pas que je baissais les yeux?

- Regarde plus attentivement dans mes yeux! Il n'y a rien d'autre que toi.

- Non, un monde mystérieux est caché dans ce regard. J'étais une personne timide, tes yeux m'ont donné du courage.

 Alors je pris sa main, en baisai la paume et dis:

- Quel grand esprit tu as. J'aime cette qualité chez toi. Je veux cette passion, cette chaleur, cette ardeur et cette soif. Je veux vivre avec toi pour toujours. Je veux être toujours avec toi. »

Quand il parla, je posai ma tête sur son épaule. Mais il ne resta pas tranquille, il passa son bras autour de mon cou, le serra et pressa ses lèvres contre ma gorge, m'étouffant presque.

Je lui dis:

- Comme tu souffres. Combien as- tu souffert? On me disait que tu étais un homme dur et insensible. Comment pouvais- tu sembler si calme et serein? J'adore ton esprit endurant, ton âme persécutée. Je veux être au courant de tout ce que tu fais. Je ferai tout ce que tu diras, je n'ai peur de rien, confie- moi des tâches plus difficiles. Considère- moi comme digne de ta confiance. Ne crains rien. Pour moi, il n'y a plus rien d'autre dans ce monde que de vivre selon ton désir. Je veux venir voir ce que tu fais. Maintenant je te connais. Je dois venir et voir ce que tu fais, ce que tu peins. Tu dois tout me montrer, pas seulement ce que tu montres aux autres.

Et lui, honteux, hocha la tête et murmura parfois:

- Tout ce qui est à moi t'appartient. Viens chez moi! Farangis, personne n'a eu sur moi une telle emprise que toi... Toi... tu es bonne... tu es adorable.

 C'est tout. Avec ces quelques mots, il exprima son amour. Que pouvais- je espérer de plus? Ces paroles douces, ce ton ardent qui jaillit du fond de son cœur, cette flamme qui nous consumait tous les deux, fondirent mon être. J'atteignis le sommet du monde, pénétrant un univers différent. Tout n'était que pure musique, grâce et beauté. Je sentis que mon être tout entier ne m'appartenait plus. Je pris sa main, baisai le bout de ses doigts.

Je lui avouai mon admiration pour cette main créatrice d'œuvres immortelles, mais il ne me laissa pas terminer, me prenant dans ses bras, indifférent aux passants qui nous observaient au loin.

 Ah, les moments de cette nuit étaient indescriptibles, irrépétibles. Car la grandeur de sa position, l'intensité de son amour dominaient tout ce que j'étais, et mon ombre se dissipa dans l'éclatant halo de son être. Je ne revis plus mon passé, ce passé qui rongeait en moi, et goûtai, l'espace d'un instant, la joie du présent, aperçus de mes yeux un avenir radieux.

Il fut décidé que je retournerais chez lui le lendemain matin. Mais lorsqu'il m'accompagna jusqu'à ma maison, il demanda:

- Viendras- tu chez moi demain?

- Bien sûr.

- À quelle heure?

- À ta convenance.

- Attends que je téléphone. Notre rendez- vous sera pour demain, mais je fixerai l'heure moi- même.

- Pourquoi ne pas la fixer maintenant?

- Je veux t'inviter lorsque ma demeure sera sûre. N'oublie pas, si on te questionne, tu diras que tu ne me connais pas, seulement que tu es venue pour que je dessine ton visage.

- Souhaites- tu réellement peindre mon portrait?

- C'était mon vif désir, je pourrais dessiner ton visage.

- Alors, tu le feras?

- Est- ce possible?

- Pourquoi cela ne le serait- il pas?

- Comment pourrais- je te reproduire sans te connaître?

- Je suis à toi.

- J'ai peur de tes yeux, ils me dominent.

- J'ai peur de toi.

- Pourquoi?

- Je gardai le silence, cherchant à m'échapper de son emprise. Il prit ma main, l'embrassa et je m'éloignai précipitamment vers la maison.

Ma mère, assise en prière, tenait le livre Zâd al- Ma'âd [1] que je connaissais depuis mon enfance. Seul son visage était visible sous le voile blanc de la prière. Agenouillée, penchée vers le sol, elle se balançait, mouvait les lèvres. Dès qu'elle me vit, elle protesta d'un signe de tête et dit: « Il est trop tard, ton père n'est plus là. Je souffre de solitude. » Elle prit le journal près de son tapis de prière et me demanda: « Le chef de la police a été remplacé. Notre colonel Aram est maintenant chef de la police. Ne veux- tu pas faire quelque chose pour ton père afin qu'il revienne de son exil?

Je n'eus pas le cœur à écouter ses paroles. Je m'enfermai dans ma chambre et, malgré les tentatives de Fezzeh Sultan de me convaincre de descendre dîner, je restai alitée, à moitié inconsciente sur mon lit.

Monsieur l'instituteur, certaines choses demeurent indicibles. On les ressent au plus profond de soi, elles vous transpercent le cœur et vous bouleversent l'âme, mais lorsque vous tentez de les verbaliser, elles apparaissent fades et ternes, semblables à une copie d'apprenti reproduisant maladroitement l'œuvre du maître. C'est précisément comme ce tableau ; l'essence, cette oppression qui étreignit votre cœur, n'y résida point. Comme j'aurais souhaité pouvoir vous transmettre ce que je vécus cette nuit- là, les événements qui me marquèrent. Les erreurs passées défilèrent devant mes yeux, une à une, persiflèrent, me blessèrent avec leurs diatribes cruelles et se moquèrent de mon amour. Les échecs et les coups durs s'enhardirent, trouvant là une opportunité de me tourmenter, comme s'ils murmuraient:

- Ne sois pas si dure, ce n'est qu'un autre caprice.

---

1. Zâd al- Ma'âd est un ouvrage religieux chiite rédigé par l'érudit iranien Allâmeh Majlesi, consacré aux prières, rites et enseignements pour l'au- delà.

Le visage chagriné de Donatello, terni par les vagues et son état naturel fané, s'imposa à mon esprit. La lueur rougeoyante de son cigare glissa sur l'eau, jusqu'à ce qu'elle engloutît toute la surface du lac. Il rit follement, échappant à mon emprise, et cria:

- Toi, sais- tu ce que c'est qu'aimer?

La conversation de ma mère à propos du chef de la police m'évoqua sa ténacité à vouloir se marier avec moi. Leur insistance me terrifia. Je cachai mon visage sous l'oreiller, tremblante, envahie par une froide tension. Je me levai, lus un livre, incapable de trouver le sommeil. La fatigue m'accabla, et chaque tentative de dormir ramena ces ombres effrayantes, défilant sans répit et troublant ma quiétude.

Parfois, l'expression troublée et en colère de Khodadad surgit dans mon esprit. Lui aussi, désormais, menaçait, comme s'il murmurait:

- Regardez Mehri!

Le plus vicieux de tous fut ce garçon, cet écrivain français, qui aspira à devenir mon époux. Je lui avais déclaré mon attachement à mon pays, refusant de vivre avec lui. Cet homme, toujours la main dans la poche droite de sa veste, se mouvait rapidement et maladroitement, me souriant d'un air crapuleux et demandant:

- Tu aimes quelle partie de ton pays?

Deux âmes ennemies logèrent en moi, réactivées depuis mon retour en Iran ; l'une me mit en garde:

- Ne va pas chez lui! C'est un peintre dérouté, sacrifiant son art pour l'ambition. Son agitation ne se calmera pas avec le rang. Il aspire à la renommée. Que feras- tu s'il te quitte après quelques jours?

L'autre, avec agitation, répliqua:

- La douceur de l'amour réside dans ces doutes. Va chez lui. Aide-le...

Hélas, je me laissai emporter par mes propres paroles. Croyez- le ou non, je ne parvins point à fermer l'œil de toute la nuit. Des pensées désordonnées, à la fois terrifiantes et séduisantes, imprégnées d'espoir et de ténèbres, apaisantes et perturbantes, me transportaient sans cesse d'un pôle à l'autre. Incapable de trancher, je restai en proie à une indécision paralysante. Une certitude, toutefois, s'imposa à moi: si je me rendais chez lui le lendemain, il me faudrait endosser une existence marquée par des souffrances incommensurables. Je me persuadai que je ne méritais guère de partager sa vie. Incapable de lutter à ses côtés, je craignais de devenir un obstacle à son ascension. Lui- même, homme inflexible, ne renoncerait point à ses ambitions, et que je l'acceptasse ou non, j'étais destinée à une vie de tourments. Mais, si je choisissais de ne pas y aller, serais- je en proie à un éternel regret? Quelle réponse pourrais- je me donner une fois le jour suivant écoulé? Ce serait, à nouveau, un désastre, une autre humiliation.

- L'indécision me domina ; le choix m'échappa, et le flot des événements me submergea. De plus, il fallait prendre en compte ceci: les prétendants eux- mêmes ne me laissaient guère en paix. Leurs tentatives de séduction étaient également sources de tourments. L'un d'entre eux stationnait chaque jour devant ma demeure, à bord d'une Chevrolet. Il me fixait d'un regard niais, alors que j'étais si accablée par mes propres pensées que je ne prêtais même pas attention à ces hommes, portant des cravates à la dernière mode.

Un jour, la porte de notre maison s'ouvrit et plusieurs femmes firent leur entrée. Leurs visages étaient lourdement maquillés, leurs doigts chargés de bagues scintillantes, et leurs épaules recouvertes de manteaux de cuir. Un simple coup d'œil suffit pour que je les reconnusse. Je me précipitai alors vers ma mère et lui dis:

- Mère, réjouis- toi, ta fille a un prétendant.

Ces femmes appartenaient à une famille de commerçants dont les propriétés s'étendaient le long de la voie ferrée, ayant récemment déménagé de leur demeure proche du quartier de Zanboorak Khaneh à une résidence située près de l'avenue Pahlavi. Elles commencèrent par louer ma chasteté et ma vertu devant ma mère, affirmant:

- Cette jeune fille ne lève jamais les yeux pour croiser le regard des passants dans la rue.

Peu importaient les tentatives de ma mère pour leur faire comprendre qu'il n'en était rien, elles ne se laissèrent point détourner. Lorsqu'elle mentionna que sa fille souhaitait épouser un homme sage, elles répliquèrent sans hésitation:

- Notre fils est titulaire d'un diplôme universitaire.

Ma mère ajouta alors:

- Elle ne se mariera qu'après avoir fait son propre choix.

Leur réponse fut immédiate. Évidemment, c'était entendu. Elles suggérèrent qu'ils se fréquentassent, qu'ils allassent ensemble au cinéma, afin de se rencontrer et de mieux se connaître.

Un autre prétendant, dont la mère accompagna la mienne lors d'un pèlerinage à Kerbala, s'installa à l'étranger durant quelques années. Fort de son diplôme en œnologie, il occupa ensuite un poste d'inspecteur spécial au ministère de l'Agriculture. Il m'invita fréquemment et me conduisit aux soirées du Club Iran. Non seulement je fus la femme la plus resplendissante de ces réceptions, mais je fus également la mieux vêtue et la plus élégante parmi toutes les convives. Je conversai avec eux dans leur propre langue, maniant les mots avec aisance. Un jour, je lui montrai ma garde-robe et lui dis:

- Regardez la multitude de robes, de souliers, de manteaux, de fourrures, et tout ce que l'on pourrait désirer, que je possède. Comment pourriez- vous vous permettre de m'offrir tout cela?

Je lui exposai également au moins vingt variétés de parfums, de poudres et de produits de maquillage. L'homme rougit de confusion et ne reparut plus chez nous. Je savais pertinemment ce qu'il pensait de moi, mais cela m'était bien égal. La vie tourna autour de Makan: soit vivre avec lui, soit la vie telle qu'elle est maintenant.

Le troisième prétendant était un colonel, un parent éloigné de mon père, que je rencontrai en France. Mais laissez- moi remettre à plus tard le récit de notre rencontre.

Je restai allongée dans mon lit jusqu'à dix heures et demie le lendemain matin, épuisée, déprimée et insomniaque, sans quitter ma chambre. Ma mère vint s'asseoir à côté de mon lit, désireuse de comprendre la cause de mon chagrin. Combien j'aurais souhaité que mon père ne fût point exilé! J'étais bien plus proche de lui. Au moins, il m'accordait le réconfort de poser ma tête sur son épaule pour pleurer, sans exiger que je lui confiât la raison de ma tristesse. Mais ma mère appartenait à ces femmes qui croient que le mot «

amour » ne devait se lire que dans les vers du poète Hafez. Elle ne comprenait ni la séparation ni les retrouvailles. Pour elle, il n'existait rien d'autre en ce monde que la vie aux côtés de mon père. Bien que mon père fût peu loquace et qu'il détestât les bavardages inutiles, ma mère ne pouvait concevoir que, parfois, le silence s'imposât.

À dix heures et demie, le téléphone retentit. Encore vêtue de ma chemise de nuit, je me précipitai hors du lit et montai en hâte au salon de l'étage supérieur où se trouvait l'appareil. Je reconnus aussitôt sa voix. Comme à son habitude, il s'exprima avec calme, dignité et gravité. Cependant, contrairement à son habitude, il s'enquit de ma santé et utilisa un vouvoiement inattendu.

Après quelques échanges de courtoisie, il me demanda:

- Venez- vous ici?

- Je ne sais pas.

- N'avions- nous pas convenu?

- Oui, mais aujourd'hui, je manque de temps et je ne me sens pas bien.

J'aspirai à lui parler avec la même légèreté que j'adoptais avec les autres, mais cela m'échappa. Cet homme m'avait ensorcelée.

Il insista:

- Farangis, il faut que vous veniez.

- Eh bien, ce n'est peut- être pas une bonne idée.

- C'est assurément une bonne idée.

- Peut- être que ce n'est pas approprié.

À cet instant, je le sentis faiblir. Un silence s'installa. Après quelques secondes, il conclut:

- C'est vous qui voyez. Peut- être avez- vous raison. Peut- être que ce n'est pas approprié.

Je restai silencieuse. Après une brève pause, il ajouta:

- Bien, au revoir.

Pour lui, c'était fini. J'étais convaincue que, pour lui, tout était fini.

Quel effet cette conversation téléphonique avait- elle eu sur lui? Comment aurais- je pu le savoir? Il ne s'ouvrait jamais à moi. Ce que je pus en déduire, c'est qu'il s'était replongé dans son travail. Peut- être avait- il ce jour- là décidé de peindre mon portrait, en se souvenant de ces yeux qu'il a désormais immortalisés sur la toile. Je me rappelai alors ses mots:

- Mon désir est de peindre ton portrait, mais tant que je ne te connais pas, comment pourrais- je te représenter fidèlement?

Son refuge résidait dans le travail et l'effort. Chaque fois qu'il échouait, il se réfugiait dans son art et y trouvait la quiétude. C'est le plus grand bonheur qu'un être humain puisse éprouver. Mais cette fois- ci, il lui aurait peut- être fallu plus de résilience. Peut- être avait- il manipulé ses couleurs et pinceaux, pour ensuite conclure que cela ne lui convenait pas. Il aurait alors posé son coude sur son genou, appuyé sa tête sur sa main, et, après quelques minutes de réflexion, se serait dit:

- Elle a raison, cela ne sert à rien pour aucun de nous deux.

Puis il se serait interrogé:

- Que disaient ses yeux?

Toute cette réflexion n'aurait duré qu'une demi- heure. Ensuite, il se serait remis à l'ouvrage. Voilà ce que je crus comprendre, mais la réalité était bien plus complexe. Il ne se confiait pas à tout le monde, et il ne m'a pas tout révélé non plus. Le portrait que vous voyez maintenant narre une tout autre histoire que celle que je pensais connaître. Cet homme endura trois années d'exil, nourri par l'illusion et la fausse perception qu'il entretenait à mon égard. Trois ans après son exil à Kalat, il peignit ce tableau. Et ce fut la seule œuvre qu'il réalisa après son départ de Téhéran, au cours de sa période d'errance.

Ainsi, ce n'est pas en une demi- heure de réflexion qu'il prit la décision de me quitter. Je pensais qu'il avait réfléchi durant une demi- heure et qu'ensuite, je n'étais plus qu'un sujet indifférent à ses yeux.

Voyez- vous, notre malheur réside dans le fait que, même proches, nous ne nous sommes jamais réellement connus, et lui ne me comprit jamais véritablement. Ces yeux témoignent de son incompréhension profonde de mon âme. C'était ma faute. S'il gardait le silence, c'était qu'il exprimait la nature de sa volonté. Un artiste ne dévoile pas sa douleur à tout le monde, il ne parle pas, mais traduit son intention à travers son œuvre. Pourtant, j'aurais pu lui expliquer pourquoi je répondis ainsi au téléphone et agis ensuite de manière différente.

Sans plus réfléchir, je me dirigeai vers la douche à la suite de cet appel téléphonique. Quelques instants plus tard, je m'installai paisiblement dans un fauteuil confortable et entrepris de me maquiller.

Ce ne fut pas dans l'intention de le rejoindre, non, mais une force intérieure, plus impérieuse que ma propre volonté, m'y poussa, comme si je me préparais à assister à une cérémonie officielle, prête à y prononcer un discours. Je coiffai soigneusement mes cheveux, les attachai fermement de chaque côté de ma tête, puis enfilai un tailleur noir. Dans le miroir, je ne vis que lui. Il était là, assis, une palette en main, absorbé dans sa peinture. Des couleurs variées, des teintes criardes, des nuances discordantes se mêlaient sous son couteau à palette.

Soudain, l'idée me traversa l'esprit : si j'ouvrais la porte de son atelier et pénétrais dans sa pièce, que me dirait- il? Il se lèverait sans doute précipitamment, me prendrait dans ses bras et m'embrasserait avec une telle ferveur que le souffle me manquerait. Non, cette scène ne me convint guère. Une autre idée émergea : je pourrais l'appeler et lui annoncer que je viendrais. Serait- il surpris? Ne s'étonnerait- il pas de mon hésitation, de mon indécision? Mais Makan n'était pas comme les autres. Il devait me respecter, il ne devait jamais connaître ma véritable nature. Je savais mieux que quiconque la profondeur de mes faiblesses. Si lui aussi venait à les découvrir, je serais perdue.

Je décidai alors de ne pas y aller. Mais pourquoi donc m'étais- je habillée pour le déjeuner? Que dirais- je à ma mère? Que j'étais invitée quelque part?

Durant une heure, je m'occupai de mon visage et de ma tenue, tandis que mon cœur se consuma. Une lutte intérieure me déchira, me laissant incertaine de mes propres désirs. À deux ou trois reprises, je me rendis près du téléphone, pris le combiné et composai son numéro, mais la crainte m'empêcha de parler. La dernière fois, je ne pus plus résister. Dès que j'entendis sa voix, je déclarai:

- Makan, j'ai changé d'avis, je viens.

Il répondit simplement:

- Viens.

Sans dire un mot à ma mère, je quittai la maison. La pauvre femme, habituée à mes allées et venues incessantes, n'en sut rien. Pourtant, bien qu'ignorante de mon activité politique depuis l'exil de mon père, elle vécut dans la crainte. Je ne voulus pas me quereller avec elle. À la porte, je dis à Fezzeh Sultan:

- Je suis invitée à déjeuner. Ne m'attendez pas.

La vieille femme murmura:

- Que Dieu soit avec toi.

Sur le chemin, je marchai d'un pas si précipité que j'eus l'impression d'être piégée, sans autre choix que d'avancer. La méfiance m'habita, je craignis chaque regard qui se posait sur moi, persuadée que tout un chacun pouvait être un espion de la police. Il me sembla que le monde entier s'était ligué pour troubler ma tranquillité.

Sa maison se trouvait derrière la mosquée Sepahsalar. Avant même que je ne frappasse à la porte, Agha Rajab m'introduisit dans la cour. De l'autre côté, un escalier menait à une véranda ornée de chèvrefeuille. Agha Rajab, tel un automate vêtu, se tint là, impassible, indiquant l'escalier de la main sans même me regarder. Deux jeunes enfants jouaient au soleil dans la cour. L'un d'eux montait un tricycle, tandis que l'autre le poussait. Dans une pièce à droite, une femme en pantalon noir séchait des assiettes en porcelaine.

C'est alors que la porte de la pièce située en haut de la véranda s'ouvrit, et il apparut, une palette et un pinceau dans une main. Il descendit les marches, saisit doucement mon bras gauche de sa main droite et me guida jusqu'à sa chambre.

Je dois vous révéler tout ceci clairement pour que vous puissiez comprendre l'intensité de l'incendie qui consuma mon être intérieur, tandis que lui, sans s'en rendre compte, se comporta avec moi tel un chaton jouant innocemment avec sa queue.

À peine entrée dans la chambre, j'espérai qu'il me prît dans ses bras, couvrît mes lèvres de baisers ardents, et que je détournasse le visage pour l'en empêcher. Pourquoi avais- je pris cette décision? Parce que je voulus garder le contrôle sur lui. En réalité, je désirais ardemment ses baisers, je voulais que ses lèvres parcourussent mon visage. Je désirais sentir la chaleur de son corps. Je voulais ressentir dans ses bras ce que j'avais toujours rêvé sans jamais l'avoir obtenu dans ma vie. Malgré tout, je pris cette décision pour prouver et maintenir la force de ma personnalité. Je ne voulais pas qu'il découvrît qu'une force extraordinaire m'attirait vers lui, telle une poupée sans volonté. Et lui, il resta si calme. Était- il trop anxieux pour agir, ou bien aussi intimidé que moi? Peut- être que mon appel téléphonique l'avait fait réfléchir.

Oh, à cette époque, je pensais que le Maître était un homme sage, qui n'agissait qu'après avoir pesé le pour et le contre. Imaginez que moi, celle qui pouvait faire danser une centaine de jeunes d'un simple clin d'œil, je me trouvai réduite à mendier un baiser de sa part.

Il me mena à l'intérieur de la pièce. Il semblait calme. La pièce, modeste dans son aménagement, ne comptait que deux fauteuils et une table ronde. Sur un guéridon, un vase empli de fleurs fraîches apportait une touche de vie. Il m'installa sur l'un des fauteuils, puis prit place à mes côtés. Son regard se posa sur moi quelques instants avant qu'il ne demandât:

- Pourquoi refusiez- vous de venir?

Je répondis:

- Je livrais une bataille contre moi- même.

- Et qui l'a emporté?

- Vous.

- Vous n'étiez pas en guerre contre moi.

À cet instant, tous mes talents de séductrice m'abandonnèrent. Le charme de mes regards, qui jusque- là avait su ensorceler tant de cœurs, s'éclipsa de mes yeux. Les paroles poétiques que je maîtrisais s'éteignirent sur ma langue, et je me retrouvai privée de mes sourires habituels. Je le fixai, épuisée et vaincue. S'il avait prononcé un mot de plus, je me serais effondrée en larmes. Mais Agha Rajab, à ce moment- là, me sauva de cette impasse en se faisant entendre sur la véranda.

Je dis alors:

- Où sont vos œuvres?

- Mon atelier se trouve juste dans la pièce voisine.

- Laissez- moi voir.

- Je n'ai pas grand- chose à montrer, beaucoup de choses sont inachevées. Désirez- vous les voir maintenant ou après le déjeuner?

- Maintenant et après le déjeuner.

- Très bien. Agha Rajab, que voulais- tu?

Agha Rajab fit irruption dans la pièce, son visage impassible, et déclara:

- Je n'avais rien à dire.

Le Maître enchaîna:

- Écoute- moi bien, si quelqu'un se présente, tu diras que je ne suis pas là. Mademoiselle Farangis est venue pour que je réalise son portrait.

Agha Rajab répondit:

- Oui, Monsieur.

- Si quelqu'un te questionne, tu te contentes de dire cela.

- Oui, Monsieur.

- Il n'y a rien d'autre.

- Quand désirez- vous déjeuner?

- Nous allons à l'atelier maintenant. Prépare la table, nous te préviendrons en temps voulu.

Ensuite, nous nous dirigeâmes vers son atelier. Le grand tableau de la fête de la découverte du hijab restait encore inachevé, tandis qu'il s'attelait à plusieurs toiles inspirées des poèmes de Khayyam. La maison paysanne, sa dernière œuvre à Téhéran, frôlait l'achèvement.

Je fus éblouie par tant de puissance créatrice et de génie. Soudain, je me retrouvai transportée dans un monde que j'avais toujours rêvé d'atteindre. Ébahie, le cœur serré, je contemplai ces œuvres pendant un moment. Le Maître se tenait à l'entrée, et je sentais la brûlure de son regard dans mon dos.

La magnificence de cet atelier me submergea. Je perdis pied. En Europe, j'avais eu l'occasion de contempler les chefs- d'œuvre des grands maîtres. En Italie, la beauté des toiles de Léonard de Vinci et de Raphaël m'avait éblouie. J'admirais les œuvres de l'école française.

À Munich, j'avais vu celles de Rembrandt et de Dürer. Mais ce que je découvris pour la première fois dans cet atelier me toucha bien plus profondément. Non pas parce que le Maître surpassait ces illustres artistes, mais parce que ce que je voyais ici incarnait des fragments de mon propre esprit. Ces œuvres, créées par le Maître, parlaient ma langue. Elles comprenaient mon langage, elles voyaient à travers mes yeux. Je les connaissais et comprenais leurs tourments. Une sorte de familiarité et d'intimité régnait en ce lieu. Pour moi, ce n'étaient pas tant les événements et les souffrances dépeints dans les tableaux qui captivaient mon attention. Ce qui m'émouvait le plus, c'était que les personnages ayant vécu ces épreuves étaient de mes proches, de mes compatriotes. Leurs souffrances reflétaient, en somme, celles que j'avais endurées ou que je devais encore affronter.

Le tableau intitulé *Fête de la découverte du hijab* n'était encore qu'esquissé, mais le visage de la femme, avec son expression grotesque, semblait presque parachevé. Immédiatement, je songeai à ma mère. Dès que les troubles éclatèrent, elle quitta l'Iran pour se réfugier à Karbala, avec l'intention de s'y établir définitivement. Ma tante, cependant, faillit être emportée dans la tourmente. Le ministre de la Justice, un mollah, tenta de baiser la main de cette femme qui, toute sa vie, avait égrené des chapelets. Toutes ces scènes et ces personnages, d'une manière ou d'une autre, me semblaient intimement liés, et je sentis que le paradis dont je rêvais se trouvait entre ces murs.

Je me rappelai alors les blessures que cet homme, qui se tenait maintenant derrière moi, m'avait infligées. Si, ce jour- là, dans le bureau de son école, il avait daigné m'accorder un peu d'attention, peut- être aurais- je trouvé le bonheur. Je me retournai et le fixai d'un regard empreint d'une ardeur brisée. Il s'enquit:

- Que se passe- t- il? Pourquoi me regardes- tu ainsi?

Avançant de deux ou trois pas, il se rapprocha. Je passai mes bras autour de son cou et murmurai:

- Makan, j'aurais tant voulu être peintre comme toi.

Il caressa mes cheveux avec tendresse, me tint un instant dans ses bras, puis, de ses grandes mains osseuses, il saisit mes joues. Il plongea son regard dans le mien, ses lèvres tremblantes comme s'il cherchait à formuler des mots enfouis. Finalement, il se contenta d'embrasser mes paupières, silencieux. Que pouvait- il dire? Était- il nécessaire de répéter ce qu'il m'avait déjà confié, sans paroles, cinq années auparavant? Il savait, toutefois, que je n'étais plus cette jeune fille insouciante et frivole. Il le savait.

Monsieur l'instituteur, vous ne pouvez imaginer à quel point le désespoir et la désillusion s'insinuent en vous, cherchant un abri, lorsque vous aspirez à créer sans posséder ni le talent ni la persévérance nécessaires.

Je m'assis sur un tabouret, tandis qu'il restait debout à mes côtés. En sa présence, je ressentais une beauté et une félicité teintées d'une douce amertume. Puis, soudain, il parla, doucement, comme s'il récitait des mots soigneusement préparés:

- Je dois te dire quelque chose, quelque chose qui te paraîtra peut- être nouveau, que tu ne pourras ou ne voudras peut- être pas comprendre. Pourtant, je dois te le dire, car je ne peux me permettre de tromper une jeune fille telle que toi. Mon destin est désormais indissociable de celui de ce pays. Le bonheur individuel n'a plus de place dans ma vie. Si tu veux lier ta destinée à la mienne, tu connaîtras le malheur.

Sa voix, tremblante, trahissait une hésitation enfantine, comme s'il peinait à articuler ce qu'il savait devoir dire. Mais son discours m'impatienta, et je l'interrompis:

- Je sais ce que tu veux dire. J'y ai déjà réfléchi. Je suis consciente que je ne te mérite pas. Je suis trop jeune pour toi. Tu es un homme qui pense toujours à l'avenir, alors que moi, je veux simplement goûter, ne serait- ce qu'un instant, au plaisir d'être vivante. Voilà pourquoi je suis venue, pourquoi je me jette dans tes bras. Je sais que mes hésitations ont éveillé tes soupçons.

Mon avenir est sans lumière. Avec toi, il demeure sombre ; sans toi, il s'éteint totalement. Alors, cela importe peu, ne parle pas! Je suis bien plus jeune que toi, mais si tu savais ce que j'ai traversé, tu comprendrais que mon âge apparent ne reflète en rien l'ancienneté de mes douleurs.

Il me regarda longuement, puis demanda:

- Raconte- moi, qu'as- tu vécu?

Je baissai les yeux et répondis:

- Vous ne supporterez pas de l'entendre. J'ai peur de perdre votre estime.

Il répliqua doucement:

- Et si, au contraire, cela augmentait votre valeur à mes yeux?

Surprise, je demandai:

- Comment cela?

- Ce que vous pourriez me confier pourrait bien révéler une grandeur d'âme que vous ignorez vous- même.

Je secouai la tête:

- Non, non. Tous les hommes disent ces choses, mais au fond, il n'en est rien.

Monsieur l'instituteur, que pouvais- je lui dire? Dans les échanges de cette journée, rien n'eût de nouveauté pour vous. Ce que je soupçonnais se confirma. Cet homme fut d'acier. Dès qu'il eut perçu ma voix au téléphone, il prit sa décision. Il respecta chaque individu. Ce jour- là, il aurait pu me façonner à sa volonté. Il aurait pu me saisir dans ses bras, me traiter comme une esclave, mais cela ne lui suffit pas. Il désira ce que je voulais également. Il ne rechercha pas la jouissance de mon corps, mais mon âme, et il redouta de ne pouvoir l'acquérir. Il ne chercha point une maîtresse, mais une compagne de lutte. Dans le combat qu'il mèna, il aspira à mon soutien. Il rechercha une âme prête à partager ses sacrifices, à marcher à ses côtés et à ne redouter aucune épreuve.

Nous déjeunâmes, échangeant des propos futiles, détournant le regard de l'amour que nos cœurs se cachèrent. Oui, notre amour, véritablement né, s'éteignit cette nuit- là, au bord d'Abb Karaj, sous les ombres des ormes. Voyez- vous, c'est là la grande tragédie de sa vie. Savez- vous combien un feu, caché sous la cendre, peut durer et demeurer stable? L'amour secret, cet amour qu'on n'osa confier à personne, pour quelque raison que ce soit- qu'il s'agît des contraintes sociales, des différences de classe, d'un manque de compréhension de l'être aimé ou de toute autre cause- fut cet amour qui consuma et brûla intérieurement, avant de devenir aussi pur et poli que de l'argent fondu.

Je n'osai lui révéler ce qui bouillonnait en moi. Il voulut me protéger, cela, je le savais. Cependant, une différence fondamentale nous sépara. Mes forces échappaient en grande partie à mon contrôle. Je ne pus dissimuler entièrement ce qui bouillonnait en moi. Dans le mouvement de mes lèvres, dans ma conduite affable et polie à son égard, dans l'obéissance aveugle à ses ordres, dans le regard de mes yeux, dans l'enthousiasme manifesté en sa présence, dans chacune de mes actions en relation avec lui, cette passion se révéla. Mais lui pensa différemment. Il ne ressentit pas autrement, mais il maîtrisa toutes ses émotions.

Si quelqu'un nous avait observés de manière continue, il n'aurait pu que conclure que j'étais amoureuse de lui, et que lui, implacable, resta insensible à l'amour, ignorant ce sentiment et n'ayant aucun intérêt pour moi. C'est pour cela qu'il souffrit davantage, et ce tableau, devant vous, en témoigne. Oh, comme ma vie eût été belle si, ce jour- là, j'avais eu le courage de me dévoiler à lui, comme au moins aujourd'hui vous me connaissez.

Je passai la journée en sa compagnie, à ses côtés, dans l'atelier. Par moments, quelqu'un vint le voir. Alors, Agha Rajab frappa doucement à la porte. Makan, toujours courtois, s'excusa auprès de moi, me remit une boîte remplie de croquis, ou une revue autrichienne où ses œuvres furent publiées, ou encore une édition illustrée des poèmes de Khayyam, puis s'éloigna. Alors, je restai seule, soit à étudier les objets qu'il m'avait donnés, soit à me laisser ronger par ma tristesse. Parfois, dans cet état d'oubli, je m'évaporai, me sentant soulagée de tout fardeau, errant dans ses esquisses. Je pris plaisir à observer ses œuvres inachevées. Le temps passa si vite que, lorsque la nuit tomba, je fus surprise.

En me levant, je dis:

- Makan, nous serons aussi amis.

Il répondit:

- Nous devons être camarades.

Le sens de ses paroles m'apparut alors clairement. Il ôta également sa blouse blanche.

Je demandai:

- Voulez- vous venir avec moi?

- Je vous accompagnerai un peu.

- Allons au bord du Ābb- e Karaj ensemble.

- À quoi bon? Ce soir est bien différent de la nuit dernière.

- Pour vous!

Il prit fermement mon visage entre ses mains, plongea ses yeux dans les miens avec une supplication muette et dit:

- Si je comprenais ce qu'il y a dans ton regard, ce soir pourrait être comme hier soir. Je te peindrais aussi.

- Aide- moi à me dévoiler à toi.

- J'ai peur que tu ne sois malheureuse.

- Je le suis déjà.

Il m'embrassa tendrement le front et, sans bien comprendre, nous sortîmes ensemble de la maison.

Partie 5

Il ne me resta guère plus à vous confier. Si, après trois années d'exil, il n'eût envoyé ce tableau, il est possible que je n'eusse plus rien à dire. Peut- être que, si ce tableau n'était point parvenu à Téhéran et que j'ignorasse son existence, la mémoire de ce peintre se fût dissipée, à l'instar de tant d'autres caprices que j'eus connus au fil du temps. Si je sacrifiai une part de ma vie, si j'abandonnai tout, il n'y avait là rien qui méritât d'être relaté. Je fus satisfaite de savoir que, pour une fois dans ma vie, je consentis à un sacrifice et qu'à travers cette privation, je gagnai le bonheur et la santé de quelqu'un de plus utile que moi. Mais ce tableau, avec les yeux qu'il peignit de moi, bouleversa ma vie à jamais.

Après l'incident de cette nuit au bord de l'Ābb- e Karaj et notre conversation dans son atelier, je fus persuadée qu'il n'existait qu'une seule manière d'atteindre les recoins les plus profonds de son cœur. Le regard, la beauté, le maquillage et la séduction n'eurent plus aucun pouvoir sur lui. Tout cela devint semblable à une pierre lancée sur un coussin de coton: non seulement il n'y eut aucune réaction, mais la pierre elle- même se perdit dans le coton. Il me sembla qu'il ne me restait qu'une option: gagner une place dans son cœur par davantage d'efforts et de sacrifices plus grands.

Toutefois, en même temps, je ressentis que plus son intérêt pour mon existence et mes actions grandit, moins il me laissa goûter aux fruits de son amour. Dès lors, je me rendis chez lui deux ou trois fois par semaine. J'eus toujours une excuse pour aller le voir. Ce fut toujours moi qui pris l'initiative de l'appeler pour fixer un rendez-vous. Jamais il ne m'invita une seule fois. Cependant, lorsque je me rendis chez lui ou que nous échangeâmes au téléphone, il fut manifeste qu'il éprouva de la joie à me voir et me reçut avec enthousiasme.

Parfois, il travaillait, et je m'assis, l'observant en silence. D'autres fois, je me plongeai dans un livre. Nous échangeâmes également de temps à autre, lui me confiant des souvenirs de son passé, et moi, cherchant à comprendre ses pensées à mon égard au fil du temps. Parfois, nous discutâmes des événements communs qui nous touchèrent. Il écouta toujours mes paroles avec une attention particulière, surtout lorsqu'il s'agissait de sujets susceptibles de m'exposer à un danger. Il clarifia chaque aspect avec soin. Je ressentis constamment qu'il fut méticuleux et précis dans ses observations du cours des choses. Je n'eus jamais le sentiment que son intérêt pour moi fut la raison de cette vigilance.

Lorsqu'il évoqua ses souvenirs, un ton doux et mélancolique perça dans sa voix. Il me raconta longuement comment il rencontra Agha Rajab et pourquoi il lui témoigna une confiance plus grande qu'à quiconque. Pour lui, Agha Rajab représenta l'archétype du paysan solide de Hamedan, quelqu'un qu'on ne put pas lui arracher un mot, même avec des pincettes. Mais il ne me laissa jamais l'occasion de lui parler de mon propre passé. Depuis ce jour- là, où je n'osai révéler mes secrets, il n'en parla plus jamais. À l'exception du cas du chef de la police, mais là encore, ce ne fut pas par souci de ma vie personnelle qu'il s'intéressa à mon passé. Dans ce cas, il pensa uniquement à ses propres préoccupations professionnelles et à sa réussite.

Lorsque je parle de «son travail», je n'évoque pas l'égoïsme ni la vanité. Peu à peu, je me rapprochai tellement de lui dans les affaires politiques qu'il me posa parfois des questions en présence d'Agha Rajab, lui permettant de dire des choses qu'il n'aurait jamais permises à quiconque d'entendre.

Après sept ou huit mois de visites régulières chez lui, un jour, tandis que je me trouvais assise près du poêle dans sa chambre, Agha Rajab fit irruption précipitamment et déclara:

- Monsieur, pourriez- vous sortir un instant? J'ai une chose importante à vous dire.

- De quoi s'agit- il? Dis- le ici.

Rajab, les yeux emplis d'effroi, répondit d'une voix tremblante:

- Ils ont arrêté Farhad Mirza la nuit dernière.

- Comment en es- tu certain?

- Lorsque je suis allé remettre votre paquet à son intermédiaire, celui- ci m'a informé qu'il devait avoir été arrêté la nuit dernière, ou qu'au moins il était en grand danger.

Le Maître, imperturbable en apparence, insista:

- Et comment es- tu arrivé à cette conclusion?

- Son intermédiaire ne le savait pas précisément... c'est moi qui l'ai déduit.

À cet instant, bien que le Maître demeurât calme- ou du moins il en avait l'air- je ne pouvais contenir l'effroi qui m'envahissait. Il poursuivit néanmoins, impassible:

- Ont- ils également fouillé sa maison?

- Oui, Monsieur.

- Comment le sais- tu?

- Leur arrangement était tel que, chaque fois que sa maison devenait dangereuse, il devait placer un pot de géranium enveloppé dans du papier rouge à la fenêtre. Et ce matin, il y avait ce pot de géranium.

Le Maître le considéra un instant avant de demander à nouveau:

- Comment as- tu su qu'ils l'ont arrêté précisément la nuit dernière?

Rajab, mal assuré, répondit:

- J'ai interrogé ses voisins.

À ces mots, le Maître se redressa brusquement et lança d'une voix sèche:

- Tu as interrogé ses voisins?

- Oui, Monsieur.

- Qui t'a permis une telle imprudence?

- Eh bien, Monsieur... il y avait tant de choses importantes chez lui. Je voulais agir... faire quelque chose.

La colère du Maître éclata soudainement:

- Rajab, as- tu perdu la raison?

Son corps tout entier trembla, et pour la première fois, je le vis céder à une agitation aussi violente. Jamais je n'aurais cru possible qu'un homme d'un tel sang- froid puisse se laisser emporter de la sorte. Il posa brutalement sa palette sur la chaise, ôta sa blouse blanche, et se laissa tomber sur une autre chaise, accablé.

D'un ton tranchant, il ordonna:

- Pars maintenant. Tu as déjà causé assez de dégâts. Pourquoi restes- tu encore ici?

Il se calma quelque peu, puis ajouta d'une voix plus posée:

- Si des documents, des papiers ou la machine à polycopier ont été saisis, les choses pourraient devenir catastrophiques. Il faut absolument comprendre comment ils ont pu l'attraper. Avec une telle imprudence, ils pourraient mettre les pieds dans le plat et causer des ennuis à tout le monde.

Quant à moi, bien que terrifiée, ce n'était pas pour ma propre sécurité que je tremblais. Si j'avais eu la certitude que mon arrestation pût le pousser à m'aimer, je l'aurais acceptée avec joie.

Il arpenta la pièce à pas lents, l'air pensif, puis appela Rajab d'un ton ferme. Lorsqu'il se présenta, il lui demanda:

- Comment as- tu su que sa maison avait été fouillée?

Rajab, d'une voix calme mais empreinte d'une certaine gravité, répondit:

- Lorsque Farhad Mirza est rentré chez lui en voiture, je me trouvais à l'angle de la rue.

Le Maître, scrutant Rajab avec intensité, reprit:

- Quand cela s'est- il produit?

Rajab répondit aussitôt:

- Il y a environ une heure.

Le Maître consulta sa montre d'un geste précis, puis demanda:

- Quelle heure est- il à présent?

Il était une heure de l'après- midi.

Sans cesser de marcher, il posa une autre question:

- Farhad Mirza t'a- t- il aperçu?

- Oui, Monsieur.

- T'a- t- il adressé un signe quelconque?

- Non, Monsieur. Cependant, en regagnant sa maison, il m'a lancé un regard depuis la voiture, un regard qui semblait exprimer une certaine satisfaction, comme s'il était soulagé que vous soyez informé de son arrestation.

 Le Maître, fronçant les sourcils, poursuivit:

- As- tu pu savoir ce qu'ils ont emporté de chez lui?

Rajab secoua légèrement la tête et expliqua:

- J'étais posté à l'angle de la rue Rey, tandis que sa maison se situe au milieu de la ruelle. Je n'ai pas pu distinguer ce qu'ils avaient chargé dans la voiture.

Le Maître s'arrêta net, le regard durci par une colère contenue. Il déclara d'un ton glacial:

- Tu as agi avec une imprudence inexcusable, Rajab. Tu m'as profondément contrarié. Avions- nous convenu que chacun prenne de telles initiatives en agissant de son côté? Ce qui est fait est fait. Si tu te fais prendre, ce ne sera que par ta faute. À présent, il faut agir avec discernement. Si les documents et les affaires ont été saisis, c'est une chose. Sinon, nous devons impérativement savoir où ils se trouvent. Ces objets devaient être déplacés d'ici deux ou trois jours, mais j'ignore où ils les ont emmenés. Deux points doivent être clarifiés. Tout d'abord, pour quelle raison exacte Farhad Mirza a- t- il été arrêté? Ensuite, nos documents et affaires sont- ils tombés entre leurs mains?

Après un silence tendu, il fixa Rajab et conclut d'un ton ferme:

- Ne pars nulle part. Reste ici. Nous devons réfléchir et établir un plan.

Lorsqu'Agha Rajab quitta la pièce, je me tournai vers lui et demandai:

- Comment comptez- vous découvrir les circonstances de l'arrestation de Farhad Mirza?

Il répondit:

- Il faudra le lui demander.

- Comment allez- vous lui poser la question?

- Nous devrons envoyer quelqu'un à la prison, sous l'identité d'un membre de sa famille.

À cet instant, une idée surgit dans mon esprit et je dis:

- Makan, je vais me rendre à la prison.

- Toi?

- Oui, moi.

- Non, non, ce n'est pas une mission pour toi.

- Pourquoi? Serait- ce parce que je suis incapable? Vous refusez toujours de me confier des tâches importantes. Mon sang est- il moins rouge que celui des autres?

- Ce n'est pas une question de compétence. C'est une mission périlleuse, et il est hors de question de te mettre en danger. Nous avons besoin de toi pour d'autres tâches.

C'était toujours le même argument, la même excuse qu'il avançait pour m'écarter des risques. Était- ce par attachement qu'il hésitait à m'exposer au danger? Ou bien estimait- il réellement que ma présence était essentielle ailleurs?

Après un bref silence, il ajouta:

- De plus, Farhad Mirza parle turc, et tu ne pourrais passer pour sa sœur. Farhad Mirza est un pseudonyme.

Je dis:

- Alors, je pourrais me faire passer pour sa fiancée ou même pour sa femme.

- Et si tu te faisais arrêter?

- Alors, j'accepterais mon sort avec joie, car une fois sortie de prison, je pourrais encore...

Il m'interrompit brusquement:

- Si tu te fais arrêter, ils m'exécuteront sans tarder. Tu ne me reverras jamais.

- Non, je ne les laisserai jamais te prendre la vie.

Il passa ses doigts longs et robustes dans ses cheveux, les peignant à plusieurs reprises d'un geste nerveux. Il tourna la tête à maintes reprises avant de déclarer:

- Tu ne pourras rien faire. Comment comptes- tu t'y prendre pour aller le voir?

- De la manière que tu m'indiqueras. De plus, je connais personnellement le chef de la police, et je suis certaine que si je lui demande quelque chose, il ne le refusera pas. Je l'ai connu à Paris. En outre, il est un parent éloigné de mon père. N'oublie pas qu'il avait envoyé mon père de Qazvin à Karbala.

Pour la première fois, il laissa transparaître une jalousie et évoqua mon passé d'un ton acerbe. Il me demanda:

- Lui aussi, est- il tombé sous le charme de tes yeux?

- Je ne connais personne qui soit tombé sous le charme de mes yeux.

- Moi, je connais quelqu'un.

Je répliquai aussitôt:

- Alors, dis- moi qui c'est.

Il plongea son regard dans le mien, mais ne prononça pas un mot.

Je connaissais bien cette expression, ce silence chargé de pensées, ce visage impassible, ces gestes mesurés et ces sourcils légèrement froncés. Après un moment, il ajouta d'un ton où perçait le reproche:

- Pourquoi tiens- tu tant à me faire parler? Laissons cela. Concentrons- nous sur ce qui doit être fait.

Il se mit à arpenter la pièce, le pas lent, les mains croisées derrière le dos. Parfois, il s'arrêtait pour me fixer avec un étonnement presque incrédule, secouant doucement la tête avant de se diriger vers l'un de ses tableaux. Il essuya délicatement la poussière d'un doigt et contempla les arbres enneigés qui y étaient peints. Tout à coup, il s'exclama:

- Farangis, pars. Quitte cet endroit. Fais ce que tu veux. Je veux simplement savoir deux choses: s'ils ont pris les papiers et les équipements, et comment ils l'ont arrêté.

- Quel genre d'homme est Farhad Mirza? Parle- moi un peu de lui, afin que je sache comment m'y prendre pour l'aborder.

Puis, il me présenta Farhad Mirza. Ce dernier était un jeune homme d'environ vingt- cinq ou vingt- six ans, tout juste diplômé de la faculté de médecine. Originaire de Zanjân [1], il était issu d'une famille de propriétaires terriens. Son père, ancien fusilier au service du khan de Zanjân, avait connu une existence tumultueuse marquée par un épisode de rébellion. Après le coup d'État, il avait obtenu des garanties, prêté serment sur le Coran, mais avait néanmoins été arrêté. Emprisonné à Qasr, il avait fini par y succomber, victime du manque d'opium.

Farhad Mirza, de stature moyenne, portait sur son visage les marques laissées par la variole. Sa manière de parler était rapide, presque fébrile, et révélait une nervosité sous- jacente. Cependant, il savait se montrer charmant et doté d'un humour mordant, bien qu'il fût parfois marqué par des accès d'égoïsme singuliers. Sa personnalité oscillait entre une stabilité résolue et une propension à l'excès. Il n'était nullement craintif, mais aimait s'envelopper dans une apparence de bravoure. Sa légèreté face aux choses se mêlait à une audace parfois inconsidérée, et même au sein de la faculté, il ne pouvait s'empêcher de parler avec une témérité qui trahissait son tempérament fougueux. Dans l'atmosphère pesante de peur et de méfiance qui régnait alors, ses camarades hésitaient souvent à

---

1. Zanjân est une ville du nord- ouest de l'Iran, connue pour son artisanat traditionnel, notamment les couteaux et les tissus.

prêter l'oreille à ses paroles. Sa colère, lorsqu'elle éclatait, le faisait perdre toute maîtrise de lui- même. Farhad était de ces jeunes idéalistes qui croyaient qu'éclairer les autres ne pouvait se faire que par des éclats d'indignation. Il se querellait avec quiconque osait contredire ses idées ou refusait de se plier à ses exigences, et cette imprudence fut probablement l'une des causes de son arrestation.

Sa demeure se situait dans une ruelle adjacente à la rue de Rey, face au bazar de Nayeb- ol- Saltaneh. Son véritable nom était Mohsen Kamal, et son père... Il réfléchit un moment sans pouvoir se rappeler le nom du père. Il me dit:

- À Zanjân, on l'appelait Hajji Kamal. Si l'on te demande le nom de son père, dis simplement que tu l'ignores, car il est décédé. Quant au nom de sa mère, je ne le connais pas davantage.

- N'avez- vous pas une photographie de lui pour que je puisse l'identifier?

- Je n'ai pas de photo, mais je vais esquisser quelques croquis.

Aussitôt, il s'installa à son bureau, saisit un crayon noir épais et se mit à dessiner sur un carton rigide. Tandis qu'il traçait les contours du visage de Farhad Mirza, il se mit à décrire à haute voix ses traits, comme s'il s'adressait à lui- même:

- Il a un front large, ses cheveux sont peignés sur le côté, et il porte une moustache. Son visage n'exprime aucune douceur. Il arbore un nez proéminent, des lèvres épaisses, et sa peau est sombre. Lorsque la colère s'empare de lui, son visage se colore d'un rouge vif.

À l'heure du déjeuner, il me parla encore de Farhad Mirza:

- Farangis, c'est une tâche ardue. Dès le premier instant, tu devras te présenter de manière à ce qu'il te considère réellement comme sa fiancée. C'est un garçon intelligent, il comprendra rapidement tes intentions. Emporte de l'argent avec toi. N'oublie pas que si tu éveilles des soupçons, tu pourras les dissiper facilement avec de l'argent. Fais attention à ne pas agir imprudemment. Même parmi ces policiers misérables, certains, par excès de peur, pourraient refuser un pot- de- vin pour te permettre de voir un prisonnier politique.

Soudain, il interrompit ses paroles avec anxiété. Il resta silencieux un instant, puis demanda:

- Alors, que vas- tu faire maintenant? Vas- tu aller directement voir le chef de la police?

- Non, je vais d'abord essayer de régler cela avec les petits subalternes. Si cela ne fonctionne pas, j'irai voir le chef de la police.

Je me levai. Il était deux heures passées. Au moment de partir, il demanda:

- Tu veux y aller tout de suite?

- Plus tôt ce sera fait, mieux ce sera.

- Le temps que tu t'habilles, son portrait sera prêt.

L'hiver était glacial. Je portais un beau manteau de fourrure acheté à l'étranger, et un foulard rouge couvrait ma tête. Une fois vêtue de mon manteau, je retournai le voir. Il dit:

- Viens, regarde et mémorise bien son visage.

Ce visage me semblait familier. Je me rappelai avoir déjà vu ce jeune homme moustachu quelque part. Je dis:

- Makan, j'ai déjà vu ce jeune homme quelque part.

- Où l'as- tu vu?

Je réfléchis un instant et répondis:

- C'est le même jeune homme qui te suivait ce soir- là devant le cinéma.

- Quel soir?

- Ce soir- là...

À son regard, je compris qu'il avait saisi ce que je voulais dire, mais je désirais lui rappeler. Je dis:

- Le soir où nous sommes allés ensemble au bord de la Abb- e Karaj.

Il posa sa main sur ma bouche pour m'empêcher de parler davantage. Je serrai les lèvres et embrassai sa main. Comme s'il avait été piqué par un scorpion, il retira brusquement sa main avec une expression de dégoût. Il alla se tenir près de la fenêtre et contempla les arbres recouverts d'un manteau argenté par la neige.

J'ouvris la porte de la pièce et sortis. Il me rejoignit sur le perron. Il me saisit par le bras pour m'empêcher de glisser sur les marches glacées. En ouvrant la porte de la cour, il dit:

- Tu avais raison.

Je pensai qu'il allait me dire quelques mots aimables pour m'accompagner. Mais non. Son esprit était entièrement absorbé par son travail, et il considérait mon courage et mon sacrifice comme une chose tout à fait ordinaire. Il ajouta:

- Tu avais raison, Mohsen Kamal te connaît. C'est bien celui qui était avec nous au cinéma. Tu as une bonne mémoire. Que Dieu t'accompagne.

Je me rendis directement chez moi. Je mis des vêtements appropriés pour une jeune femme censée être la fiancée d'un jeune médecin de province, puis je me dirigeai sans tarder vers la prison provisoire, qui venait d'être achevée.

Ah, Monsieur l'Instituteur, que Dieu préserve à jamais les âmes innocentes de tomber sous la férule implacable des gardiens de prison. J'aurais souhaité vous narrer en détail l'humiliation dont je fus la victime ce jour- là, mais le temps presse, et je crains de lasser votre bienveillance. Sachez toutefois que l'opprobre et les affronts subis pour la première fois de ma vie ce jour- là, je les imputai à lui. Non qu'il m'eût jamais demandé de m'abaisser à pareille indignité, mais quelle autre voie pouvais- je emprunter, si ce n'était celle du désespoir et de l'illusion de le retrouver? Ce jour- là, mes yeux s'ouvrirent pour la première fois sur la misère et l'humiliation que le peuple de cette terre endure sous la main impitoyable de ceux qui détiennent le pouvoir.

Devant la prison provisoire, une foule dense se pressait. Des hommes vociféraient d'une voix rauque et brutale, des femmes hurlaient, des enfants sanglotaient, et les gardiens, impitoyables, lançaient des insultes tout en refoulant la masse contre la porte de fer. Derrière moi, un vieillard tendait un billet d'un toman. Le portier l'arracha de ses mains, saisit l'homme par- dessus la foule et le fit entrer dans l'enceinte de la prison d'un geste brusque. Les gens se bousculaient, se heurtaient, chacun tentant de s'imposer.

Un seul coup d'œil me convainquit que je ne pouvais m'intégrer à cette cohue.

Je me tournai vers une vieille femme tenant un paquet dans ses mains et lui demandai:

- Que se passe- t- il ici?

- C'est jour de visite pour les prisonniers.

- Je suis venue voir mon fiancé.

- Le vôtre doit être un prisonnier politique ou un escroc. Aujourd'hui, c'est le jour des pauvres et des malheureux. Les politiques et les notables ne reçoivent pas de visites aujourd'hui.

Touchée par mon désarroi, la vieille femme reprit:

- Je viens voir mon fils. Il est chauffeur et a renversé quelqu'un. Il a été condamné à cinq ans. Venez avec moi. Une fois à l'intérieur, débrouillez- vous comme vous pourrez.

Près de la porte de fer, hommes et femmes se disputaient avec un gardien qui les invectivait et agitait une matraque, faisant reculer la foule dans un tumulte de cris. J'interpellai un sergent- chef qui me regardait avec une insistance déplaisante:

- Pourquoi ne nous laissez- vous pas entrer?

- Madame, la prison est pleine. Il faut qu'un groupe sorte pour que d'autres puissent entrer.

- Laissez- moi passer.

Glissant un billet de cinq tomans dans sa main, je répétai:

- Je dois voir Mohsen Kamal.

- Quel est son métier?

- Médecin.

- Qu'a- t- il fait?

- Je l'ignore.

- Quand a- t- il été arrêté?

- La nuit dernière.

- S'il est politique, ce n'est pas possible.

- Laissez- moi entrer, je me débrouillerai à l'intérieur.

Il finit par céder et, s'adressant au portier, ordonna:

- Laisse- la entrer, elle te donnera un pourboire à son retour.

Je m'avançai vers la fenêtre, et la foule, m'observant, m'offrit des regards empreints de rancœur et de jalousie. Un homme en civil m'interrogea sur mes intentions, mais le sergent- chef, prenant la parole, répondit à ma place:

- Elle vient rendre visite à un prisonnier, Hassan Agha. Ne vous en occupez pas, laissez- la passer.

- Monsieur le sergent- chef, je ne connais pas le chemin. Venez me le montrer.

Après un échange rapide de mots avec l'agent à la porte, celui- ci, toujours en civil, déclara:

- Madame, si c'est un prisonnier politique, vous n'obtiendrez pas d'autorisation.

Je me tournai alors vers le sergent- chef et ajoutai:

- Si vous me conduisez à Monsieur Kamal, je vous ferai un meilleur pourboire.

Ce dernier rétorqua:

- Madame, devant l'officier de garde, ne mentionnez pas qu'il est politique. Dites qu'il est accusé de détournement de fonds.

L'homme mal vêtu qui m'avait interrogée à la porte nous suivit. Le sergent- chef lui demanda:

- Hassan Agha, avez- vous amené quelqu'un ici hier soir?

L'agent répondit:

- On en amène toujours. Hier soir encore, on en a amené deux ou trois. Madame, qui voulez- vous voir?

- Mohsen Kamal.

- Il doit être l'un de ceux qui distribuent des tracts. Qui êtes- vous pour lui?

- Je suis sa fiancée.

 Le sergent- chef, se penchant vers mon oreille, murmura:

- Vous devez le convaincre. Ces salauds ne lâchent rien sans contrepartie.

Mais l'homme semblait plus intelligent que le sergent- chef et prenait son travail plus au sérieux.

- Madame, vous devez d'abord vous rendre au bureau politique pour obtenir une autorisation. Sans cela, vous ne pourrez pas voir le prisonnier.

Le chef de la garde tenta de lui parler à voix basse. Mais je n'eus plus la patience. L'officier du bureau politique intervint brusquement:

- Que dis- tu? Toi qui ne comprends rien, le prisonnier n'a même pas encore montré sa maison.

Dès que le chef de la garde saisit que l'affaire était sérieuse, il se laissa convaincre. Ils échangèrent quelques mots à voix basse, et finalement, l'agent du bureau politique persista:

- Madame, permettez- moi de vous conduire au bureau politique. Là- bas, ils vous accorderont l'autorisation.

Je répondis:

- Mais qu'en avez- vous à faire? Ce matin, ils sont venus fouiller sa maison.

- Oui, mais je parle de l'endroit où il cachait une machine à imprimer des tracts et des documents. C'est cela que je veux dire.

- Il n'y a rien de tout cela, vous avez dû vous tromper de personne.

Je savais que ma mission était désormais accomplie. En réalité, voir Farhad Mirza n'était plus nécessaire. Le Maître désirait seulement deux informations: comment et sous quelles accusations il avait été arrêté, et si des documents ou effets avaient été saisis.

Il était manifeste qu'il avait été trahi, car le bureau politique était au courant de la machine à imprimer et des documents chez lui, sans toutefois les avoir retrouvés. Cela signifiait que quelqu'un l'avait dénoncé à la police. Toutefois, les biens avaient été retirés avant la fouille de la maison. C'est pourquoi, après l'échec de cette perquisition ce matin, ils supposaient que sa véritable résidence demeurait inconnue.

L'agent du bureau politique conclut:

- Que Dieu nous pardonne si nous nous trompons, mais vous devez venir avec moi au bureau politique. Puisque vous êtes sa fiancée, vous connaissez forcément sa maison.

- Bien sûr que je connais sa maison.

- Où se trouve- t- elle?

- Rue Rey, près du marché de Nayebolsultan.

L'agent parut surpris. Voyant la faiblesse de celui- ci, le chef de la garde, trouvant enfin le courage de s'exprimer plus franchement, s'adressa à lui avec mépris:

- Tu vois, mon vieux, voilà comment vous accusez les gens sans raison. Quel pain mangez- vous donc?

Il était presque cinq heures et demie de l'après- midi. L'agent du bureau politique s'exprima:

- De toute manière, si vous désirez le rencontrer, vous devez obtenir l'autorisation du bureau politique, et celui- ci est désormais fermé. Sans une autorisation officielle, il est extrêmement difficile de rencontrer des prisonniers politiques, et nul ne pourra vous permettre de voir votre fiancé en prison.

Je lui demandai:

- Le chef de la garde peut- il accorder cette permission?

- Bien sûr.

- Alors, permettez- moi d'appeler le chef de la police depuis la prison.

- Connaissez- vous son Altesse?

- Oui, je le connais bien, il est de ma famille proche.

En évoquant le nom du chef de la police, je cherchai à impressionner l'agent du bureau politique et à le faire partir. Jamais je n'avais envisagé devoir me rendre pour voir Farhad Mirza, une démarche d'ailleurs inutile.

La dernière phrase de l'agent me fit prendre conscience d'une pensée qui est la cause de la situation et de l'impasse dans laquelle je m'étais enfoncée. Cher monsieur, je vous ai raconté cette histoire de prison pour que vous compreniez comment je me suis piégée moi- même et comment j'ai conduit ma vie jusqu'à ce jour.

Il ajouta, sur un ton sarcastique:

- Si vous le connaissez, faites en sorte qu'il vous accorde la permission de libérer votre fiancé.

Mais cette idée, aussi ironique qu'elle fût, m'apparut nouvelle et saisissante.

Je retournai directement chez moi depuis la prison, me changeai, et, pour la première fois, je me rendis voir le Maître sans autorisation préalable. Je lui dis:

- Vous m'avez posé deux questions, j'ai les réponses, lui dis- je.

Je me comportais comme si j'avais remporté une grande victoire.

- L'avez- vous vu? demanda- t- il.

- Non, je ne l'ai pas vu. En réalité, je n'avais aucune intention de le voir.

- Alors, quoi?

- Vous m'avez posé deux questions.

- Pourquoi l'ont- ils arrêté?

- Pour diffusion de déclarations.

- Où est le mobilier?

- Je ne sais pas, mais je sais qu'ils n'ont rien trouvé de tel chez lui.

- Êtes- vous allée directement chez le chef de la police?

- Non, je ne suis pas allée chez le chef de la police. Si vous le permettez, j'irai maintenant.

Je lui racontai alors en détail tout ce que je vous ai relaté et partageai avec lui la conclusion à laquelle j'étais parvenue. Il versa pour moi une tasse de thé chaud, amena sa chaise à quatre pieds près du poêle, et s'assit en face de moi, nos genoux se touchant presque. Il prit ma main dans la sienne et dit:

- Bravo, ma chère, tu es d'un grand courage.

Je me sentis submergée par l'émotion, prête à pleurer. Je murmurai:

- Contrairement à moi, je suis une lâche. Tu me donnes du courage et de l'audace.

Je le regardai avec des yeux implorants, sincères, comme quelqu'un qui cherche désespérément une gorgée d'eau. Il saisit alors ma main, la relevant sous mon menton, et, d'un ton d'une intensité inédite, me dit:

- Ne me regarde pas ainsi! Ces yeux finiront par me pousser à commettre une grande folie.

- Cette folie est un souhait pour moi, répondis- je.

Ma réponse était juste, mais il n'en comprit pas la portée et pensa plutôt que j'avais l'intention de lui nuire. Ma phrase était comme une flèche qui n'atteint pas sa cible mais blessait tout de même. Il se leva brusquement, furieux, et s'écria:

- Tu n'as d'autre dessein que de me torturer.

- Oh, tu es si cruel…, répliquai- je, le cœur brisé.

Il n'y avait plus de raison. Cette pensée le tourmentait, et je n'avais aucun moyen de l'en débarrasser. Je dis:

- Tu te trompes.

Je voulais quitter la pièce, ne pas le voir avant qu'il ne me convoque, lui qui, après avoir replié ses ailes, se laisse emporter. Mais, tel un hérisson qui rassemble une fois ses épines, il s'approcha de moi. Il prit doucement ma main et, d'une voix calme, dit:

- Farangis, reste, nous avons affaire ensemble. Nous devons simplement être amis l'un pour l'autre. La vie a lié nos destins ainsi. Assieds- toi un instant.

Pendant quelques instants, nous restâmes en silence. J'étais debout près de la fenêtre, lui assis sur sa chaise, les yeux fixés sur le sol. Puis il me questionna sur les événements à la prison. Il évoqua les officiers et les gardiens, leur comportement envers la foule. Puis, il se perdit dans ses pensées, réfléchissant à qui aurait pu dénoncer Farhad Mirza. Il murmura:

- Ces derniers jours, ils ont capturé plusieurs personnes: Jalal, Abdul, et Shater, mais seul Shater savait que Farhad Mirza détenait une machine à photocopie et imprimait des documents. Mais Shater ne pouvait pas être le dénonciateur. Farhad Mirza aurait pu transférer les affaires et les documents par son intermédiaire, et il connaît sa nouvelle demeure. Il n'y a qu'une seule possibilité.

Il réfléchit un instant avant de conclure:

- Tu ne connais pas Shater. Cet homme va en faire tout une salade.

C'est un technicien de longue date. Il a travaillé sur les locomotives de Tabriz[1] à Jolfa[2]. Malheureusement, il a une grande bouche. À ses yeux, ces affaires politiques sont futiles, des enfantillages. Il attend simplement qu'un jour on lui remette une locomotive pleine de soldats révolutionnaires et qu'on lui dise: "Vas- y, c'est à toi de jouer!" Je suppose qu'il a dû dire quelque chose à quelqu'un. Peut-être que ceux qui ont été capturés n'ont pas dénoncé Farhad Mirza, et que le traître est toujours parmi nous...

Durant plus d'une heure, il me parla, principalement avec lui-même, des suspects et de ceux qui auraient pu trahir Farhad Mirza.

Il était dix heures lorsque je me levai, la faim me tiraillant. Nous sortîmes ensemble de sa maison. Le froid mordait l'air. Le mont Damavand, coiffé de son manteau de neige, se dressait au loin. Il me prit sous son bras et nous marchâmes en silence. Je fis

mes adieux à la porte de ma maison, il serra fermement ma main. Je sentis que j'avais pris une place plus importante à ses yeux. Pourtant, il n'y avait pas de tendresse dans la pression de sa main. Au moment où je m'apprêtais à partir, il me dit:

- Attends, pour aller voir le chef de la police. Si nécessaire, je te tiendrai au courant.

Lorsque j'ouvris la porte, je découvris l'obscurité des pièces ; seule la lampe du porche était allumée. Ma pauvre mère s'y était résignée. La Fezzeh Sultan me servit le dîner, je mangeai en silence puis allai me coucher, les heures défilant sans que le sommeil ne vienne.

---

1. Tabriz est une grande ville historique du nord- ouest de l'Iran, célèbre pour ses bazars, son artisanat et son rôle culturel majeur.

2. Jolfa est une ville frontalière du nord- ouest de l'Iran, connue pour son patrimoine arménien et sa proximité avec la rivière Araxe.

Je ne retournai pas chez lui durant plusieurs jours. Cet homme me tourmentait sans le vouloir. Je ne pouvais imaginer qu'il me tourmentât volontairement et avec intelligence. Pourtant, son comportement m'embrasait. J'attendais qu'il me demande de venir, mais il ne le fit pas. Je n'eus d'autre choix que de l'appeler encore, de me rendre à nouveau chez lui. Ce ne fut que deux ou trois semaines après cette nuit- là qu'il me téléphona, me demandant de venir immédiatement à cinq heures de l'après- midi. L'hiver était toujours aussi cruel.

Quand je le rejoignis chez lui, il me dit:

- Ils n'ont encore rien compris de Farhad Mirza. Cela fait deux ou trois jours qu'ils le torturent. La nuit dernière, ils lui ont mis des menottes de fer à plusieurs reprises. Maintenant, nous devons envisager de rencontrer le chef de la police. La vérité, c'est que depuis hier soir, je me demande si c'est judicieux pour toi, et pour nous, de le voir. Mais nous n'avons pas d'autre option. Que dis- tu? Veux- tu me parler un peu de cet ancien ami et parent éloigné?

C'était la première fois qu'il m'interrogeait sur mon passé, et je lui racontai tout, honnêtement. Lorsqu'il m'écouta attentivement, il dit:

- Ma chère Farangis, je veux sauver Farhad Mirza, coûte que coûte, nous devons le sortir de prison. Sinon, ils le tueront. Farhad Mirza ne dira rien, ils le tueront.

Je demandai:

- À n'importe quel prix?

Il ne répondit pas immédiatement, il me fixa, comme s'il n'avait pas saisi la profondeur de la question. Je poursuivis:

- Même si cela coûte... Même si cela signifie que je dois vendre toute ma vie pour lui...

Il secoua la tête:

- Non, non, pas à ce prix- là...

Partie 6

Ce fut la dernière fois que je le vis ; je ne le revis jamais après ce jour- là. Le lendemain matin, je contactai le général Aram, le chef de la police, et l'invitai à dîner. Il accepta avec enthousiasme.

Monsieur l'instituteur, ce que je vais maintenant vous confier constitue le plus grand secret de ma vie. Personne n'en sait rien, et personne ne doit jamais en avoir connaissance. Je m'engageai délibérément dans le tourbillon du destin, exposant ma propre ruine de manière claire et consciente, mais sans fléchir sous la peur ni le doute. Vous commencez sans doute à comprendre pourquoi je ne me suis pas présentée à vous. C'est parce que j'ai décidé que ce plus grand secret de ma vie demeurerait à jamais scellé sous le voile du silence. Si je le révèle, il perdra toute sa valeur. Ce qui me réconforte et apaise mes nuits d'angoisse disparaîtrait, et il ne resterait que cette douleur lancinante qui déchirerait mon cœur.

Ah, si seulement j'avais eu le courage de lui avouer ce secret, peut- être aurait- il aussi trouvé la paix. Mais je savais combien il avait souffert et jusqu'où il pouvait endurer les affres de l'existence. S'il avait pris connaissance de mon sacrifice, peut- être n'aurait- il pas peint ce tableau. Mais la souffrance qu'il portait sur ses épaules me torturait davantage.

Pourquoi vous en parle- je maintenant? Je l'ignore même moi- même. Peut- être est- ce pour libérer ce nœud qui m'étouffe le cœur. S'il avait su le sacrifice que j'ai fait pour lui, il n'aurait sans doute pas peint cette toile avec ces yeux arsouilles. Mais au lieu de cela, il pensait que je l'avais abandonné dans l'heure la plus cruelle de sa vie, le laissant aux griffes impitoyables du destin.

Ma rencontre avec le général Aram débuta dès mon arrivée à Paris. Dès que le train s'arrêta à la gare de Châtelet, je vis un homme de stature imposante, élégamment vêtu, à la peau claire, qui se distinguait parmi les Français par ses cheveux noirs et ses sourcils épais. Il s'approcha de moi, prononça mon nom, me serra chaleureusement la main, confia ma valise au porteur et me conduisit à l'hôtel où il avait d'ores et déjà réservé une chambre à mon intention.

Dès les premiers jours, une amitié sincère s'établit entre nous, et je m'en remettais à lui sans réserve pour toutes les démarches nécessaires, tandis qu'il m'accordait une bienveillance profonde, bien au- delà de ce que pourrait demander un vieil homme de famille pour aider sa fille dans une ville étrangère. À cette époque, il était chargé par le ministère de la Guerre de superviser les étudiants militaires. En même temps, sous couvert de ses fonctions administratives et policières, il recevait également une rémunération du gouvernement.

Bien qu'il fût alors lieutenant- colonel, son influence dans les cercles diplomatiques, parmi les Iraniens, au ministère de la Guerre français et au ministère de la Culture était non négligeable, particulièrement lorsqu'il s'agissait des relations avec les étudiants iraniens.

Dans tous les aspects de ma vie, que ce fût pour les formalités administratives, les examens d'entrée à l'ÉBA, la préparation de mes affaires personnelles et de la maison, ou même pour l'achat de vêtements, il n'était pas seul à m'aider ; ceux qui étaient sous sa responsabilité à l'administration apportaient également un soutien considérable.

Peu de temps après, je ne le considérais plus seulement comme un cousin de mon père, bien que je susse qu'il m'affectionnait profondément ; nous étions devenus amis, explorant ensemble pendant des mois les merveilles de cette grande ville, des musées et théâtres aux cafés, cabarets et boîtes de nuit. Je l'accompagnais à des réceptions officielles et prenais fierté de son apparence distinguée, revêtu de ses uniformes impeccables lors des événements formels. Ces occasions étaient des moments plaisants où je me réjouissais de l'accompagner aux soirées publiques et privées des ambassades étrangères. Sa générosité et parfois son extravagance lorsqu'il m'invitait à dîner ne laissaient pas indifférente une femme comme moi, accoutumée à une vie raffinée.

Toutefois, ce qui comptait avant tout, c'était qu'il ne prétendait pas être parfait. Il ne se donnait pas l'apparence de l'honnêteté ou de la rigueur, et n'avait pas besoin de me convaincre qu'il n'avait pas dépensé un seul dinar des revenus de ses biens immobiliers depuis son départ d'Iran, mais qu'au contraire, il avait placé ces fonds dans des banques anglaises et suisses, et ouvert un compte solide à la Banque de France. Il n'était pas question de vol ni de gaspillage des fonds publics. Il croyait fermement que la société dans laquelle il évoluait, une société où il occupait une position supérieure à la majorité, devait soutenir ses besoins et ses ambitions. Il se considérait plus noble, plus authentique, plus sage, plus courageux et plus compétent que les gens de son époque. On ne pouvait le réduire à une existence ordinaire ; il devait avoir les mains libres dans toutes ses entreprises, et si ses intérêts entraient en conflit avec ceux des citoyens ordinaires, il était sûr qu'il les passerait par-dessus bord.

C'était un homme courageux, prudent, pragmatique et résolu. Dès qu'il pressentait un danger de la part de ses rivaux, il n'hésitait pas à mettre la main à la poche pour apaiser les tensions. Il savait aussi remplir les bouches les plus avides de douceurs et d'intrigues, assurant que, s'il restait fort et stable dans les semaines qui suivraient, les dommages seraient récompensés, un travail facile et quotidien. Toutefois, si ses manœuvres ne parvenaient pas à amadouer ses opposants, il n'hésitait pas à recourir aux moyens les plus cruels et impitoyables pour maintenir sa position.

Il crut que chacun, dans ce monde agité, que ce fût en Iran ou en Europe, dût veiller à ses propres affaires et à son avenir. Celui qui plaçait ses intérêts personnels et ses désirs au- dessous de l'intérêt public était un imbécile et méritait d'être puni. Pourtant, il était performant. Lorsqu'il sentit que le roi Reza s'intéressait à quelque chose, il ne compta plus les coûts et les bénéfices. Il passa outre les négligences des subalternes et, tel un puits sans fond, dépensa son propre argent pour satisfaire les souhaits du roi.

Une fois, le roi demanda un bon cheval pour le 3 Esfand[1]. Un haut fonctionnaire, qui voyagea trois mois en Europe, ne put trouver un cheval correspondant aux goûts du roi à un prix qui lui semblât acceptable. Un rapport parvint au colonel, indiquant que le roi était profondément mécontent et critiquait durement l'inaction

---

1. Esfand est le douzième mois du calendrier solaire, correspondant généralement à février et mars du calendrier grégorien.

et l'indifférence du fonctionnaire. En une semaine, il se rendit en Hongrie par avion, acheta un cheval appartenant à Herzog von Meckaesh à un prix bien supérieur à sa valeur réelle et le fit expédier à Téhéran. Les dépenses engagées par le roi pour cela ne furent pas moitié moindres que les dépenses initiales. Il était naturel que ce pauvre fonctionnaire, qui passa trois mois en Europe à errer sans pouvoir acheter un cheval aimé du roi à un prix convenable, fût l'objet de critiques. Son crime fut d'avoir mentionné, dans son rapport au quartier général, les extravagances du colonel Aram.

De cette manière, il gagna la confiance et le respect du roi. Pourtant, il le craignait aussi, car le roi était la seule personne qui pût éventuellement mettre fin à sa vie, et il nourrissait une étrange animosité à son égard. Toutefois, même en l'exprimant, même à moi qui fus la confidente de ses secrets, il fit preuve de prudence. Non pas qu'il hésitât ou qu'il voulût cacher son aversion – il ne prenait point de demi- mesure dans son mépris –, mais il l'exposait sous un patriotisme affirmé. Il disait:

- La violence du roi, dans la crise mondiale actuelle, nuit à la nation. Un patriote est celui qui inflige un dommage à ce régime avant sa chute.

À plusieurs reprises, il me confia:

- Un jour, je lui causerai un tel préjudice qu'il en souffrira lui- même. Au moins, je ferai en sorte qu'il ne puisse plus me nuire.

Je me souviens bien que, lorsque je lui montrai un journal que Khodadad m'avait donné, il le parcourut, le lut, rit avec indifférence et déclara:

- Vous voulez jouer avec cet homme avec ces enfantillages? S'il souffle, il vous balaiera tous. Si quelqu'un doit agir, c'est moi, pas ces gamins.

Malgré sa brutalité et son obstination quant au destin du peuple, dès lors que ses propres intérêts et ambitions entraient en jeu, il demeura charitable. Il se considérait supérieur à tous ses rivaux, tel un cyprès dominant une forêt. Lorsqu'un d'entre eux ourdit une conspiration à son encontre et qu'il sut qu'elle échouerait, il lui pardonna, l'ignora et méprisa même ses tentatives.

Un attaché militaire iranien à Paris rapporta au roi que le colonel Aram entretenait des relations avec des Iraniens agitateurs résidant à Berlin. Ce rapport ne fut point entièrement infondé ; lors de ses voyages à Berlin pour acquérir des munitions, des armes et des usines nécessaires à l'armée, il rencontra quelques Iraniens qui jetèrent les bases d'un mouvement révolutionnaire. Il les estima et, chaque fois qu'il croisa leurs leaders lors de réunions d'étudiants à Paris, il ne manqua point de les saluer avec chaleur. Il disait:

- Je suis indifférent à leurs convictions, mais ils s'expriment avec force et ne se contentent pas de brouter comme des moutons. Ils ont du courage, et cet atout les distingue des autres. C'est dommage qu'on ne leur ait pas donné une chance. Si ces hommes mettaient à profit mon audace, ma fortune et mon lignage, ils triompheraient.

Le roi transmit ce rapport à l'Inspection générale et lui demanda des explications. Mais le colonel était un homme avisé. Il sut que, dès lors que ce rapport passerait du bureau spécial au siège, puis à l'Inspection générale, le roi n'y attacherait que peu d'importance. Il rédigea donc une réponse habile qu'il envoya sans délai, mettant ainsi un terme à l'affaire.

Quelques jours après cet incident, alors que nous montions les marches de l'ambassade d'Iran, nous croisâmes l'attaché militaire, un homme dont le grade surpassait celui d'Aram. Le colonel Aram, fidèle à son habitude, tenait un petit bâton d'instruction qu'il maniait avec désinvolture, même en tenue civile. D'un geste empreint d'une fausse cordialité, il tapota l'épaule de l'attaché militaire et, d'un ton léger, lança:

- Colonel, pourquoi vous attaquez- vous à plus grand que vous?

L'autre, feignant l'humilité, rétorqua:

- Je n'eus jamais l'intention de vous offenser, Colonel.

Aram poursuivit, un sourire ironique aux lèvres:

- Retenez- en la leçon et sachez en tirer repentance.

Puis, sans plus s'attarder, il s'éloigna. L'attaché militaire, bien que titulaire du grade de colonel à part entière, s'inclina légèrement et poursuivit son chemin, tandis qu'Aram, alors simple lieutenant-colonel, ne prit aucune mesure à son encontre. Pourtant, il en eut les moyens, et s'il l'eût voulu, il eût pu aisément le faire tomber et l'anéantir.

Le dénouement ne se fit pas attendre: quelques semaines plus tard, Aram fut convoqué à Téhéran. À son retour, il se vit accorder une promotion, devenant aide de camp spécial de Sa Majesté Impériale pour toute l'Europe, avec le grade de colonel assorti de six mois d'ancienneté. On lui confia également la mission délicate d'acquérir des armes, une tâche qui, à terme, lui permit d'amasser une fortune colossale. Dès lors, il jouit d'un respect universel, et même l'ambassadeur d'Iran, conscient du pouvoir qu'il détenait, comprit qu'il valait mieux composer avec cet homme que de s'opposer à lui.

Le colonel Aram comptait, depuis longtemps déjà, parmi mes prétendants les plus assidus. Pourtant, jamais il ne se présenta sous les traits d'un amoureux éperdu. Il eut sa propre conception du mariage et de l'amour. Il déclara avec assurance:

- Un homme doit épouser une femme avec laquelle il puisse véritablement vivre. Elle doit savoir tout gérer au foyer, le respecter et l'accompagner dignement au théâtre, aux concerts et en voyage. Une telle épouse doit être capable de se tenir à la hauteur des personnalités importantes, briller lors des réceptions officielles et se montrer son égale en toute circonstance. Une femme intelligente pouvait souvent accomplir, avec aisance, des tâches qui dépasseraient même un homme avisé et expérimenté. Mais une épouse idéale ne saurait suffire à combler toute une existence. Le flirt demeurait une nécessité de la vie. L'amour, tel qu'on le dépeignait dans les livres pour esprits naïfs, n'était qu'une chimère. Un homme ne saurait partager son quotidien avec celle auprès de qui il se divertit. Il lui fallait une présence stable au foyer, une femme qui veillât sur les enfants, reçût les invités et administrât la maison. Cependant, il devait aussi jouir d'une certaine liberté, s'accorder, de temps à autre, le plaisir d'une compagnie raffinée, d'une femme ayant appris l'art de la séduction dans le grand monde.

Il ignorait en grande partie mes escapades insouciantes avec les jeunes gens de mon âge à l'École des Beaux- Arts. Mais il les considérait comme des frivolités passagères, convaincu que toute femme destinée à devenir son épouse devait avoir franchi de telles étapes. C'est pourquoi il persista dans sa cour, persuadé que j'incarnais l'élégance et la distinction, qu'une femme telle que moi saurait se débrouiller seule et tirer le meilleur parti des privilèges qu'il mettrait à ma disposition. Il voyait en moi une alliée précieuse, dont la présence et le soutien renforceraient ses ambitions. Il nourrissait l'illusion que, sous son égide, je deviendrais une femme accomplie et résolue, une épouse dont la détermination, adossée à ses propres aspirations, rendrait notre union inébranlable. Il me dit avec une franchise déconcertante:

- Vivez avec moi. Dans ce monde en perpétuel tumulte, je vous ouvrirai les portes du paradis. Tout ce que vous désirâtes: voyages, luxe, respect, argent, bijoux, demeures somptueuses, jardins, bien au- delà de vos espérances et des promesses les plus sincères d'un amant dévoué, je vous les offrirai. Ne redoutez pas mes caprices ; ils sont éphémères, fugaces. Vous resterez... et moi, inéluctablement.

Lorsque l'affaire de l'arrestation des agents des postes et télégraphes, ayant diffusé des lettres, éclata, le chef de la police fut remplacé, et le roi, par télégramme, rappela celui- ci de Paris afin de lui confier la direction générale de la police. Quelques jours après son arrivée à Téhéran, je me rendis chez lui. Il était essentiel que je lui rende visite. Il était informé de l'exil de mon père. Toutefois, je n'évoquai aucunement ce sujet, de crainte qu'il ne crût que je venais solliciter la libération de mon père. Je le connaissais bien et savais qu'il n'agirait jamais sans escompter une récompense, et je ne souhaitais en aucun cas m'endetter envers lui.

Lorsqu'il vint à son tour me rendre visite, il aborda de lui- même l'exil de mon père et dit:

- Cela fut une des inepties de l'ancien chef. Il avait fait croire à Sa Majesté Impériale que, si votre père demeurait à Téhéran, la ville sombrerait dans le chaos. Alors que... que puis- je en dire...

Je répondis:

- Mon père n'est point intéressé par un retour à Téhéran. Si l'exil est inévitable, envoyez- le à Karbala. Pour vous, cela n'aura aucune conséquence. Cependant, je ne vous en fais pas la demande.

- Donnez vos ordres. Je suis toujours prêt à obéir. C'est moi qui insiste encore sur ma requête.

- Quelle requête?

- Celle que Votre Altesse connaît bien.

- Mon général, vous plaisantez? Vous êtes désormais le chef de tous et toutes les filles de la ville rêvent de devenir votre épouse.

- Oui, mais ce n'est pas réciproque. Toutes me désirent, mais celle que je désire ne veut pas de moi.

- Mon général, vous vous moquez de moi.

- Pensez ce que vous voulez.

Quelques jours plus tard, il envoya le passeport de mon père et arrangea tous les préparatifs nécessaires pour son voyage, y compris la devise et les moyens de transport. Il ne me demanda que d'écrire à mon père pour l'avertir de ne pas revenir à Téhéran et de se rendre directement aux lieux saints.

Il fut convenu qu'après un ou deux mois, ma mère le rejoindrait. Je suis convaincue que, lorsque je l'appelai pour l'inviter à dîner, il était persuadé que j'allais enfin accepter sa demande de longue date. Il n'imaginait nullement que je viendrais lui demander la libération d'un prisonnier politique.

Je pris grand soin de préparer cette rencontre. Je souhaitais lui offrir une réception digne de lui. Mon intention était de le remercier, de la manière la plus appropriée, pour les nombreux services qu'il m'avait rendus. Je fis appel au chef de l'hôtel Palace et ordonnai un dîner somptueux. Je ne cherchai nullement à économiser sur les frais. J'avais fait venir du champagne, du whisky, du gin et des liqueurs. Bien que cela ne fût guère comparable aux réceptions qu'il m'avait offertes dans les hôtels les plus prestigieux à Paris, je mis tout en œuvre avec les moyens dont je disposais.

À table, ma mère était également présente, et nos conversations ne dépassèrent pas ce qui est d'usage dans de telles occasions. Nous évoquâmes parfois des souvenirs de la France et parlâmes de connaissances communes. Il fit l'éloge de ma mère à mon sujet ; son comportement envers elle se caractérisait par une courtoisie et une modestie exemplaires. Ils discutèrent du voyage de ma mère, et elle expliqua que mon père n'avait pas encore trouvé de logement convenable et qu'elle partirait dès qu'elle recevrait une lettre de lui.

Il demanda:

- Avez- vous obtenu votre passeport?

 Ma mère répondit:

- Pas encore.

Il répliqua:

- S'il vous plaît, dès que vous aurez pris votre décision, informez-moi simplement par téléphone et je m'occuperai de tout.

Puis, se tournant vers moi, il ajouta:

- Ensuite, il ne restera plus que moi et Mademoiselle. Avez- vous déjà parlé de ma demande à votre mère?

- Oui, ma mère est au courant.

Ma mère souhaita ardemment que ce sujet fût abordé. Elle dit:

- Nous n'avons aucune objection. Son père le souhaite vivement. J'espère qu'elle sera d'accord. Qui mieux que vous, Monsieur le Général?

Je me tournai vers lui en souriant et dis:

- Général, ce soir vous n'êtes pas venu pour me demander en mariage.

Il rit et répondit:

- Non, mais je l'imaginais.

Le dîner prit fin. Je me levai et dis:

- Laissons ce sujet pour plus tard. Venez prendre le café au salon. J'aimerais discuter d'autre chose avec vous.

Son visage s'assombrit comme s'il ne s'attendait pas à ce que je lui demande quelque chose. Il se leva également, s'approcha de moi, prit mon bras et dit:

- Allons- y. Madame ne vient pas?

Ma mère répondit:

- Non, je vais me retirer.

Il lui fit ses adieux, prit mon bras et dit:

- Quel que soit votre souhait, je suis prêt à obéir, même sans l'avoir entendu.

Je répondis:

- Général, je suis très heureuse. Je n'attendais rien de moins de votre part.

J'appelai un domestique et dis:

- Apportez le café et les liqueurs au salon.

Dans le salon, sur le mur du côté nord, un grand tableau du Maître était accroché. Il attira son attention et il demanda:

- De qui est- ce?

- C'est une œuvre du Maître Makan.

- Vous le connaissez?

- Non.

Il s'assit dans un fauteuil et croisa les jambes. J'avançai la boîte à cigarettes. Il en prit une. J'en pris une aussi. Il se leva, alluma une allumette et approcha la flamme de mon visage en disant:

- C'est un homme perturbé.

- Qui?

- Ce peintre.

- Comment ça?

- Rien! Il n'y a personne pour lui dire: "Bonhomme, reste tranquille et fais ton travail. Pourquoi te mêles- tu de politique?"

Le domestique posa la cafetière, les tasses à café, la bouteille de liqueur et les verres sur une petite table en laiton ciselé, puis sortit. Avant qu'il ne quittât la pièce, je dis:

- J'aimerais parler un peu seul à seul avec vous.

- Très bien, qu'y a- t- il?

- Je ne parlerai plus de ma demande. Vous avez promis. Lorsque vous seriez parti, je vous dirais de noter.

- Peut- être que je ne partirai pas.

- «Non, vous allez partir.

En riant, il demanda:

- Et si je ne pars pas?

Je répondis en riant également:

- Le pays a le pouvoir de la police. Alors j'appellerai les gardes.

- Bravo... Vous avez de bonnes manières.

- Êtes- vous satisfait de votre travail, Général?

- Vous ne voudriez pas que je sois satisfait?

- N'était- ce pas plus facile à Paris?

 - Bien sûr que c'était mieux là- bas. Mais j'aime le pouvoir et l'autorité.

 - Que vouliez- vous être d'autre? Le chef de la police, après le roi, est tout ce que vous voulez.

- La situation du pays ne restera pas comme ça. Je veux être tout.

 - Comment ça?

- Le monde se dirige vers la guerre. Si vous voyiez! Comment l'Allemagne se réarme?

- Et nous dans tout ça?

- Dès que le tambour battra, ce monsieur a deux jambes, en

empruntera deux autres, et il fera une fugue.

- Alors pourquoi le servez- vous autant?

- Comment savez- vous que je le sers?

- Je répondis: « Je vois que vous tourmentez les gens. Qui ne sait pas que vous prenez les gens pour rien?

- Par exemple, qui ai- je attrapé?

- Au cours des derniers jours, je sais que vous avez au moins arrêté cinq personnes.

- Dans un pays de dix millions, laissez- les en attraper dix ou quinze. Comment cela pourrait- il aller?

Son visage se froissa et il dit:

- Comment savez- vous cela?

- La mère de l'un d'eux, arrêté il y a deux ou trois jours, est venue me supplier et j'ai demandé sa libération.

- Quel est son nom?

- Mohsen Kamal.

Il fronça les sourcils, posa ses mains sur ses joues et les fit glisser plusieurs fois jusqu'à son menton. D'une voix mesurée, il déclara:

- Mademoiselle, ne me dites pas que vous vous livrez ici aux mêmes activités qu'à Paris?

- Quelles activités menais- je donc à Paris?

- Je l'ignore. Distribuer des journaux, des enfantillages...

- Ainsi, vous envisagez également de m'arrêter?

Il sourit légèrement et dit:

- Non, je ne vous arrêterai pas. Je vous enfermerai dans une caisse scellée et vous enverrai par avion en Europe.

- N'aurait- il pas été plus judicieux de m'expédier auprès de mon père?

- Non, là- bas, vous m'échapperiez.

- Songez- vous encore à partir pour l'Europe?

 Il soupira et déclara:

- Trêve de plaisanterie. Pour être franc, ma présence en Iran n'est que provisoire. La vie sous cette mentalité cosaque est aux antipodes de mon tempérament raffiné. À quoi bon m'attarder dans cette ville gangrenée? Je suis fait pour le plaisir et l'élégance. Quitter les réceptions fastueuses, les salons mondains, les femmes élégantes, cette atmosphère feutrée, pour n'entendre que des invectives grossières... Ce n'est pas une existence.

- «Même Sa Majesté vous adresse- t- elle des insultes?

- Lorsqu'il insulte le Premier ministre, mon tour finira par venir.

 - Si tel est votre ressenti, que devraient donc dire ceux qui servent sous vos ordres?

 Avec irritation, il s'exclama:

- Mademoiselle, les gens? Quels gens? Ils ne comprennent rien de mieux. C'est comme extraire une grenouille de son marécage pour la poser sur un coussin de velours. Elle n'y trouvera aucun bonheur. Elle est heureuse dans la boue... Moi, je ne saurais me complaire dans cette fange. Je ne suis à l'abri d'aucun péril en ces lieux ; chaque jour, je risque l'arrestation. Croyez- vous que l'exil de votre père à Karbala fut aisé? Ne voyez là aucun mérite de ma part, mais la police grouille d'espions sans scrupules qui abreuvent la cour de rapports fallacieux. Il est étrange que personne ne s'alarme de cette tare majeure. Depuis quinze ans, les fondements de ce pays reposent sur le mensonge. Tous constatent l'inefficacité de ce système, et pourtant, ils persistent. Comment peut- on œuvrer ainsi?

- Mais vous- même, vous fondez vos décisions sur ces rapports mensongers.

- Vous n'avez pas tout à fait tort.

- Pas tout à fait? Pourquoi ne pas l'admettre pleinement? Vous avez fait arrêter Mohsen Kamal sur la foi de ces mêmes rapports.

- Non, ma chère. Ne maniez pas l'ironie en plein tumulte, ce n'est pas le cas. Ce garçon distribuait des tracts.

- Mais on ne passe pas les menottes à un homme pour quelques tracts.

Il me fixa un instant et demanda:

- Comment le savez- vous?

Puis, après un silence, il alluma une cigarette et demanda:

- Où se trouve votre téléphone?

- En haut, dans le vestibule.

- Quelle heure est- il?

- Il est plus de dix heures et demie.

- C'est un peu tard, sans quoi j'aurais ordonné sur- le- champ la libération de Mohsen Kamal. Demain, je m'en chargerai. Mais sachez que cela me portera préjudice.

- Je suis certaine que vous accomplissez une bonne action et que Dieu vous en saura gré.

Il eut un rire bref et répondit:

- Ces paroles, vous les tenez de votre mère? Comme si vous aviez passé votre existence entière sur un tapis de prière... Voilà bientôt deux mois que j'évolue dans cette police, et je doute d'y demeurer plus d'une année. D'ici là, je dois assurer mes arrières.

- Quels desseins poursuivez- vous donc?

- Eh bien, des dispositions pour garantir mon avenir, afin que nul ne puisse me nuire.

- À quoi bon?

- Il faut songer à l'avenir. Comme je l'ai dit, ce système chancelle et s'effondrera. En temps de guerre, il sera impossible de maintenir la population sous le joug de la force. Que l'on s'y résolve ou non, des libertés leur seront octroyées. Et si je parviens à ébranler ce système et à m'échapper, j'aurai constitué un capital pour assurer mon avenir.

- Dans ce cas, vous avez certainement déjà garanti l'appui des Anglais.

Il haussa les épaules et répondit:

- Pour l'instant, je n'ai aucun lien avec eux. Mais si le besoin s'en fait sentir, ils viendront me chercher. Qui mieux que moi? Je serai le porte- étendard de la liberté.

Je ris et dis:

- Vous avez bien préparé votre coup.

- Tout le monde fait de même. Chacun pour soi. Trêve de badinage, je veux vous parler sérieusement. J'espère que, d'ici là, vous aurez pris votre décision. Tant que je serai en Europe, je vous offrirai une existence digne d'une reine. Et lorsque tout ceci prendra fin et que je reviendrai en Iran, si je réussis, vous serez tout. Pouvoir et richesse, qui s'accroissent de jour en jour, seront vôtres. Vous fréquenterez les cercles les plus illustres, vous assisterez aux réceptions de l'élite européenne, où rois et présidents vous accueilleront avec déférence. Et si l'entreprise échoue, je me serai néanmoins constitué un patrimoine suffisant pour que vous meniez en Europe une existence de faste et d'opulence jusqu'à la fin de vos jours. Ce n'est pas une chimère que je vous peins, mais la promesse d'une vie que je peux vous offrir. Il se fait tard... Saluez votre mère. J'espère vous revoir bientôt. Donnez- moi une réponse sans tarder!

Il voulut serrer ma main pour me dire adieu. Je retins sa main et dis:

- Libérez Kamal demain, sa mère en sera fort heureuse.

- Sa mère n'est pas ici. Pourquoi proférez- vous de telles futilités? Vous serez heureuse, et cela me suffit. Ma chère, j'ai une seule requête à vous formuler. Si vous en savez davantage sur ces jeunes gens, confiez- le- moi. Je ne leur ferai point de mal, mais je mettrai un terme à leurs actions. Cela sera meilleur pour vous et pour moi. Tôt ou tard, je m'en débarrasserai tous. J'éliminerai leurs agissements, car c'est là un levier de mon succès. Quand je ferai comprendre à Sa Majesté que j'ai éradiqué ces enfantillages en quelques mois, sa confiance en moi grandira et je pourrai, alors, frapper plus facilement. Laissez- moi vous confier, si j'avais su dès le début que vous désiriez la liberté de l'un de ces jeunes perturbateurs, je n'aurais pas accepté aussi aisément. Je n'ai nullement l'intention de vous vanter, cela ne fait pas partie de ma nature. Mais je vous prie sincèrement et sérieusement de ne plus formuler de telles demandes, sauf si vous me livrez tous leurs secrets et si je peux mettre fin à leurs actions. En tout cas, ne me sollicitez point de la sorte, car je serais contraint de vous répondre par un refus, et je ne souhaite pas cela, surtout envers quelqu'un dont je désire satisfaire toutes les volontés. Je suis certain que vous ne cherchez pas à me nuire, mais répondre à ce genre de demandes serait comme me tirer une balle dans le pied. Beaucoup de bénédictions vous accompagnent. Dites au revoir à votre mère. Si vous écrivez à votre père, transmettez- lui mes salutations et dites- lui que je ferai tout ce qu'il me demandera.

- J'appelai le domestique et lui ordonnai de prévenir son chauffeur. Je l'accompagnai jusqu'à la porte et retournai dans le salon. Je m'allongeai dans le fauteuil, bus un autre verre de liqueur et me perdis dans mes pensées.

Monsieur l'Instituteur, vous savez à quoi je pensais. Le reste de l'histoire est facile à deviner. Le diable était- il donc entré en moi? Était- ce l'oisiveté, l'attrait du luxe, des plaisirs, des beautés de Paris, de Rome et de Berlin, des vies variées en Europe, des théâtres, des concerts et mille autres divertissements qui m'avaient enivrée? Non, ce n'était pas cela. Même si ces privilèges se multipliaient cent fois, ils ne valaient rien comparés à un seul instant de vol sur les ailes déployées de l'amour, cet amour pur et sincère que j'avais pour le Maître.

Comment pouvais- je vivre avec cet homme qui voyait tout à travers ses propres yeux, qui considérait le lieu où il se trouvait comme le centre de la terre, du temps et de l'univers tout entier? Comment pouvais- je vivre avec un homme qui ne me désirait pas, mais qui aimait seulement le nom de ma grande famille, qu'il entendait exploiter comme un instrument pour sa propre ascension? Réfléchissez- y! Il voulait m'épouser pour que je lui tienne le bras lors des réceptions européennes, afin qu'il puisse se vanter partout de la beauté de sa femme. Il voulait m'épouser pour satisfaire sa soif d'ambition. Il voulait devenir mon époux pour avoir un toit sûr, pour dormir dans un lit confortable, pour manger des repas raffinés, pour assurer son propre confort. Et en retour, que me donnait- il? De l'argent, une maison, une vie, des voyages en Europe? J'avais déjà tout cela. J'étais belle, et avec ma beauté, je pouvais obtenir bien plus encore. Il ne voulait même pas me donner son cœur sec et glacé. Il souhaitait une femme pour garantir sa vie domestique et veiller sur ses enfants, et d'autres femmes pour assouvir ses désirs corrompus. Voilà ce qu'il m'offrait.

N'oubliez pas que j'étais lasse de cette vie de plaisirs et de débauche en Europe, simplement parce que tout le monde m'y admirait et que je ne trouvais personne digne de mon amour. Pourquoi ressentais- je cette aversion pour l'Europe? Parce que soudain, je me sentis seule, désemparée.

Je pris conscience que je n'étais pas une artiste, que mon seul réconfort, l'art de la peinture, m'avait détournée de son regard souriant et lumineux. Et maintenant, en Iran, j'avais trouvé quelqu'un qui était à la fois un artiste et que j'aimais. Allongée dans ce fauteuil, l'atelier de l'artiste m'apparut clairement. Je compris alors que les plus beaux endroits du monde pour moi étaient ceux-là, son atelier. Là où des âmes comme la mienne s'asseyaient et m'observaient, tournant leurs regards sur moi. Son atelier était un sanctuaire, à l'abri de tous les regards lubriques et malveillants. Ceux qui y résidaient étaient ceux que j'avais imaginés dans mon univers intérieur, des êtres que je n'avais pu créer ni donner vie. Dans son atelier, les mondes que mon cœur aspirait à comprendre prenaient forme.

J'aimais profondément le rire des filles qui mordaient dans des épis de maïs. Le visage du derviche Marhab, avec ses grands yeux et ses sourcils épais, sa chemise blanche et son manteau de soie, le charmeur de serpents qui voulait mordre la tête du reptile, le poète assis sur une peau près du brasero, versant du thé, tout cela m'était familier. Je les avais tous rencontrés un jour dans ma vie.

Soudain, le visage soucieux du Maître se dessina devant moi. Je sentis qu'il m'attendait, qu'il me fallait l'aider. Les paroles du général me revinrent en mémoire. Je compris qu'il était en danger et qu'un incident pouvait éclater à tout instant. Il avait dit: «C'est un homme perturbé.»

Je voulais me rendre chez lui immédiatement. Mais il était tard, et je ne pouvais plus avoir de doutes: sa maison était sous surveillance. Il fallait que je fasse preuve de prudence pour sauver sa vie, non pas pour le combat qu'il menait, mais pour sa survie. Après cette rencontre avec le Général, après que ma requête si essentielle eût été exaucée, il était évident que je devais protéger la vie du Maître contre le péril qui le menaçait.

Il était onze heures du soir, voire au- delà. Je composai le numéro du Maître. Peu importait combien de fois je fis sonner, personne ne répondit. Il se pouvait qu'il ne fût pas chez lui. Parfois, il rentrait tard, parfois il sortait fort tard. Mais pourquoi donc Agha Rajab ne répondait- il pas? Je composai encore deux ou trois fois, mais en vain. Une étrange peur m'envahit. J'étais convaincue qu'un malheur s'était abattu sur cette maison. Soudain, j'entendis la porte se refermer. Mon cœur se serra.

À cette heure tardive, je demandai:

- Qui est là?

Il s'avéra que ce furent les serviteurs de l'hôtel qui partaient. Avaient- ils arrêté le Maître? Cela n'était pas impossible. D'après ce que disait le général, il fallait s'attendre à cela tôt ou tard. Il ne faisait aucun doute que la police avait trouvé une piste. J'essayai de relier les événements entre eux, de les enchaîner. Il y a quelques jours, deux ou trois personnes avaient été arrêtées pour distribution de tracts. Mohsen Kamal avait été capturé. On cherchait l'adresse d'une maison où se trouvaient des duplicateurs et des documents imprimés. Le chef de la police considérait le Maître comme un homme subversif et annonçait qu'il mettrait fin à tout cela, qu'il démantèlerait ce réseau. N'était- ce pas un avertissement? Si seulement je pouvais prévenir le Maître ce soir même.

Peu à peu, la fatigue de la journée, les courses pour les réceptions et l'effet du whisky et de la liqueur commencèrent à m'épuiser. Comme une personne fiévreuse, je ressentais des douleurs dans les jambes et m'endormis, troublée et agacée.

Le lendemain matin, je téléphonai au Maître. Mon inquiétude ne s'avéra pas vaine. Je demandai:

- Pourquoi personne n'a- t- il répondu au téléphone hier soir? »

Il répondit:

- Il n'y avait personne pour répondre.

- Où était Agha Rajab?

- Ils l'ont arrêté hier après- midi.

- Pourquoi donc?

- Ce n'est pas clair.

Je demeurai sans voix. Il avait certainement perçu mon trouble, mais il ne se laissa pas déstabiliser. Pour me rassurer, il ajouta:

- Ce n'est sûrement rien. Ils le relâcheront sûrement.

- Ils vont relâcher Farhad Mirza aujourd'hui. Je viens immédiatement chez vous.

- Je vous en prie, ne venez pas tant que je ne vous l'ai pas ordonné. Raccrochez.

- Mais j'ai besoin de vous parler!

- Je le sais, mais c'est ainsi. Ne venez sous aucun prétexte. Au revoir, Farangis!

Et il raccrocha.

Je restai un long moment, tenant le combiné, ma tête appuyée contre le mur. Il n'était pas destiné que je le revoie.

Partie 7

- Non, ce n'était pas exact. Je le revis une dernière fois. Pourtant, cette fois- ci, je n'osai plus lui adresser la parole. Les événements se précipitèrent avec une telle brutalité que je demeurai impuissante. Chaque tentative que j'esquissai pour établir un contact avec le Maître se heurta à son refus catégorique. Même au téléphone, il ne daignait me répondre que par quelques mots laconiques avant de raccrocher aussitôt. Une telle froideur me parut à la fois injurieuse et insoutenable. Chaque fois qu'il mettait fin à l'appel, c'était comme si une lame invisible s'enfonçait dans mon cœur.

Je l'attendis durant des journées entières, nourrissant l'illusion qu'il me ferait parvenir des nouvelles, qu'il m'enverrait un message, qu'il daignerait enfin m'inviter chez lui. Une fois, à bout de patience, je lui proposai un autre lieu de rencontre, chez un ami, espérant ainsi le voir. Il refusa. Même lorsque j'étais convaincue, par mon expérience, qu'il était occupé ailleurs, je persistai à l'attendre. Je m'imaginais qu'il éprouvait le besoin de me voir, qu'il finirait par m'appeler. Je me persuadai qu'il ferait ce qu'il n'avait jamais osé auparavant et qu'il se présenterait chez moi sans prévenir.

À chacune de mes rentrées, bien que je susse que, si une lettre m'était destinée, Fezeh Sultan l'aurait déposée sur la table de ma chambre, je ne pouvais m'empêcher d'interroger Baba, ma mère ou le premier venu sur d'éventuelles visites ou correspondances. Même les lettres provenant de l'étranger, bien que revêtues de timbres inconnus, je les ouvrais avec l'espoir insensé d'y découvrir son écriture. Et lorsqu'aucun de ces courriers ne portait sa trace, je les abandonnais, sans même les lire, sur un coin de ma table, parfois durant plusieurs jours.

Un jour, au détour d'une rue, je reconnus Farhad Mirza. Le croquis que le Maître avait tracé de lui, ainsi que sa moustache, ne laissaient place à aucun doute. Je l'interpellai et lui demandai des nouvelles du Maître. Il me répondit d'un ton sec, empreint d'indifférence:

- Je ne vous connais pas.

Je répliquai aussitôt:

- Mais moi, je vous connais. Vous êtes Farhad Mirza. Votre autre nom est Mohsen Kamal.

Il soutint mon regard avec un détachement glacial et répondit:

- Vous faites erreur, mademoiselle. Je ne suis pas cet homme.

- Je ne vous demande rien, sinon de me dire si Monsieur Rajab a été libéré.

Il secoua la tête et déclara avec fermeté:

- Mademoiselle, vous vous trompez. Je ne connais ni ce Rajab, ni vous.

Une violente aversion s'empara alors de moi. Je lui lançai un regard empreint de mépris, puis, sans un mot d'excuse ni de salut, je me détournai et m'éloignai. Petit lâche, pensai- je. Je lui ai sauvé la vie, et à présent, il tremble à l'idée de m'adresser la parole.

Un mois s'écoula dans cette attente oppressante. Chaque jour, il me sembla que quelque sombre présage enfonçait ses griffes acérées dans mon cœur, et plus je luttais pour m'arracher à cette angoisse, plus l'étreinte devenait implacable. Deux ou trois fois, je tentai de le joindre. Une fois, une voix inconnue me répondit:

- Le Maître n'est pas là.

Les autres fois, à peine mon interlocuteur entendait- il ma voix qu'il raccrochait aussitôt. Ah! Savez- vous quelle fut ma plus grande misère? Ce ne fut pas tant son silence, mais l'incapacité à en justifier la cruauté. Était- il en colère contre moi? Je repensai à notre ultime conversation. Il m'avait dit:

- Ma chère Farangis, je veux que tu sauves Farhad Mirza, à tout prix. Sinon, ils le tueront. Ce n'est pas un homme à parler. Ils le tortureront jusqu'à la mort.

J'avais demandé:

- À tout prix?

Il s'était tu. J'avais alors précisé:

- Même si cela signifie que je doive vendre toute mon existence à quelqu'un...?

Il avait répondu:

- Pas à ce prix- là.

Ainsi, pour sauver son ami, il était prêt à m'envoyer chez le chef de la police. Mais à présent que sa propre vie ne tenait plus qu'à un fil, il refusait de me voir. À quoi songeait- il? Imaginait- il que je fusse capable de me vendre pour lui? Pensait- il que, par crainte, je me jetterais dans les bras du chef de la police? Ah! Si ce tableau n'avait pas été peint avec ces yeux, peut- être aurais- je pu trouver un peu de repos. Je me serais contentée d'une existence opulente et sans heurts, et jamais je n'aurais enduré cette tourmente. Ainsi vécus- je, des années plus tard: je m'éveillai tard dans la matinée, savourai au lit le thé, le lait, les œufs, le beurre, la confiture et la liqueur, puis consacrai deux ou trois heures à ma toilette et à mon maquillage. Je déjeunai dans les plus illustres hôtels de Paris ou lors de réceptions fastueuses. L'après- midi, je montai à cheval, m'élançai à vive allure en voiture aux côtés de mes semblables ou me livrai aux caprices du luxe et du shopping. Le soir venu, je me parai de nouveau, prête pour le tourbillon des réceptions, l'ivresse des plaisirs, l'attrait du jeu, les éclats du vin, les sourires feints, les smokings impeccables, les robes somptueuses, la frivolité et la décadence. Telle était la raison d'être, la finalité de l'existence.

Je jouai le rôle d'épouse jusqu'au jour où, feuilletant un journal venu d'Iran, je lus la nouvelle de sa mort. Peu de temps après, dans un magazine allemand, parut le dernier tableau du Maître, frappé de ces yeux maudits. Et, depuis cet instant, voilà ce que je devins.

Permettez- moi de vous narrer la fin et d'achever cette histoire. Vous faites preuve d'une patience admirable ; si vous persistez dans ce silence, je pourrais bien noircir des pages entières.

Un mois encore s'écoula, et ne pouvant résister davantage, j'invitai de nouveau le colonel chez moi, cette fois à la nuit tombée. Durant cette période, il ne cessa de me contacter. Lorsque je n'étais point chez moi, il s'enquérait de moi auprès de ma mère, et à plusieurs reprises, il se présenta sans prévenir. Une ou deux fois, il vint en plein après- midi, s'installa, but du thé, alluma une cigarette et demanda sa requête avant de prendre congé.

Ce soir- là, saisissant enfin l'occasion, je demandai:

- Eh bien, êtes- vous toujours aussi affairé à servir?

- Que voulez- vous dire?

- Ne prenez- vous plus personne?

- Non, cette époque est révolue. Nous avons découvert le foyer même de la corruption.

 D'un calme étudié, je l'interrogeai:

- Où donc se trouvait- il?

- C'était l'atelier d'un maître peintre.

- Quel maître peintre?

 Il eut un sourire entendu:

- Ne jouez pas l'innocence. Cet homme possédait ce tableau, vous le connaissez bien. Nous avons aussi reçu des rapports vous concernant. Vous fréquentiez sa demeure.

- Voilà plus d'un mois que je n'y ai mis les pieds. Autrefois, j'y allais pour qu'il réalise mon portrait.

- Et pourquoi, alors, n'avons- nous trouvé nulle trace de votre visage chez lui?

Je répondis avec indifférence:

- Parce que je n'y suis allée que deux ou trois fois. Je n'appréciai guère son travail, et lasse de tant d'attente, j'y renonçai. Rien ne fut jamais achevé. Avez- vous perquisitionné son atelier?

- Nous avons fouillé sa demeure et mis la main sur tout ce que nous cherchions. En somme, nous l'avons enfin pris. C'est un homme étrange et retors. Jusqu'à présent, nous n'avons pu lui arracher un seul mot...

Je ne puis vous décrire l'abîme dans lequel je sombrai. Sachez seulement que, bien que préparée aux pires nouvelles, je perdis tout sang- froid. Mon visage se vida de son sang, et je sentis monter en moi une crise que je parvins à contenir. Le colonel, avec un tact inattendu, feignit de ne pas remarquer mon trouble. Je serrai les dents et demeurai impassible.

J'allumai une cigarette, bus du whisky et du café, tandis que la voix du chef de la police municipale poursuivait son implacable discours:

- Il est entre nos mains. Nous ne voulons rien de plus. Il doit simplement nous révéler qui lui envoie ces lettres de Paris et de Berlin. Une fois cela obtenu, nous n'aurons plus besoin de lui.

- Vous le soumettez à la torture?

- Nous n'avons pas d'autre choix. Il ne lâche rien.

- Et s'il venait à succomber?

Il haussa les épaules:

- En porterions- nous la responsabilité? Qu'importe, après tout. Sa Majesté est dans une fureur telle qu'aucun apaisement n'est envisageable.

Je murmurai:

- Vous allez le tuer?

- Il l'a mérité.

Alors, je lâchai, amère:

- Vous êtes des hommes terribles.

Il ne répondit pas. Ma remarque ne lui plut guère. Je l'avais prononcée avec une ironie calculée, mais il sembla percevoir, au-delà du ton artificiel, la vérité nue qui se dissimulait sous mes paroles.

Je résolus de détourner la conversation vers des sujets plus anodins. Nous évoquâmes alors le mariage du roi de Belgique, le scandale que le général Kermani avait suscité à Monte- Carlo, l'occupation de l'Autriche par les forces hitlériennes, l'incendie de l'entrepôt, ainsi que le vol perpétré à l'ambassade d'Égypte. Il me parla également de ses multiples préoccupations et de l'intérêt qu'il trouvait parfois à me voir et à discuter de sujets qui, en vérité, ne m'enthousiasmaient guère. Je sentis que mes réponses se faisaient de plus en plus froides et empreintes de hauteur ; il s'en aperçut sans doute, car il se leva plus tôt qu'à l'accoutumée et prit congé.

Au moment de me saluer, conformément à l'étiquette, il me serra la main et déclara d'un ton assuré:

- Ne vous tourmentez pas. Tout est en ordre. Transmettez mes salutations à Madame.

Ce soir- là, je pris la décision qui allait sceller mon existence. Monsieur l'instituteur, qu'en pensez- vous? Pourquoi ce silence? Pourquoi ne posez- vous plus de questions? Sachez que votre jugement sur moi n'aura pas plus de poids qu'une épingle effleurant le cours de ma destinée. Exprimez- vous, sinon je sentirai votre regard inquiet brûler mon âme. Jamais je n'ai quémandé la pitié de quiconque. Vous pensez sans doute que j'ai reculé, que j'ai cédé à la peur, que j'ai agi précipitamment sans comprendre, que j'ai tranché trop vite. Ah! Comme il est aisé de juger! Mais si, cette nuit- là, j'avais mis mon âme à nu devant vous, si je vous avais fait le dépositaire de mon tourment, auriez- vous su, avec certitude, quelle voie emprunter? Il est facile de porter un regard implacable sur le passé, mais lorsque la tempête vous emporte, que les vagues déchaînées vous projettent tour à tour contre les écueils et au fond des abysses, que faites- vous? Si alors, dans ce tumulte, vous parvenez à tenir bon, à ne pas céder à l'effroi, peut- être aurez- vous le privilège d'accéder à la sérénité. Quelle illusion! Comme il est doux et confortable de raisonner ainsi.

Mais jugez donc, vous- même. Aurais- je pu, moi, avec mon passé, avec le trouble et l'égarement qui avaient assiégé mon être, avec mon indifférence et mes doutes, faire preuve d'une telle témérité? J'étais la fille de mon père. Une seule fois dans sa vie, accablé par l'adversité, il s'inclina, embrassa humblement la poussière et se retira dans l'ombre. Que pouviez- vous donc attendre de moi? Le Maître, lui aussi, nourrissait ce même mépris à mon égard. Il espérait autre chose de moi. Dans ses yeux, je n'étais qu'une femme avide et futile. Il pensait, tout comme vous, que dès que le péril se dressait devant moi, je fuyais comme une volaille effrayée, cherchant refuge dans la boue pour échapper aux tempêtes et aux vagues tumultueuses. Mais enfin, le Maître lui- même était- il exempt de reproches? N'aurait- il pas pu exercer quelque influence sur moi? Pourquoi ce silence impénétrable? Pourquoi ne tenta- t- il jamais d'atteindre mon cœur? Fallait- il absolument que je sois son épouse ou son amante pour qu'il daigne me retenir? Ne pouvait- il pas m'ancrer dans cette existence engagée qu'il avait choisie? Au lieu de cela, il me repoussa, me chassa loin de lui et du monde des vivants, m'abandonnant aux ténèbres. À quoi bon? Pourquoi devrais- je me justifier? Ce n'est point une défense. Comme je l'ai affirmé d'emblée, je ne cherche qu'à délier le nœud qui m'étrangle.

Le lendemain, à six heures et demie du matin, avant qu'il ne se rende à son bureau, j'appelai le colonel et lui demandai de passer me voir avant de rejoindre le quartier général. Il s'enquit:

- S'agit- il d'une nouvelle urgente?

- Peut- être l'est- elle pour vous.

- J'arrive.

- Venez prendre votre petit- déjeuner ici.

- Je suis en train de déjeuner. J'arrive tout de suite.

Vous devez, au moins, comprendre ceci: prendre une décision d'une telle gravité ne fut point aisé. Quelle femme, en son âme et conscience, accepterait de se vendre de son plein gré? Rien n'est plus ignominieux que d'être contrainte de s'abandonner à un homme qui ne vous chérit point. Vous, les hommes, n'avez jamais connu cette répulsion. Non pas pour une nuit, ni pour une ou deux fois, mais pour des années, une vie entière... Et plus encore, pour une femme telle que moi, qui fut bercée durant des années par la tendresse d'un homme aimé, qui parcourut le monde en quête de cet amour perdu, qui, après avoir traversé les affres de la solitude, crut enfin trouver refuge dans les bras de son unique amour.

Lorsque le général pénétra dans ma chambre privée et aperçut mes yeux baignés de larmes, il s'arrêta un instant, frappé de stupeur. Il demanda:

- Que se passe- t- il?

- Général, si je vous ai fait venir avant que vous ne rejoigniez votre bureau, c'est que j'ai une affaire urgente à vous exposer...

Il tenta d'amorcer l'échange par les salutations d'usage, mais je l'interrompis aussitôt:

- Attendez! Laissez- moi aller au bout de mes paroles, puis vous me répondrez. Ce que je vais vous demander vous paraîtra sans doute difficile à accepter, mais je suis convaincue que ce n'est pas impossible. En retour, je suis prête à satisfaire toute requête que vous pourriez avoir de moi...

Il se leva, alla chercher une chaise qu'il plaça près du divan où j'étais installée, puis s'y assit. Il prit ma main, comme s'il s'apprêtait à parler, mais je ne lui en laissai pas le loisir:

- Général, je n'ai pas encore achevé mon propos.

- Laissez- moi dire un mot, je sais ce que vous souhaitez.

Je l'interrompis de nouveau:

- Non, laissez- moi terminer. Je ne veux entendre aucun refus de votre part. Lorsque je vous affirme être prête à exaucer toute demande de votre côté, cette promesse inclut également celles que vous avez formulées par le passé. J'y consens de mon plein gré: je deviendrai votre épouse. C'est une réponse ferme, sans condition, que vous devez désormais considérer comme acquise.

J'enlaçai sa main dans la mienne. Croyez- le ou non, l'idée d'être l'épouse de cet homme m'inspirait un profond dégoût. Jamais il n'avait osé me demander en mariage autrement que par des insinuations et des sollicitations réitérées. Pourtant, à l'instant même où j'acceptai volontairement cette union, je trouvai quelque réconfort dans la pression de sa main.

Je suis prête à être une épouse attentive et à veiller sur votre bien-être comme vous le souhaitez. Mais en retour, vous devez sauver le Maître Makan. Je sais que sa libération ne dépend pas uniquement de vous. Je sais que vos rivaux exploiteront cette audace à votre encontre. Je sais que Son Altesse ne pardonnera pas un tel affront. Tant d'obstacles se dressent devant vous, et je les connais tous. Inutile de les énumérer. Ne cherchez pas non plus à sonder les raisons profondes qui me poussent à formuler cette requête. Vous êtes conscient que j'ai entretenu des relations politiques avec le Maître. Mais ce n'est pas là l'essentiel.

Le Maître est le plus grand peintre qu'ait connu l'Iran depuis un siècle. Ne croyez pas qu'il sombrera dans l'oubli simplement parce qu'il a suscité la colère du roi. Son œuvre survivra à tous les régimes, et demain, chacune de ses toiles comptera parmi les trésors de notre nation. Si jamais il meurt sous les ordres du dictateur et avec votre concours, cette infamie vous poursuivra à jamais. Tous vos espoirs d'élévation s'effondreront. Plus tard, votre nom ne sera plus associé à votre carrière, mais à l'exécution du Maître Makan.

Cet homme a touché l'âme de la jeunesse et des esprits les plus éclairés de notre époque. Son influence s'étendra bien au- delà de sa disparition. Moi- même, jadis, je fus peintre, ou du moins je nourrissais cette ambition. Je sais ce que représente son art. Vous avez arrêté un opposant au gouvernement. Mais sa mort ne signifiera pas son effacement. Vous en porterez le poids jusqu'à la fin de vos jours. Pourquoi me fixez- vous ainsi, terrifié? Vous n'avez pas peur, et pourtant, vous devriez. Oui, c'est une tâche immense, une épreuve redoutable. Mais n'est- ce pas là l'occasion que vous attendiez? Vous m'avez souvent confié votre désir de frapper l'homme qui entrave votre ascension. Voici l'instant propice.

Le Maître est connu dans le monde entier. Organisez une conférence de presse à Paris, à Londres, ou ailleurs. Réunissez les journalistes du monde entier et révélez la vérité. Dites- leur que vous étiez le chef des gardes, que le dictateur vous a confié des missions inhumaines que votre conscience refuse d'exécuter. Dévoilez les secrets qui ébranleront les fondements du régime.

Vous le savez mieux que quiconque: le système judiciaire iranien ne fut jamais qu'un instrument de coercition, d'intimidation et de corruption. Je ne vous apprends rien. Ne souriez pas, car je parle en votre faveur. Racontez- leur comment vous arrêtâtes un peintre sur ordre du tyran, sous prétexte qu'il avait défié la politique du gouvernement, alors que le roi ne désirait rien d'autre que sa mort. Dites- leur comment vos prédécesseurs et d'autres ministres empoisonnèrent leurs victimes ou les laissèrent suffoquer dans les geôles du régime, et comment, parce que vous refusâtes de vous rendre complice de ces crimes, vous fûtes contraint de fuir l'Iran, poursuivant désormais votre lutte humanitaire en Europe contre cette tyrannie.

N'était- ce pas le coup que vous ambitionniez de porter? L'instant est venu. Ne souhaitez- vous pas accéder à une position plus éminente dans ce pays? N'imaginez- vous pas l'impact de telles révélations, qui, malgré la censure la plus rigide, parviendront inévitablement aux oreilles des Iraniens et vous serviront à l'avenir? Songez- y un instant! Vous savez à quel point les Iraniens révèrent le courage.

Ne souriez pas. Je sais bien que vous ne nourrissez guère d'illusions sur le peuple. Vous méprisez leurs clameurs, leur soif de liberté, leurs élans et leur résistance ; à vos yeux, tout cela n'est qu'une farce grotesque. Peut- être en est- il ainsi aujourd'hui. Mais même en cet instant, il existe des hommes tels que le Maître et Mohsen Kamal qui, malgré les tortures endurées, n'ont jamais fléchi.

N'étiez- vous pas le premier à parler avec respect des jeunes que vous rencontrâtes à Berlin en mon nom? Sachez qu'ils existent aussi en Iran et en Europe, et qu'ils veillent sur vous. Comprenez-vous que c'est là le plus grand capital que vous puissiez accumuler pour votre avenir? Ne croyez pas que le peuple iranien restera éternellement enchaîné à cette inertie apparente. Ne prédit- on pas qu'une guerre mondiale éclatera dans quelques années et que le moindre tumulte suffira à ébranler cet équilibre précaire?

Lorsque le voile de l'indifférence se déchirera, vous verrez que même au fond des mosquées et des écoles, parmi ces avocats vénaux et ces juges prosternés devant le pouvoir, parmi ces ignorants, ces ouvriers et ces paysans, des voix s'élèveront. Sous votre impulsion, certains se tiendront debout, et, d'un cœur sincère, maudiront l'ordre établi pour en provoquer l'effondrement.

Déjà, ils veillent sur vous. En ce moment- là, un nom honoré est une richesse que nul, parmi ceux qui gouvernent aujourd'hui, ne possédera jamais. Même les hommes d'expérience, aujourd'hui reclus et impuissants, guettent l'instant propice. Et tous savent qu'aucun d'eux, sauf vous, ne trouva encore le courage de ne pas plier sous le joug du dictateur...

Je m'entretenus avec lui durant une heure, attisant son orgueil, manipulant son égo avec habileté. À chaque phrase, je l'empêchai d'intervenir, l'enfermant dans le fil ininterrompu de mon raisonnement. Il oscilla entre le rire et l'admiration, tantôt subjugué par mon audace, tantôt plongé dans une réflexion inquiète, anticipant les conséquences de ses décisions. Il ne pouvait obtenir la libération du Maître, mais il lui était possible d'arracher ce dernier aux ténèbres de la prison pour l'envoyer en exil. J'acceptai. C'était là mon ultime recours, le dernier espoir auquel je pouvais me raccrocher pour sauver l'unique amour de ma vie. Je n'avais d'autre issue: je devais le persuader... et si j'échouais, je ne savais quel sort m'attendrait.

Enfin, il me promit de se rendre sans délai au palais, d'intercéder auprès du roi et d'user de toute son influence pour le convaincre que la libération du Maître, désormais inoffensif, servait les intérêts mêmes de Sa Majesté. Il lui exposerait l'aura dont jouissait Makan parmi le peuple, l'estime que lui portaient les intellectuels de son temps, le mécontentement grandissant causé par son incarcération. Il lui rappellerait que son exécution attirerait immanquablement l'attention des médias étrangers, rendant ainsi cette affaire éminemment politique.

Il m'opposa ses reproches, et je m'efforçai de le convaincre. Ce qu'il y avait de singulier, c'est que je ne croyais moi- même pas aux paroles que je proférais ; je ne faisais que répéter ce que j'avais appris de Khodadad. Soudain, il demanda:

- Soit. Mais si notre plan réussit et que la presse mondiale en est informée, la haine du roi à l'égard du Maître n'en sera que décuplée, et il voudra se venger.

Un instant, je demeurai sans réponse, car la vérité se nichait dans cette question. Mais pour moi, il n'existait d'autre voie pour arracher Makan à la souffrance et à la destruction. Qui pouvait prédire ce que nous réservait l'avenir?

Alors, je rétorquai:

- Non, il n'en sera rien. Si vous proclamez devant le monde qu'un ordre a été donné pour l'empoisonner en prison et que vous avez refusé d'exécuter ce crime, ils ne pourront plus attenter à sa vie. Votre parole, portée par votre sincérité, s'imposera comme une vérité inébranlable. Ainsi, le Maître sera préservé. Mais il vaudrait encore mieux que vous puissiez l'exiler hors d'Iran.

Je déployai tous les arguments possibles pour le convaincre qu'il devait partir. Même une simple autorisation de sortie paraissait suspecte. L'affaire éveillerait immanquablement les soupçons, surtout après la transmission au roi du rapport relatant sa rencontre avec les opposants au régime à Berlin. Obtenir sa libération relevait de l'impossible. Il consentit seulement à le transférer dans une ville reculée du Khorasan et, sans plus attendre, il se rendit à la cour, pressé d'accomplir son dessein.

Nous convînmes que je patienterais chez moi et qu'il me téléphonerait dès son retour à la gendarmerie afin que je le rejoigne à son bureau et prenne connaissance du dénouement.

Au moment de nous quitter, il prit ma main et y déposa un baiser. Il s'approcha de mes lèvres, mais je détournai le visage ; il ne put que poser un baiser furtif sur ma joue droite.

Le Maître fut exilé à Kalāt, sous la surveillance d'un haut fonctionnaire et de deux agents du bureau politique. Depuis lors, je ne reçus plus aucune nouvelle de lui.

La femme inconnue demeura silencieuse. Son coude gauche reposait sur la table, sa main soutenant son front. Les paupières closes, elle secouait doucement la tête, comme si, en son for intérieur, elle revivait les derniers instants de leur rencontre.

Je brûlais de comprendre pourquoi elle n'avait jamais osé le revoir une dernière fois. À mes yeux, elle s'élevait désormais en une figure digne et respectable. Pourtant, il était étrange qu'elle- même ne se reconnût pas dans son propre sacrifice. Une ombre de honte voilait son regard, comme si elle regrettait d'avoir offert une telle part de sa vie au Maître.

Je la scrutai, cherchant dans ses yeux le moindre éclat de vérité, mais ils ne trahissaient aucun secret. Le Maître ne l'avait pas reconnue. Pour la rassurer, je lui déclarai:

- Votre plan a abouti. Je me souviens qu'à la chute de la dictature, l'un des chefs de la police- son nom m'échappe, peut- être s'agissait- il du colonel Aram- prit la fuite et ne revint jamais en Iran. À l'époque, son histoire se propagea parmi le peuple et même la presse européenne rapporta ses propos.

Elle ne me répondit point, mais son silence attentif laissait deviner l'intensité de son écoute. Aucune émotion ne transparaissait sur son visage. Je me vis contraint de poser la question qui me hantait:

- Il est manifeste que vous avez épousé le colonel Aram et, qu'à l'annonce de la mort du Maître, vous avez renié votre engagement avant de regagner l'Iran. Permettez- moi de vous interroger encore: vous avez affirmé l'avoir revu une ultime fois, sans toutefois oser lui adresser la parole. J'aimerais que vous m'en expliquiez la raison, ne serait- ce qu'en quelques mots.

À ces paroles, la femme inconnue laissa couler ses larmes.

- Monsieur l'instituteur, ceci fut le plus grand secret de mon existence. Nul ne le savait. Pour mes autres actions, quelques- uns avaient fini par en deviner les contours, même en ce qui concernait mes liens politiques avec lui. Au fond, la police, comme vous le savez, était au fait de bien des choses. Mais jamais, hormis Aram, personne ne sut que je l'avais arraché aux griffes de la prison. J'ai sacrifié toute ma vie dans l'espoir de l'avoir sauvé, alors que...

 Elle ne put achever sa phrase. Les sanglots brisèrent sa voix, et ses larmes coulèrent librement, ponctuant chacune de ses paroles d'une douleur contenue. Entre deux sanglots, elle poursuivit:

- Si seulement j'avais eu un peu plus de courage... Si seulement il m'avait accordé un regard plus clairvoyant, s'il m'avait prise auprès de lui, s'il m'avait encouragée à ses côtés, je ne l'aurais pas abandonné. Je ne l'aurais pas laissé partir vers l'exil, livré au sort. Avec l'argent, avec des pots- de- vin, avec l'influence que j'exerçais encore, avec les relations étroites que ma famille entretenait avec les dirigeants de l'époque, peut- être, au bout d'un an ou deux, aurais- je pu obtenir son retour. J'aurais pu organiser sa vie, lui assurer une existence digne loin de cette terre souillée.

 À présent, comprenez- vous pourquoi je refusai de me présenter à lui? Je ne voulais même pas me dévoiler à vous, qui pourtant saviez. Vous, qui, d'un regard, pouviez sonder l'ombre la plus obscure de mon âme. Comment aurais- je pu vous dire que j'étais l'ancienne épouse du chef de la garde? Un chef qui, non content d'avoir arrêté le Maître Makan, l'avait envoyé en exil.

J'ai laissé seul mon ami, mon amour, l'unique être avec qui j'aurais pu partager mon existence. Je l'ai abandonné au moment où il avait le plus besoin de moi. Et je l'ai livré à son ennemi, le plus implacable adversaire de ses espoirs et de ses idéaux. Il le savait, lui aussi. Car à peine deux semaines plus tard, Mehrbanu, devenue entre-temps médecin en pédiatrie, regagna l'Iran pour enquêter sur les circonstances de l'arrestation du Maître et créer des conditions pour voyager à Khodadad en Iran. Durant les semaines où je demeurai en Iran après mon accord avec le colonel, Mehrbanu vint à moi. Mais je lui refusai toute explication.

Derrière mes rires et le masque trompeur de la bienveillance, je lui annonçai mon mariage et mon prochain retour à Paris.

Le Maître, lui aussi, comprit cette vérité. C'est pour cela qu'il peignit ce tableau. Dites- moi... Qui est le coupable? Suis- je une criminelle, ou bien est- ce lui qui me condamne à ce jour noir?

Lorsque j'entrai dans le bureau du chef de la garde, je le trouvai rayonnant de satisfaction. À peine avais- je franchi le seuil qu'il manda son aide et ordonna d'une voix assurée:

- Que personne n'entre ici. Faites également venir le peintre Makan de sa cellule ; je veux m'entretenir avec lui.

Sitôt son aide parti, il se leva de derrière son bureau et s'avança vers moi. Il prit ma main avec une certaine solennité et déclara:

- J'ai exécuté votre demande. Dès aujourd'hui, il sera envoyé à Kalat.

- Cela fut- il difficile?

- Les véritables difficultés commencent à présent. Dans deux mois, je serai prêt à partir. Et vous, que ferez- vous?

- Obtenez- moi un laissez- passer. Je quitterai bientôt le pays pour Paris.

- Où célébrerons- nous notre mariage?

- Ici, discrètement. J'aimerais que ma mère puisse y assister.

- Ainsi soit- il.

Un instant de silence flotta entre nous avant que je ne reprisse:

- Le Maître va- t- il venir ici à présent?

- Désirez- vous le voir?

- Non, je n'ai rien à lui dire.

- Peut- être devriez- vous lui parler en privé. Je veillerai à ce que la salle d'attente soit vide. Prenez place et conspirez à votre guise.

Je demeurai impassible. Mes rires feints et l'éclat trompeur de mon regard suffirent à le duper; il crut sincèrement que je n'éprouvais aucun désir de revoir le Maître. Alors, d'une voix teintée d'une gaieté feinte, je ris aux éclats et déclarai:

- Non, Colonel. Je suis à présent votre épouse, et je n'ai nul désir de m'entretenir seule avec un homme non marié.

- Peut- être devriez- vous lui dire quelques mots, lui révéler que c'est grâce à vous qu'il est sauvé.

- Absolument pas. S'il venait à découvrir que je vous ai aidé à obtenir sa libération, il retournerait de lui- même en prison.

- Désirez- vous que je lui en fasse seulement allusion?

- Jamais! Je vous en prie, ne le tourmentez pas davantage. Apportez- lui un peu de réconfort. Dites- lui que c'est une grâce royale, qu'il est un artiste de grand renom et qu'il serait regrettable qu'il demeure à Téhéran, absorbé par des affaires indignes de lui. Expliquez- lui qu'il devra s'éloigner quelque temps, mais qu'une fois la situation apaisée, il pourra regagner sa demeure et reprendre son travail.

J'hésitai un instant avant de demander:

- Son valet l'accompagnera- t- il?

- Non, son valet est également détenu.

- Ne lui accorderez- vous pas de congé?

- J'ai décidé de leur accorder la grâce à tous deux, mais son valet ne partira pas avec lui.

L'adjudant pénétra dans la pièce et déclara d'une voix neutre:

- Le prisonnier est prêt.

Le colonel, sans même lever les yeux, répondit:

- Videz la salle d'attente. Je veux m'entretenir avec lui là- bas.

Puis, d'un pas mesuré, il quitta la pièce.

Je percevais le murmure de leur conversation. Aurais- je pu, à cet instant, me précipiter vers lui, lui confesser que j'avais choisi la voie la plus aisée pour assurer son salut, me livrant aux bras d'un homme égoïste, pour qui rien ne revêtait de caractère sacré, hormis son propre corps et ses désirs? Je n'en eus ni la force ni la volonté. Je ne désirais pas lui expliquer les raisons d'une telle décision.

Dans la pièce attenante, le chef de la garde s'entretint avec lui durant un long quart d'heure. Mon cœur battait violemment, la peur m'étreignait. Et si l'on m'avait piégée? Et si l'on me destinait à prendre sa place en prison? J'aurais pu, à travers le moindre souffle, capter l'essence de leur échange, mais je refusai d'écouter. Le chef de la garde parlait d'un ton posé, presque courtois. Le Maître, lui, demeurait silencieux, ne répondant qu'à de rares occasions.

Troublée par cette attente, je me levai et m'approchai de la porte. Ma main tremblante effleura la poignée, et l'espace d'un instant, l'idée me traversa de tenter d'apercevoir son visage à travers l'interstice. Mais soudain, le son strident du téléphone me glaça. Je reculai précipitamment et regagnai ma place.

Le colonel reparut bientôt, le visage serein, un sourire aux lèvres. Il décrocha l'appareil et répondit brièvement, avant de se diriger vers moi. Sans un mot, il saisit ma main et m'entraîna vers la fenêtre.

- Venez voir, souffla- t- il d'une voix presque complice.

Là, devant mes yeux, dans une posture digne et mesurée, vêtu avec soin, coiffé avec la même rigueur que toujours, le Maître Makan descendait lentement les marches de la garde. À ses côtés marchaient un haut fonctionnaire et deux agents de la police politique. Les gardes, figés, le saluaient et ouvraient le passage devant lui. Il avançait avec calme. Parvenu à mi- parcours, il suspendit un instant son pas, leva les yeux vers le ciel et, dans un souffle profond, emplit sa poitrine d'air, comme s'il voulait s'imprégner une dernière fois du monde qu'il s'apprêtait à quitter.

Ce fut la dernière vision que j'eus de lui. Une image indélébile, gravée à jamais dans ma mémoire.

Monsieur l'Instituteur, je vous en prie, abrégons cette conversation.

Ne posez plus de questions. Je n'ai plus rien à vous dire. En vérité, je ne vous ai encore rien révélé. Ce qui me consume au plus profond de l'âme demeure inexprimé. Si seulement je parvenais à traduire cette brûlure intérieure, je serais poète, écrivain, peintre, artiste... mais il n'en est rien.

Vous vouliez la vie du Maître à travers moi. Je vous l'ai livrée. Il existe tant de femmes comme moi, sacrifiées sur l'autel des caprices et des désirs des hommes de ce monde sordide.

Merci d'avoir prêté une oreille patiente à ce récit amer, qui, en réalité, ne concernait en rien votre quête du Maître. Prenez votre tableau. Je n'ai plus le moindre attachement pour cette toile. Votre Maître s'est trompé. Ces yeux ne sont pas les miens.

Fin

Āzar 1330 – Ordībéhésht 1331